ハートを破壊された
魔法少女は
敗北となる……！

川上稔
イラスト／さとやす（TENKY）
協力／剣康之

各務・鏡

【かがみ・かがみ】

学年：普通科三年
術式：自由自在
所属：自分自身
戦種フレーム：聖騎士系
使役体：デカ夫（竜属）
デバイス：剣砲ディカイオシュネ
特徴：長身で男装。髪は白いが僅かに色があるあたり、脱色ではなく地毛だろうと言われている。態度は常時の上から目線だが、それは口調によるイメージの部分が大きく、小動物を構ったり、沿岸部の街で子供達と話したりしているときは、腰を落として視線の高さを等しくしようとするなど、気遣いがあるフシが多く観られる。

　戦種フレームは聖騎士系。もはや前時代ともいえる防御重視、地上戦主体の戦種だが、彼女はそれで飛行するし、砲撃吶喊もこなす「チートですわ……」としみじみ言うのは堀之内だが、魔女は大概チートなのでよくある。

　戦闘の技術は高く、全体の流れを想定した後で、その流れに沿うためのアドリブを組み込んで来る。とはいえアドリブがかなり突拍子も無いため、ついていくのは至難であろう。なお、それらの無茶やアドリブを許すのは、彼女の能力が特殊なクラフト系であることによる。何もかもを自在に出来る力は、彼女に自由を与えているのだ。

「そう驚くことではない。
私にとってはフツーなのだから」

堀之内・満

【ほりのうち・みつる】

学年：普通科三年
術式：神道
所属：堀之内家
戦種フレーム：巫女系
使役体：朱雀
デバイス：弓砲朱竜胆《あけりんどう》
特徴：巫女は巨乳。一体誰が言い出したのか解らない理の一つだが、堀之内家の代表もそれに連なるようだ。ついでにいうと前ヘクセンナハトの出場者だった彼女の母もそうだったが、よく考えると十年前は人妻が魔法少女名乗って最前線に出ていたのだなあ……。これはやはり同じ人妻系だった学長含めて非常にけしからんのではないだろうか。

話を戻すと、彼女は魔女のランク四位であると同時に、四法印学院の生徒会長も兼任している。これは対外的に見たとき、いつでもまともに表に出せるのが普通科だろうということで、基本、普通科から生徒会長が選出されるのだが、彼女の場合は、ともすれば学院内で下に見られがちな普通科の存在を、そのランクと共にイメージアップしていると言えるだろう。何しろ現在の日本の神道を代表する堀之内家。使用する朱竜胆は、単体の物理攻撃力ならば上位ランカーのそれを凌ぐと言われている。どんだけ攻撃全振りなんだよ、と言われるかもしれないが、御本人曰く「単に敵を倒すことだけ考えてたらこうなっただけですの」とのことで、ある意味目的のために手段を一つも選んでない。清々しいですね。

「倒したことが無い相手に対して
手抜きは一切ありませんのよ」

U.S.A.H.

エルシー・ハンター

学年：特機科三年
術式：米国式攻術
所属：米国空軍内攻術団
戦種フレーム：カラテカ系
使役体：ヘッジホッグ（ハリネズミ）
デバイス：盾砲ヘッジホッグ
特徴：外国人！　ネコミミ！　パイルバンカー！　ヘソ出し空手着！　スパッツ！　とか、何だか数え役満に大量ドラぶち込んだような塩梅だけど、これでも彼女は特機科代表であると同時に米国代表。遂に米国も未来に住むようになったということで、バックに米軍ついてるんで、下手に勝負すると相当痛い目に遭わされるのは必定である。ちなみに"攻術"は"こうじゅつ"であって"せめじゅつ"ではない。大体、攻術は女性限定なので、だったら男性限定が"うけじゅつ"になってしまうではないですか。それはいけません。表向きですが。
　さて話を戻すと、彼女は魔女のランク三位。元々、米国の魔女達はそのデバイス類を機械的に構築する事で知られているが、その特性と各国魔女達の技術が集まる特機科がここに融合。使用されるヘッジホッグは米国側との連携で特殊な加速術式を用いるが、それを可能とする強度などは学院での研究をベースとした部分も大きいとされている。とはいえ本人は元々父子家庭で気楽に成長したこともあり、身体の小さい事を納得の上で、上位ランカーであることを誇りもせず、特機科の仲間達と日々不夜城となる特機科校舎の生活を楽しんでいる。
（ここまでの文責：四法印学院広報委員対外班）

「見て驚いた方がいいよ？
食らっては驚けないから」

四法印学院普通科制服

四法印学院について

位置	東京湾中央
種別	女子校全寮制
概要	中高一貫(但し中等部は別校)

-rear-

●由来

四法印学院は他国にある魔女達の育成機関に比べると新しい学校で、そのために制服類は魔女服として見た場合、最新型。他国のそれを上回る術式補助力、防御補助力を持つ。

ベースとなっているのは自然信仰としてはメジャーな蔦や陽光のテクスチャで、キャラ性が薄い一方で生命力の根源をモチーフとするあたりは、“神”を原動力とする派にも気を遣ったものとなっている。一方で、闇や死などをベースとする派には、付属衣装でクリフォト化可能な仕様だが、これもまた多くの生徒が着られるように、という配慮である。全裸が必須の場合は上着の流体透過性を上げることで“流体的に全裸”が叶えられるため、釣り鐘スタイルと呼ばれる格好の生徒がいたらアレだ。下から覗くな。

この制服、デザイナーは三賢者の一人でU.A.H.重鎮のリスベス氏によるものだが、同時期にU.A.H.攻術兵の制服も、これらテクスチャを縫製で叶えたものとなっている。これは、学院の生徒達とU.A.H.の連携を考慮したもので、十年前に各所連携の悪さが被害を拡大した事への対策の一つとされている。

※モデルは生徒会長、堀之内・満さんに御願いいたしました。

※胸部立体縫製はオプションです。

普通科

Εν αρχη ην ο λογος,
και ο λογος ην προς τον θεον,
και θεος ην ο λογος.

OBSTACLEシリーズ

激突のヘクセンナハト

I

目次

デザイン：渡辺宏一（2725 Inc）

明日《あした》を最も必要としない者が
最も快く明日に立ち向かう

アテナイのエピクロス

序章

『時刻は三限』

昼の魔女は素性を隠す

『午前十時七分：東京湾《とうきょうわん》西岸にて雷光現象確認《らいこうげんしょうかくにん》：雷光が〝昇った〟との報告』

『同時刻：東京東部各所にて、自動ドアや稼働《かどう》中のエレベーター、電車の扉《とびら》が開くなど、不具合が発生。幸いにも負傷者《ふしょうしゃ》は発生しなかった模様《もよう》』

『同時刻：東京東部各所にて、開放されていた扉が自動で閉じるという不具合が発生。なお、前述の不具合に対し、事故を防いだのはこの動きとの見方もある』

『午前十時十二分：東京湾西岸にて落雷《らくらい》警報解除』

『午前十時十七分：東京湾中央、四法印学院《しほういんがくいん》にて、試作使役体《しえきたい》の消滅廃棄《しょうめつはいき》を執行《しっこう》』

『午前十時二十一分：東京湾中央、四法印学院にて、試作使役体の逃亡《とうぼう》を確認』

『午前十時三十分：東京湾中央、四法印学院にて、試作使役体の追走検分《ついそうけんぶん》を依頼』

《依頼先は――》

「落雷警報が解除されましたけど、使役体の逃走《とうそう》は、あれの影響《えいきょう》ですの？」

地下は風がなくてつまらないと、そう思う。

代わりというように手で髪《かみ》を払っても、空調の中では靡《なび》きが弱い。黒の髪。制服《せいふく》の深緑《ふかみどり》に映える色だが、別に赤や青にでも合うのだ。個性が薄い、というのは、

……今の自分の位置と、こだわりを思い知らされますわね。

と思いながら言葉を作る。口から紡《つむ》ぐのは、

「私立四法印学院、普通科第一位、総合四位、使役体管理役堀之内《ほりのうち》神社《じんじゃ》代表、――堀之内・満《みつる》が、これより使役体試作登録《とうろく》ナンバー JDPH - あ707の追走を行います」

言って、息を吸う。

まず見上げるのは白の大天井《てんじょう》。

地下、術式《じゅつしき》試験用の空間だ。天井高二十メートル。縦横《たてよこ》三十メートル四方《しほう》の箱の中には、工作台や照準《しょうじゅん》用の的《まと》、打撃系《だげきけい》用の対衝撃《しょうげき》設備などが有り、場としてはやや狭い。

だが、上へと手を広げ、

「奏上《そうじょう》。――朱雀《すざく》」

言うと、空中を割って、肩上《かたうえ》に小さな鳥が飛び出した。朱《あけ》の色。抽象《ちゅうしょう》的な形をしているのは情報体として〝楽〟をしているからだが、これでも充分に神獣《しんじゅう》朱雀の要《かなめ》を為《な》す。

そして両の手の平から、あるものが広がった。

光の輪だ。

朱色《しゅいろ》の円陣鳥居《えんじんとりい》。

直径《ちょっけい》五メートル程のそれは、回って下りながら、その軌道上《きどう》にあるものを投影《とうえい》していく。

「追走用《ついそう》の範囲を確定するために、視界《しかい》を展開。その状態から収束《しゅうそく》しますわ」

全体を個に。拡散を束《たば》に。そうするプロセス自体が、遠ざかっていったものの足取りを摑《つか》むために必要となる。

周囲の結界《けっかい》に投影されるのは、青の色だった。

外界《がいかい》。それも高い位置からの見下ろしだ。

見るのは三百六十度。しかし〝収束〟のため、視点は高速で落ちていく。

大地《だいち》へ。ここへと戻る視界から見上げる天には、だが、青の空があった。

そして下を見れば、あるのは広大な湾と、中央に浮かんだ島の姿《すがた》。

そこへと、視線は落下《らっか》を止めない。

湾を包むように存在する高層建築の群は、大都市だ。

だが、都市の大部分は機能《きのう》していなかった。

破壊《はかい》されているのだ。

特に東湾側と、北部の方は力まかせに殴《なぐ》ったように何カ所も潰《つぶ》れ、長い谷として刻まれた跡《あと》までが見える。それらの多くは既《すで》に草木に覆《おお》われ、場所によっては水を湧《わ》かし、水源《すいげん》となっているものもあった。

しかし、湾の周辺や西側や、南の方は、町並みにも色がある。工場の煙や、湾を行き来する船の姿も少なからず見えている。

破壊の一方で、背を向けるような活気がある。

そんな湾の中央、島の方へと投影は落ちていく。

いつの間にか視線は、水平へと変化。

下から生《は》えてくるような島上の光景《こうけい》は、まず、中央の森を全体として見せつけた。

緑《みどり》の木々と広場。北には花畑《はなばたけ》。真《ま》ん中《なか》には霊廟《れいびょう》のようなものがある森だった。

その周辺には、幾《いく》つかの建物が並んでいた。

学校だった。

結界が映す映像《えいぞう》に、座標《ざひょう》やガイドが描かれていく。そんな表示《ひょうじ》の中で、各建物にもマークが走り、安全物である事を示す青のチェックがなされていった。

普通科、特機科《とっきか》、術式科《じゅつしき》、特待科《とくたい》、それぞれの校舎に体育館。図《と》書館《しょかん》や学食なども完備したここは、

「東京湾《とうきょうわん》内、人工島、四法印学院《しほういんがくいん》の上空に通過物体無し。周辺にも不備無し。——目視確認《もくしかくにん》」

言っている間に、こちらは視界を動かす。

四方《しほう》に配置された校舎の間、南東側に見えるものがあった。

白の大きな建物。使役体《しえきたい》や装備《そうび》類の開発研究所だ。

その中へと、視線は落ち、入った。

来る。

「────」

収束《しゅうそく》。繋《つな》がった。

周囲、顔を上げると、円筒《えんとう》状の半透明《とうめい》な結界《けっかい》が、外界《がいかい》の全周を見せている。

ここは地下。地上にある視点は、開発研究所の屋上《おくじょう》に立った状態だ。

結界の内側には方位《ほうい》や縮尺《しゅくしゃく》のガイドが示され、天上《てんじょう》にある惑星《わくせい》の軌道《きどう》までが表示《ひょうじ》。

……私の術式《じゅつしき》では、占星《せんせい》しませんので不要ですけど。

手元に出した術式陣《じん》を見れば、この場所を中心とした全方位に地脈《ちみゃく》の網《あみ》が広がっている。今の高空視界《しかい》からの収束を得た事によって、見えた地域《ちいき》と〝縁《えん》〟が結ばれたのだ。

「では、これから、追走《ついそう》を行います」

言って、術式陣を近くに寄せる。すると、

「あの、堀之内《ほりのうちせんぱい》先輩」

フロアにいた一人の下級生《かきゅうせい》。こちらの執行《しっこう》の検分《けんぶん》役を任された生徒だ。

彼女は、書面用の術式陣に現状の推移《すいい》をタイプしながら、

「──その使役体《しえきたい》、捕《つか》まえたら、本当に廃棄《はいき》するんですか？」

「ええ、展開出力が高過ぎて、現状の誰《だれ》も扱えませんもの。寧《むし》ろ、この使役体の出力漏《も》れが与える影響《えいきょう》で、近くの者達の術式が壊《こわ》れかねませんし……」

視線を下ろす。

そこにあるのはストレッチャーで運ばれ、固定された白木《しらき》のバケットだ。自動箱根《はこね》型のロックは解除してあり、中には淡い光の具体が存在している。

小さな一匹《いっぴき》の獣《けもの》だ。

竜属《りゅうぞく》だった。

●

少女、堀之内・満《みつる》は、三十センチ四方《しほう》の木のバケットを見る。

内部にいる竜属は体長十五センチ程。

青と白の色は意外《いがい》とマットだ。発光術式に対しても主張がない作りになっている。

現状を理解していただろうにおとなしいのは、完成度が高い事を示している。

だが、これは実像《じつぞう》ではない。

箱の周囲、小さな光の輪が回っている。

円陣鳥居《えんじんとりい》の紋章《もんしょう》。その効果は流体《りゅうたい》反応の加圧だ。目的は流体構成《こうせい》物の残像《ざんぞう》を強引《ごういん》に増幅《ぞうふく》し、

「――地脈《ちみゃく》の一時収束により、地脈振動《しんどう》の残像加圧からＪＤＰＨ‐あ７０７の残像を再生《さいせい》成功。後はこの子がどうしたか、ですわね」

見れば、竜の子は、その全身からやはり光を周囲に散らしている。

……これ、逃げた先で見つけても、素手《すで》で対処《たいしょ》するのは危険ですわね。

流体光《りゅうたいこう》。それは万物《ばんぶつ》の基礎《きそ》因子《いんし》であり、あらゆる術式《じゅつしき》の燃料《ねんりょう》となるものだ。

「これだけ流体放出が出来るとなると、うちでも上位クラスでないと扱い切れないでしょうにね。それが逃亡《とうぼう》したとなると……」

「さっきの落雷現象《らくらいげんしょう》でしょうか？　何やらU.A.H.の方から警戒指示《けいかいしじ》が出たそうですけど。学校の方も、ドアが一斉《いっせい》に開いたりでちょっとした騒《さわ》ぎになりました」

「――先生達は何と？」

「落雷《らくらい》で、東京《とうきょう》東部を集中管理しているU.A.H.防護《ぼうご》システムにミスが生じ、全域《ぜんいき》に〝開放〟術式が掛かってしまったのではないかと」

「単なる開放じゃありませんわよ？」

堀之内《ほりのうち》は、ある光景《こうけい》を思い出して言った。

「確認《かくにん》を取りに行った教務員室《きょうむいんしつ》、――インスタントコーヒーの蓋《ふた》まで開いてましたわ」

「それは――」

「開放術式対応のドアシステムではなく、〝開くもの〟を強制開放した、……という事になりますわね」

「……そんな事、出来るんですか？　あ、いえ、術式とはそういうものですけど、東京東部一帯、それもうちの学校やU.A.H.みたいな対術式防護の掛かった場所への干渉《かんしょう》なんて」

「私も、まさか、という感覚で言ってますのよ?」

告げた台詞《せりふ》の意味に、ややあってから後輩《こうはい》は気付き、あ、と声を上げた。

彼女は苦笑《くしよう》して、

「そんな事が出来るとしたら、地域《ちいき》空間とはいえ、事象《じしよう》レベルでの干渉《かんしよう》ですよね」

「ですわね。調査はU.A.H.の方で行っているのでしょうし、こちらとしては追走《ついそう》情報を確定するのが仕事ですの」

でも、と相手が声を掛けてきた。

「その子、確保したら、やはり消滅廃棄《しようめつはいき》ですよね?」

「ええ。——この子を扱い切るには、相当の術者《じゆつしや》がいなければなりませんし」

と言うと、

「それだけの術者として、堀之内先輩《ほりのうちせんぱい》は——」

「私には朱雀《すざく》がいますわ。——上位三人も同じ」

「でも」

「製作の初期から関わっていましたけど、残念ですわね」

ただ、と堀之内は相手の言葉を潰《つぶ》す自分をこう思った。まるで自分を説得《せつとく》しているようですわね、と。

……私の母がいれば、どうしたでしょう。

朱雀を己《おのれ》に預けた大きな存在は、しかしもういない。

だからここはもう、しょうがない。

だが、と堀之内は思う。本当にそうだろうか、と。

堀之内は、僅《わず》かに思案《しあん》して、口を開いた。

「恐らくは——」

少し気分を変えよう。

辛《つら》い事に対し、規則《きそく》を盾《たて》にして自分を納得《なっとく》させるのは容易《たやす》い。だが、今回の様《よう》な例外であるならば、辛い思いになるかどうかは別として、動いてみようと、そう思う。

少しの気まぐれだ。

この下級生《かきゅうせい》にとっては、自分らしくないと、そう言われるだろうか。

「——恐らく、確保部隊《ぶたい》は光太郎《こうたろう》が指揮《しき》を執《と》ると思いますから、確保の後、別の処分《しょぶん》が出来ないかを模索《もさく》はしてみますわ」

「それはたとえば——」

「——分解消滅による廃棄ではなく、分解による特性分離《ぶんり》で、素体《そたい》だけは残す、とか。使役体《しえきたい》としては全く意味が無いものとなりますが——」

「……それがいいです！　堀之内先輩！」

大きな声と握った手で同意され、堀之内は、自分の中に僅かな間を得た。

……全く。

例外の支持をされて喜ぶのはいけない。いつもそのような判断《はんだん》ではやっていけないのだ。

「――まだ最後まで言ってませんのに、それがいい、はありませんわよ？」

「あっ、す、すみません」

いいのです、と堀之内《ほりのうち》は苦笑《くしょう》した。自分がそのような判断をする盾《たて》として、

「例外ですもの。――感謝は不要ですのよ」

箱上に手をかざし、術式《じゅつしき》を展開した。

地脈《ちみゃく》の収束《しゅうそく》を、この竜属《りゅうぞく》の子の残滓《ざんし》から展開し、その足跡《あしあと》を追う。

始める。

●

「いや、感謝である。――誠《まこと》、この土地には不慣れでな」

晴れた午前の日差しの下。交番の入口だった。

一つの影が、頭を下げる。

潮《しお》の匂《にお》いがする湾岸。やや街の中に入った処《ところ》にある派出所《はしゅつじょ》だった。

周囲、道路を、青の警告灯《けいこくとう》を回した装甲車《そうこうしゃ》が行き来するが、

「まあ、姐《ねえ》ちゃん、今のところ厄介《やっかい》な事も起きてなくて良かったよ。

「これから四法印《しほういん》まで行くのかい」

派出所の入口、ドアを警官が背で押さえている。

彼が少しでも動くと、ドアが開こうとするのだ。だから入口から動けない彼は、やれやれと肩から力を抜き、相手を見た。

女子。そう言える年齢の少女だった。

長身で長髪《ちょうはつ》。男物のスーツを着込んだ彼女に対し、警官は、

「――あんた、日本語上手《じょうず》だけど、何処《どこ》の国の人？」

「日本人に見えないかね？」

「この東京《とうきょう》の、こんな中心に来て〝ここは何処かね〟をやる日本人はいないさ。あ、まあ答えなくていいよ。だってほら」

また装甲車が移動していく。警官は、しかし顎《あご》でその向こうを示す。湾の上に存在している島と、建造物の集合体を、だ。

「四法印さんとこだったら、あんたみたいなのも普通にいるからねえ。たまに来るよ、飛行訓《くん》練《れん》中に落っこちて訪ねてくるの」

「私は一応日本出身だが、飛行中そうはならないように気を付けた方が良さそうだな」

「まあ落ちるのも一年生の内だよ大体。――ってか、日本の、何処？」

「横浜《よこはま》だ」

「近所じゃない」

「――しばらく別の国を渡っていてな」

と、声の主は、スーツの内側からケースを出す。そこから取り出すのは、

「免許証《めんきょしょう》だが、通じるだろうか」

「あー、そっちの国で作ったヤツ？　ちょっとこっちと違うねえ」

「そうなのかね？」

「ああ、まあ、ほら、この辺りが」

と、警官が自分のを出して見せる。すると彼は、

「そっちの国のU.A.H.関係？　准将《じゅんしょう》って」

「文字が情報素体《そたい》だから渡っても読めるか。元帥《げんすい》もなかなか」

「何処《どこ》の国の人だいあんた。……文字からするに中東《ちゅうとう》辺り？　十年前のでかなりやられたって聞いたけど」

いや違う、と彼女は言って、自分の名前を指さす。

「――各務《かがみ》・鏡《かがみ》、洒落《しゃれ》た名前と言われる」

「自分で言うかね」

「気に入ってるのでな」

彼女が笑《え》みで言った時だ。

鐘《かね》の音《ね》が聞こえた。

湾の中。四《し》法印学院《ほういんがくいん》の鐘が鳴る。それを聞いた警官が、

「あ、三限だ。そろそろうちのカミサンが食堂に搬入《はんにゅう》しにいく頃《ころ》だな」

「じゃあ、私もそろそろ行くべきか。少し周囲を見て行きたいし」

「お？　行くのかい？　――一応、何をしに、って聞いていいかい」

「人を捜している」

「十年前に、何かあったかい？」

「いや、もっと昔だ。――しかし、〝十年前〟、とは？」

「あんた余《よ》程《ほど》平和な国にいたんだねえ」

苦《く》笑《しょう》で言われ、各務は肩をすくめる。

「確かに、――元はひどく平和な、何も無い国だった」

では、と彼女は言い、身を動かす。立ち去る動きの中で、警官の押さえているドアを軽く手で叩《たた》いた。

「不《ふ》始《し》末《まつ》である」

「おう、気を付けな。――飛べるようになったら復興《ふっこう》地区、奥の方な。上から見て解《わか》るようにコロッケ屋の看板《かんばん》あるから来なよ」

それと、

「四法印《しほういん》、授業終わる前には入りなよ。今時分、次のヘクセンナハトの出場者決定のためにいろいろ知識《ちしき》の仕入れ直しや、派手《はで》な事やってる。

　今期はバディもオーケーと言いつつ、上位はシングルで堅いらしいから、相当な連中《れんちゅう》が集まってるんだろ。やっぱ若い子限定の方がいいのかね。——魔女《まじょ》ってのは」

「成程《なるほど》、参考になる」

　言って、各務《かがみ》が手を上げた。

　鐘《かね》が鳴っている。そちらに行くのかと思えば、

「おい。道、そっちじゃないぞ」

「少々、気がかりを感じた。——何、学校には行く。近道のようなのでな」

　では、と去る姿《すがた》を一瞬《いっしゅん》追いそうになった警官は、あ、と声を上げ、

「……あれ？」

　いつの間にか、ドアが力を失っている。

　近くには装甲車《そうこうしゃ》の警報《けいほう》音。遠くでは、しかし、鐘の音《ね》が終わりを告げる。

　四法印学院の午前、三限が始まるのだ。

第一章

『街に魔女』

縁は出会いの道すがら

堀之内《ほりのうち》が教室に戻った時、既《すで》に授業は始まっていた。

使役体《しえきたい》の追走《ついそう》は出来た。要は移動の際に残る流体《りゅうたい》の軌道《きどう》を確定し、方角を認めるだけなのだ。〝道教え〟の術式《じゅつしき》として、不要なものを削《けず》り落とす神道《しんとう》術式は確定の精度が高い。

見つかって、確保されたならば、こちらに戻された時に交渉《こうしょう》だろう。とりあえずは、……そんな思案《しあん》で、それについては保留《ほりゅう》とすべきですわね。

前を見る。

教室は階段教室。四法印学院《しほういんがくいん》普通科の生徒は一学年五十人程だ。

少ないがエリート。更《さら》には独自の個性持ちが多いため、授業内容はどちらかと言えば一般常識《じょうしき》や倫理《りんり》を含んだものになりやすい。

今もそうだ。階段教室の底。大きな黒板の前で教員が術式陣《じん》を開いている。

「――ヘクセンナハト。その主役となり得る貴女《あなた》達、特に三年生の貴女達は、自覚を持つ時期に掛かっています」

彼女がかざした術式陣には、言葉が自動でタイピングされていく。四法印学院の公共術式陣で、三年生であっても、流体消費《しょうひ》の効率《こうりつ》からそれを手元に展開している者は多い。

自分は違う。

朱《あけ》の円陣鳥居《えんじんとりい》。そこに教員の言葉を受け取りながら、堀之内は思う。

……どうすれば、ヘクセンナハトの出場が叶《かな》いますかしら。

と、不意《ふい》に横の女子が指された。

はい、と腰を上げた彼女は、ちらりとこちらを見る。その時の手指の動きは〝任せて〟というものだったから、恐らくは教員が自分を指そうか迷ったのだ。

考え事をしているからいけない。

会釈《えしゃく》を返していると、横の女子が顎《あご》に手を当て、もっともらしそうにこう言った。

「――魔法少女《まほうしょうじょ》、じゃ駄目《だめ》なんですよね？　私、それに憧《あこが》れてましたけど」

「残念ですけど先生も憧れてましたよ？　今は魔法三十路《みそじ》ですけど」

クラスの皆が、笑わずに静かになったのは気遣《きづか》いだと思いたい。

そして、じゃあ、と横の女子が言った。

「正式な兵科《へいか》としては術式科の術式攻撃兵《こうげきへい》に該当《がいとう》します」

「そうですね。ではその構成《こうせい》は？」

「百パーセント女性です」

そうですね、と教員がまた言った。彼女は笑《え》みで手を上下に振り、座れと指示《しじ》をする。

応じて横の少女が着席《ちゃくせき》したなり、教員が壇上《だんじょう》を歩いた。

左に。そして黒板の前で彼女は一枚の術式陣を広げる。そこに映るのは、左右を年代とし、上下を人数として見たグラフだ。赤のラインは、矩形《くけい》を描きながら途中《とちゅう》で一度急激《きゅうげき》な減少をし、そして緩《ゆる》やかに上昇しながら、今度は不意《ふい》に急速な上昇をする。ただ、

「――これが、世に表出《ひょうしゅつ》した〝魔女《まじょ》〟の概算《がいさん》です。古来《こらい》よりシャーマンや、薬師《くすし》、占術師《せんじゅつし》などとして存在していた魔女は、世情不安定な時代にそのスケープゴートとして狩られ、数を減少しました。

しかし、宗教改革《しゅうきょうかいかく》以後、欧州《おうしゅう》が大規模《だいきぼ》な戦場《せんじょう》と化していく中で、その復権がなされ、近代ではプロイセンを始め、台頭《たいとう》。第一次大戦《たいせん》、第二次大戦では主力となりました。

何故《なぜ》ですか。――そこ」

窓際《まどぎわ》の女子が、座ったまま即答《そくとう》した。

「アクティブ系術式《けいじゅっしき》です」

彼女は言う。

「男女ともに、術式は使用可能です。しかし、女性はアクティブ系に、男性はパッシブ系に優れ、お互いを超える事が出来ません。

つまり、戦闘《せんとう》として考えた場合、女性はアタッカー、男性はディフェンダーとなります」

ですが、と彼女は静かに言った。

「近世《きんせい》以後、武器《ぶき》装備の量産や充実が進み、使い魔《つかま》としての使役体《しえきたい》の開発研究が進んだ結果、矛《ほこ》と盾《たて》の関係は、矛が圧倒《あっとう》する時代となりました。

一方、盾側は、集団であるならば都市などを守る結界《けっかい》も張れるため、戦場は防御《ぼうぎょ》された拠点《きょてん》と、その導線《どうせん》を取り合いするアタッカーの棲《す》み分けがなされ、――つまりアタッカーである魔女は戦闘の花形となったのです」

「そうですね。――昔からこの棲み分けは自覚されていて、魔女狩りの背景には、それまで培《つちか》ってきた男性社会が、己《おのれ》の実権を奪《うば》われるのではないか、という不安があったとされています。結局のところ、女性が戦闘に前面参加した国家は人口の減少が生じるので、多くの戦争は初期の段階を過ぎた後、男性主体の防御前線をどう相手国に浸透《しんとう》させるか、という流れとなり、膠着《こうちゃく》するのが常です」

とはいえ、と教員は言った。

「そのような戦争が、短期間でなければほぼ存在しないのは何故か、皆さんはお解《わか》りですね？」

それは、

「十年に一度のヘクセンナハト。――それに対し、中世《ちゅうせい》以後、人類が抗《あらが》う事を目指《めざ》し始めたからです」

●

使役体は、人工の精霊体《せいれいたい》だ。

その竜属《りゅうぞく》の子は、初めて外に出た一方で、外界《がいかい》の事を知っていた。

体長十五センチ。飛ぶ事も可能だが、先程飛んでいたら追い掛けられた。人工とは言え、ベースとなる生物の本能は受け継いでいる。追われる事は、自分が消されるという確信に繋がり、すぐに身を隠す事を選択した。

今は、大田区の平和島の東にいる。大通りから外れた商店街の裏手にいるのだ。

土地、時刻、言語などの知識はある。自分は誰かのサポートをするのだと、そんな自覚が頭の中にあり、しかし、それが出来ない状況だというのも理解出来ている。

自分は危険なのだ。

……しっぱいさく。

その事は、やはり理解出来ている。

己の性能は本能レベルで分析出来ている。自分はヘクセンナハトのために、ただただ流体抽出能力を高める事を主眼とされた作品。

だが、抽出力が高くなり過ぎた。事故のように経路が繋がり、推定値を大きく超える出力が得られたためだ。

一時的な喝采は、しかし、すぐに落胆に変わった。

術者で、自分の抽出する流体を、受け止め切れる者がいないと判断されたのだ。かなり有力な魔女に掛け合ったとも聞くが、彼女達には既に自分のような存在がいた。

自分の方は、事故で出来てしまったため、制御不能な部分があるという。

一応、データは取ってあるので、ある程度近いものを制御状態で再生産《さいせいさん》する事は出来るのではないかとの事で。つまり自分は、要《い》らなくなってしまったのだ。

自壊《じかい》への理解はある。

使役体《しえきたい》の存在として、本能レベルで理解している事だ。

自分は誰かのサポート役。それが不可能となった時は、消滅《しょうめつ》する。そこに抵抗《ていこう》はなく、疑問もない。

だからそういうものだと思って、じっとしていたら、扉《とびら》が開いた。

開けられたのだ。

誰にかは解《わか》らないが、ずっと眠っていれば済む部屋の扉を、開けられた。

そして自分は思い出した。己が〝しっぱいさく〟であると解った時、ある人が自分を手に載《の》せ、こう言ったのを。

「貴方《あなた》の主人になれるとしたら、多分、信じられない程の莫大《ばくだい》な流体プールを持つ人ですわね。もしくは――」

その先は解らないが、何となく、扉が開いた時に思ったのだ。

そういう人を、

……さがす？

いないと聞いた。だが、自分を手に載せた人は、その時、多分、残念だと思った筈《はず》だ。そういう風《ふう》に感情を読み取る能も、本能レベルで自分には備わっている。

だったら、と扉《とびら》に前足を伸ばし、己《おのれ》はこう思ったのだ。

自分がそういう人を探し出せば、誰《だれ》も残念には思わなくなるのではないか。

使役体《しえきたい》として、主人を得るのは最初にして最大の意義《いぎ》だ。ならば、

『──』

扉は開いていたのだ。外まで。全て。

知識《ちしき》は備わっている。外界《がいかい》の知識は、生まれた時に既《すで》にある。何のためにあるのか。眠っていたのでは使われないだろうに。

だから出たのだ。捕《つか》まってはいけない。捕まったら〝ざんねん〟になる。だから、

「成程《なるほど》」

不意《ふい》に、後ろから声がした。

今までそこには何もいなかった筈《はず》。だが、

「ここには君のようなものがいるのか。──面白い」

声と共に、自分は、いきなり両脇《りょうわき》から抱え上げられた。

●

使役体の竜属《りゅうぞく》の子は、自分を抱え上げた少女を見た。

男性用のスーツを着込んでいるが、男性ではない。だが、

……ちがう。

彼女の周囲、流体光《りゅうたいこう》が見える。恐らくは使役体の自分が、路地《ろじ》の暗がりであって初めて見えるような光だ。

何か強力な加護《かご》、もしくは術式《じゅつしき》を浴びたか、通過したのだろう。だが、

『――？』

ちがう。

何が〝ちがう〟のかといえば、彼女の力だ。

使役体は、サポート役として、ある能力を持っている。

相手の力を見極める力だ。

だが、自分が彼女から感じるものは、今まで見てきた人のものとは違った。

……ないの。

流体のプールが、希薄《きはく》だ。魔女《まじょ》としての訓練《くんれん》を受けていない一般人。子供などの平均値《へいきんち》よりも遙かに低い。ほぼゼロと言っていい。

だからこの人は違う。

この人は、術式を使えないし、自分がサポートすれば、危険だ。

溢《あふ》れる流体を受け止め切れず、殺してしまう可能性もある。だから、

『――』

身を振り、逃《のが》れようとする。あぶない。きけん。だから、

「すまない。下ろして欲しいのかね？」

言われて、あっさりと下ろされた。

やさしい。

いろいろな意味で、驚き、見上げてみれば、膝《ひざ》をついた彼女がいる。

「素晴《すば》らしい。――想定外《そうていがい》の生まれとは、この世界が如何《いか》に芳醇《ほうじゅん》か、である」

そして、

「感謝である。君の存在に」

よく解《わか》らない。〝しっぱいさく〟で、何故《なぜ》、感謝をされるのか。

だが、どうすべきか。暴《あば》れて解放されたのに、感謝されて、どう反応をしたらいいのか。そのような知識《ちしき》が自分の中に備わっていない。

ただ、耳は音を聞いた。装甲車《そうこうしゃ》。U.A.H.J.四法印《しほういん》支部所有の二十三式六輪《ろくりん》APC。対術式《じゅつしき》防護《ぼうご》性能はランク3まで対応。だが最大の能である輸送《ゆそう》力は――。

「――君！」

装甲車のフロントドアを開け、スーツ姿《すがた》の青年が飛び出してきた。彼は身分証明《しょうめい》用の術式陣《じん》を一枚展開し、

「U.A.H.J. 四法印支部、第二課副《ふく》課長の天城《あまぎ》・光太郎《こうたろう》と言います。その使役体《しえきたい》から離れ、こちらに寄越《よこ》して欲しい！　解りますか!?」

●

腰をかがめたままの各務《かがみ》は、光太郎と名乗る男の背後に、並ぶ足音の群を聞いた。

……何やら物々《ものもの》しい。

シエキタイ、というのは、この、足下《あしもと》でこちらを眺《なが》めている竜《りゅう》の事だろう。シエキタイ、脂《し》液体《えきたい》？　私益体《しえきたい》？

「この子が、何か問題を？　危険には見えないのだが」

「その固体は調整《ちょうせい》に失敗したものでね。力の制御《せいぎょ》が出来ず、使用者を殺しかねない。とても危険な状態で――」

成程《なるほど》、〝使役体〟、か。

つまりは、使い魔《つかいま》。もしくは加圧《かあつ》者、と言ったところか。

一つ聞いておく。

「――君達に引き渡した後は、どうなる？」

問うた先、眼鏡《めがね》の青年は、一度息を吸った。ややあってから、しかしはっきりと、

「無論《むろん》、調整施設で分解するのが定則《ていそく》で――」

「――ならん」

は？　という相手を無視して、各務《かがみ》は下を見た。

そこにいる竜《りゅう》の子は、こちらを見上げている。だが、

「行き給《たま》え」

各務は言う。

「行き給え。そして生き給え、生まれたのならばそうする甲斐《かい》がある。

そしてもし君が力を出すべきと思うなら、私のところに来るといい。

――私はなかなか死なんタチだからな」

言うと、竜の子は、ややあってから首を下に振った。頷《うなず》きなのか、それとも一礼《いちれい》なのかは解《わか》らないが、賢《かしこ》いのは確かだ。素晴《すば》らしい。

後は、どうするかだが、

「逃がす気か⁉」

「そちらはどうする気かね？」

問うた先、男達が並んでいた。ヘルメット、身体《からだ》を隠《かく》すバリティクスアーマーに、背負ったバックパックは、

「邪魔《じゃま》をするならば、厄介《やっかい》な事になります」

眼鏡《めがね》の青年が、こちらを術式《じゅつしき》の窓で見据《みす》え、眉《まゆ》を歪《ゆが》めた。あの光る術式陣《じん》が、一種のコン

ソールであり、こちらの技術なのだろう。そして相手は、ややあってから、

「——貴女《あなた》、何処《どこ》の所属《しょぞく》ですか？」

「おや、所属していなければならんのかね？」

「そんな、一世紀《いっせいき》以上前からの慣習《かんしゅう》を——」

言った青年は、ふと空を見上げ、息を吸った。

「万《まん》が一《いち》もありますが、貴女も、相当に厄介な存在かもしれません。自覚はありますか」

「自覚はあるが、まだ判断《はんだん》はしたくないな」

ただ、と各務は言った。

「そこで〝そうですね〟と言える立場に君達もいるまい。そして私も同じだ」

「では済みません。——私の判断で動かせて頂《いただ》きます」

彼は手を上げた。

「総員、対魔女《まじょ》装備、展開許可する……！」

●

「——いいですか皆さん」

教員が、右の手を上げた。五本の指を順に広げ、そして閉じる。数えた数は、

「十。——十年です」

それは、

「十年に一度のヘクセンナハトが迫るこの時期。術式攻撃兵《じゅつしきこうげきへい》は〝魔女《まじょ》〟と呼ばれ、それによって過去から伝来する呼称《こしょうか》加護《ご》を得ていくものではあります」

教員は、小さく笑った。

「残念ながら、男性にはこれに該当《がいとう》する性差呼称がありません。ただ男性は兵科《へいか》表で警護《けいご》系職《けい》業が多いように、その術式に対毒《たいどく》、対術式のパッシブ系が多く、ヘクセンナハトの下でも私達と同様に単体でも行動出来ます。——行動の目的などは、それこそ守備防衛《ぼうえい》と、私達とは逆となるため、だからこそ後ろを預ける事になりますけどね。対する私達の方も、攻性《こうせい》術式を転用した反発防護《ぼうご》の研究により、防御《ぼうぎょ》術式の開発が進んでいますから、前線で彼らの手を煩《わずら》わせる事もありません」

と、彼女は閉じた指を開け、廊下側の女子を指さした。

「とはいえ、男性方と私達の差、気を付けねばならない事は解《わか》りますか？」

はい、と廊下側の少女が立ち上がる。

「——見せますか？」

「いえ、誰《だれ》もが解っている事の、再自覚ですので」

では、と少女が肩から力を抜いた。周囲、他の皆も、僅《わず》かな緊張《きんちょう》を身から抜く。

そんな、堅さと安堵《あんど》の変化の中で、少女が言った。

「自己防御加護などを男性は自前で揃《そろ》えられます。代わりに、男性はあるものが、やはり使用出来ません」

それは、

「使役体《しえきたい》。魔女の使い魔《つかま》です。――原初の開発に成功した使役体が〝魔女製〟であったため、その子孫《しそん》である使役体の全ては〝魔女〟にしか使用出来ません。ただ、一応、擬似精霊《ぎじせいれい》は生成に成功しているため、それを用いた武装《ぶそう》の召喚《しょうかん》は可能です」

「その武装とは？」

教員が、皆を見渡した。

彼女の視線を浴びて、誰もがその手に力を込めたり、首元や、ネックレスなどの装飾品《そうしょく》に手を当てる。

「――召喚フレーム。男性は使役体と攻性術式が使えないので、――ノーマルデバイスが限界。それも召喚の際は、公務《こうむ》用使役体と呼ばれる疑似使役体を使用します」

●

各務《かがみ》は見た。

男達の背負うバックパックの右側面。上を向いていたランチャーの蓋《ふた》が弾《はじ》け、そこから光が飛び出したのを、だ。

白光だった。

それは弾丸《だんがん》でも、雷《かみなり》でも、火でもなく、ただ彼らを一人ずつ守るように空中で固定。

「……精霊《せいれい》かね。人工と見受けるが」

「U.A.H.J. の対魔女《まじょ》用、男性装備の一環《いっかん》。防御《ぼうぎょ》としての攻撃《こうげき》力ですよ」

言っている間に、光が消えて、また生じた。彼らの肩上《かたうえ》にいた光の精霊が身を震わせて散るなり、その姿《すがた》が別のものに変わったのだ。

……おお。

武器《ぶき》だった。

光がまず、内部機構《きこう》を作り、機能《きのう》を確定していく。各務《かがみ》の目が、それを〝砲《ほう》〟と捉《とら》える時には、既《すで》に変形は済み、光は自らが作ったボルトで己《おのれ》の姿を固定する。

出来上がった姿は全長三メートル超。光の色をした、巨大《きょだい》な十手《じって》砲《ほう》だった。

「制圧《せいあつ》用。防御側の攻撃手段として、という訳《わけ》か」

「男性用ですが、制圧用ノーマルデバイスを十六本。――ランカー外であれば怪我《けが》をします。個人としては逃走《とうそう》を希望しますが」

「私はこれから大手《おおで》を振って、あの学校に行かねばならん」

「貴女《あなた》も、魔女ですか？」

「解《わか》らん」

ただ、と各務は言った。

今先程《さきほど》の技術は、なかなか興味《きょうみ》深かった。密度《みつど》を高くした流体《りゅうたい》に精霊としての個性を与え、そこから武装《ぶそう》に召喚《しょうかん》転化する。これは術者《じゅつしゃ》の負担《ふたん》を軽減《けいげん》するだけではなく、武器の機能などを洗練《せんれん》、確定するのに有用だろう。

「成程《なるほど》。ここでは――」

だから、自分としてこれを行うならば、

「こう、するのだな?」

立ち上がりながら広げ、振った右手。

そこに各務は、己《おのれ》の〝こう〟を射出《しゃしゅつ》した。

●

光太郎《こうたろう》は、あり得ない光景《こうけい》を目の前にした。

距離《きょり》十五メートル。路地裏《ろじうら》というロケーションで見るには異常な出来事だ。何故《なぜ》なら、相対《あいたい》した相手が、

「使役体《しえきたい》無しで、ノーマルデバイスを召喚した……!?」

「ふむ。――そういうものなのか。だが……」

平然と言う相手は、手元から周囲に流体光《こう》の渦《うず》を発生。そこに流体製の武器を射出成形させ

ながら、こちらに視線を向けた。

「こういうもの、なのだろう？」

周囲、隊員《たいいん》達が息を呑《の》んだ理由はわかる。

相手の手に高速構成《こうせい》されていくのは、白い大剣《たいけん》。だがそれは、中央部にある機構《きこう》を作り、格納《かくのう》していた。剣と言うよりも打撃武器《だげきぶき》のような、強引《ごういん》な刃《やいば》が内包《ないほう》するのは、

「副課長《ふく》！　砲弾成形式《ほうだんせいけい》の加速砲《かそくほう》です……！」

更《さら》には、規模《きぼ》が巨大《きょだい》だ。柄頭《つかがしら》から剣先までが優に五メートルを超える。あのようなサイズを即座《そくざ》射出《しゃしゅつ》出来るとしたならば、

……ランカー級。それも相当な上位です！

判断《はんだん》は一つだった。このような魔女《まじょ》が無登録《むとうろく》であるならば、

「総員構え！　防御術式《ほうぎょじゅつしき》を最大展開で――」

危険だ。何故《なぜ》なら、

……使役体《しえきたい》無しでのノーマルデバイス射出など、出来るのはこの世で一人……！

危険という言葉を相手において、光太郎《こうたろう》は叫んだ。

「――突撃《とつげき》。制圧《せいあつ》しろ……！」

授業は、ちょっとしたレクリエーション状態となっていた。

基本事項《じこう》を確認《かくにん》の後、教員が肩から力を抜き、こう言ったのだ。

「——ヘクセンナハトの夜は、男性主体の防御隊《ぼうぎょたい》が地上側を守り、私達は航空《こうくう》での迎撃《げいげき》を備えます。前々回、前回と、ヘクセンナハトの領域《りょういき》を向こうは無視する事が解《わか》り、今回からはバディ制も認められた訳《わけ》ですが、余剰戦闘《よじょうせんとう》の余波は無視出来ないどころか、本質以上の被害《ひがい》を地上に与えますからね」

ですから、

「皆さんも、実家に帰った際などは、御両親に向ける目が変わっている事でしょう。ここでの訓練《くんれん》期間が長ければ、十年前、二十年前の意味は深く解る筈《はず》ですから」

笑《え》みで言う彼女に、あのう、と手が一つ上がった。

こちらも息をついた生徒が、肩をすくめて言う。

「先生、——うちの父、フレームも無しで母との喧嘩《けんか》を耐えられるのは、加護《かご》なんでしょうか、あれ」

「それは母君《ははぎみ》の手加減《てかげん》という愛でしょう」

笑いが生じ、場が和《なご》む。

が、その時だった。

皆が不意《ふい》に動きを止めた。

教室の中央に、朱《あけ》の色が生じたからだ。

円陣鳥居《えんじんとりい》の術式陣《じゅつしきじん》。その中央には〝警告《けいこく》〟の文字がある。

「堀之内《ほりのうち》さん」

教員の声に、堀之内は無言《むごん》で立ち上がった。

そして彼女は、誰《だれ》に言い聞かせるとでもなく、

「公務《こうむ》が生じましたの」

「本日、二度目ですね。……あまり情が深いのも、判断《はんだん》を鈍らせますよ？」

「大丈夫《だいじょうぶ》ですわ。今度のは情ではありません。——先程《さきほど》の落雷《らくらい》で教員室に行ったため、憶《おぼ》えられてるのかもしれませんわね。他のランカー、上位三人はマイペースのようですし」

「成程《なるほど》。——では、出場を許可します」

教員は言った。

「U.A.H. 世界魔女《まじょ》ランキング四位。単独ユニットの〝巫女《みこ》〟属《ぞく》魔女。そして三賢者《けんじゃ》の一人にして、前へクセンナハト出場者である堀之内・充代《みつよ》の娘《むすめ》。その事を理解の上で振る舞いなさい、——堀之内・満《みつる》さん」

煽《あお》りますけどね、と彼女は笑みで追加した。

「ヘクセンナハトは近いのです。——黒の魔女《まじょ》。この世界を滅ぼす存在を討《う》つべき夜は」

第二章

『二人は出会って』

「合法的にお触りオッケーだ野郎共!」
「向こうは違法的に迎撃オッケーです班長!」

戦闘《せんとう》とは、難儀《なんぎ》なものだと各務《かがみ》は思う。

まず戦うのに、判断《はんだん》力や体格など、適格《てきかく》な才覚が必要とされ、その上でまた、それらを、継《けい》続《ぞく》させなければならない。

そして装備を充実し、これも維持《いじ》した上で、習得《しゅうとく》し、修得《しゅうとく》する必要がある。

しかし、年月と労力、金銭《きんせん》をそういうものに払ったところで、得られるものは勝敗の二文字のどちらかだ。下手《へた》を打てば死に至る。

……リスクが高いのであるな。

だが、それだけの事をやる価値《かち》が、時にある。

「――安全、平和。それらの獲得《かくとく》と維持。君達が私を排除《はいじょ》しようとするのは、そういった安定に基づくものかね？　――特に秩序《ちつじょ》について、だろうが」

問うた返答に、火花《ひばな》が来た。

正面。いるのは装甲《そうこう》に身を包んだ男達だ。彼らの内、半数程は倒しているが、残りがなかなかにやる。

今もこちらに、巨大《きょだい》な十手《じって》型の武器《ぶき》を叩《たた》きつけてきて、

「何だ貴様《きさま》は……！」

「名乗りはした筈《はず》だが？　まだここには不慣れでね」

しかし、

「小さな獣《けもの》を捕《と》らえようとし、不慣れな者に襲《おそ》いかかる。いや、私も小さな命を見ると遊びたくもなるもので、譲《ゆず》らぬタチではあるが、君達は違うのかね？」

「今はそういう時間か……！」

「その通りだ!!」

断言した。

「私が小動物を愛玩《あいがん》していたら君達が強襲《きようしゆう》してきたのだ！　小動物に関する私の問いかけに君達は答える義務がある！」

「それは——」

「小さい動物は好きかね？」

手にしている己《おのれ》の武装《ぶそう》。巨大な剣に、攻撃《こうげき》の火花を受けながら各務は問うた。

「犬とか猫《ねこ》とか、ネズミ系《けい》などもいいではないか？　特に、猫などは理想《りそう》的だ。身を低くして構えば相手してくれると解《わか》った時の感動。憶《おぼ》えているだろう？」

「く、くそ……！　それがどうした!?」

では、と各務が言った。

「ちと新聞で見たが、最近、枠《わく》を床に作ると猫が入るとか、そのような遊びがあるようじゃあないかね」

「だからどうした⁉　俺《おれ》はそんな事をやっていないぞ！」

「いや、別にそういう事を言おうとしたのではない」

各務《かがみ》は、鍔迫《つばぜ》り合いをゆるく引きながら、静かに言った。

「枠内《わくない》に入らない場合、つい持ち上げて入れたくなるが、——それは下衆《げす》であるよなあ？」

「く……！」

「そしてまあ、小さな動物を、思い通りにして、自分の点数にする。——いかん事であるよなあ」

「だ、だからそれが——」

どうした、という言葉は最後まで続かなかった。

彼の持っていた武装《ぶそう》が、光となって散ったからだ。

瞬間《しゅんかん》。武器《ぶき》のあった空間に、彼の使役体《しえきたい》が放り出された。

光の精霊《せいれい》。小さな玉のような姿《すがた》は、しかし直後に空中展開《てんかい》した術式陣《じゅつしきじん》に回収《かいしゅう》される。後はただ、鍔迫り合いをする相手の武器が無くなったため、

「成程《なるほど》」

各務は、己《おのれ》の武器を振り抜きながら告げた。

「——君達の武装。つまりは使役体というものを転用するが、その際の主軸《しゅじく》となるのは己の信

念。矛盾《むじゅん》があっては保《も》たぬと、そういう訳《わけ》か」

斬撃《ざんげき》する。とはいえ、砲門《ほうもん》を中に仕込んだ大剣《たいけん》だ。一発は、相手の装甲《そうこう》に食い込み、破壊《はかい》しながらも吹き飛ばす。

……地面に叩《たた》きつける訳にはいかんな。

殺す気は無い。

失わせる気も無い。

そうせざるを得ないだろう相手は、別にいるのだ。

ただ今は、

「問おう」

各務は、相手の動きを見た。一気に踏み込み、波状《はじょう》の制圧《せいあつ》を仕掛けてくる彼らに対し、攻撃《こうげき》を重ねた疑問を放つ。

●

各務は、接敵《せってき》を見据《みす》えながら、手の中にある五メートル程の大剣を握る。

「流体《りゅうたい》から作られたものだ。使役体を使用し、扱うには訓練《くんれん》と、知識《ちしき》、そして何よりも信念を必要とする。この利点は——」

相手を見れば、三メートル程の、やはり同システムによって形成された武器を持つ。否《いな》、彼らが武器《ぶき》の射出《しゃしゅつ》成形をするのを真似《まね》て、己《おのれ》のを作り上げたのだ。

彼らの、突撃《とつげき》における身構《みがま》えに不備の揺れも何も無いのを見て、各務《かがみ》は微笑した。

……見事である。

よく統制《とうせい》された組織《そしき》。これ程の兵員《へいいん》がいる上で、

「――この武装《ぶそう》の利点は、術者《じゅつしゃ》の信念が折れるか、生命活動の停止、流体《りゅうたい》供給の不足がない限り、武装を保持出来ると言う事。それも、術式の具現《ぐげん》化であるため、流体が保たれていれば弾薬《だんやく》などの補給《ほきゅう》も要《い》らない。一種の無敵《むてき》武装だ」

敵が来た。先頭《せんとう》の三人が十手《じって》型の武装を叩《たた》きつけてくる。

左右から、上段《じょうだん》と下段《げだん》の水平斬《ぎ》り。正面が中段《ちゅうだん》の突き。どれも十手のソードブレイカー部分を下に置き、単体でも上下段差《だんさ》をもった攻撃《こうげき》としている。

壁だ。

鍵《かぎ》となるのは中央の一人。彼の〝突き〟が最も早くこちらに届く。

突撃の先端《せんたん》を避ければ、上に行っても下に行っても、左右に振っても十手の打撃《だげき》だ。

さて突撃を止めるには、中央の彼を打つしかないが、これもまた、三メートル級の武装の陰になっていて、やりにくい。

よく出来た三連携《れんけい》。更《さら》には、

……左右からもか。

こちらを包むように、同じような組が二つ来ている。

そして各務は見た。彼ら三組の背後、残った者達が身を低く滑らせながら、十手を立ててシールドとしているのを、だ。十手の表面には、その長さよりも大きい長方形の術式陣《じゅっしきじん》が立ち、〝防護《ぼうご》〟の文字を見せている。

この戦闘《せんとう》の被害《ひがい》を、外に漏《も》らさない。そういう事なのだろう。

ならば、と各務は思った。

「どういう事かね」

前に出る。

左右からの十手の打撃に先立ち、中央からの突きが来る。

構わなかった。

各務は、手にしている大剣《たいけん》を水平にし、柄《つか》から下に落としたのだ。

斜め落ちになった剣の柄頭《つかがしら》。それが地面に当たる前に、各務は己の履《は》いている長靴《ちょうか》の踵《かかと》で踏む。そして、

「君達は、何をしている」

斜めに浅く立つ形となった大剣の先が、突撃の十手に下から食い込んだ。

ソードブレイカー部分は下側。そこに極厚《ごくあつ》の刃《やいば》が激突《げきとつ》し、鋼《はがね》の音を跳ね上げた。

当たる。そして砕《くだ》く。

割るのでも削《そ》ぐのでも断つのでもなく、ただ破砕《はさい》した。それもソードブレイカーの基部ごと、十手《じって》を二つに砕《くだ》いたのだ。

金属音《きんぞくおん》が響《ひび》き、光の精霊《せいれい》が術式陣《じゅつしきじん》に消えた。

直後に、十手を突き込んで来ていた中央の装甲服《そうこうふく》へと、こちらの大剣《たいけん》が届いた。

地面に柄頭《つかがしら》を食い込ませた大剣は、パイクよろしく装甲服の胸部を下からカウンターで穿《うが》つ。

装甲は、硬化樹脂材《こうかじゅしざい》の下に織り込んだ繊維《せんい》を断裂《だんれつ》させて破断《はだん》。減速した身体《からだ》は、しかし極太《ごくぶと》の刃《やいば》に激突《げきとつ》し、

「……！」

その身体が跳ね上げられたのは、こちらが柄頭を下から蹴《け》り上げたからだ。

浮かせて水平にし、大振りの鍔《つば》を立てて前に突き込む。その剣幅は中央を突き抜けてきた十手よりも太いものの、

……左右の攻撃《こうげき》の間を行けるか……！

各務《かがみ》は、突き込んだ大剣に引っ張られるように前にステップ。

軽く身を捻《ひね》り、左と右から来る打撃《だげき》の間を抜け、前方に出た。

左右には、十手を空振《からぶ》りした装甲服がある。その間に向け、各務は手に摑《つか》んだ大剣を後ろへと振り上げて回す。そして届かずとも構わず、

「砲撃《ほうげき》」

信念で動くならば、意思《いし》で伝わる筈《はず》。

即座《そくざ》に手の中に伝わってきたのは、果たして機械《きかい》の駆動《くどう》音だった。

やや動きが遅いと、そんな風《ふう》に思うのは、まだこの装備の作法《さほう》に不慣れなせいだと判断《はんだん》しておく。今為《な》すべきは、変形が生じ、中央の刃が割れ、

「——主砲《しゅほう》、出たか」

すれ違いざまと言えるタイミングで、各務は砲撃を後ろへとぶち込んだ。

●

……砲撃状態まで成立していますか……！

装甲服の男達を率《ひき》いてきた青年、光太郎《こうたろう》は、各務と名乗った少女の砲撃を正面に見た。

激音《げきおん》がし、光が破裂《はれつ》した。だが、

「……空砲《くうほう》!?」

大出力ではある。自分の手前、身構《みがま》えていた防護隊《ぼうごたい》の防護障壁《しょうへき》が、一度表面を洗われて光を得直すなど、ランカー級の一撃《いちげき》に匹敵《ひってき》する。だが、

「————」

空砲の破裂が、彼女とすれ違った左右の二人を吹き飛ばしていた。

十手を振り抜こうとしていた最中《さいちゅう》だ。彼らとしては、前に出て追撃《ついげき》を避けながら、十手を一

回転させて防御《ぼうぎょ》の構えに入る。そんなつもりだったろう。

だが少女はそれを逃《のが》さなかった。

背面撃《う》ち。しかも弾丸《だんがん》を放つ砲撃《ほうげき》ではなく、衝撃波《しょうげきは》重視の圧縮砲《あつしゅくほう》だ。

砲弾《ほうだん》を成形出来なかった訳《わけ》ではなかろう。ただ加速《かそく》式バレルの中、先端《せんたん》側の加速力を低め、後ろから高速の〝爆発《ばくはつ》〟を叩《たた》きつけたのだ。

砲弾ならば、まだ良かった。

弾《たま》である以上、左右のどちらかを狙《ねら》わねばならない。発射時《はっしゃじ》の爆圧《ばくあつ》でもう片方が揺らされるかもしれないが、直撃《ちょくげき》ではないだろう。

だが、狙った上での空砲《くうほう》はマズい。どうマズいかと言えば、

「——左右、確保から散開！」

振り抜く筈《はず》の十手《じって》に、後ろからの爆圧を本人共々《ともども》に受け、二人の隊員《たいいん》が宙《ちゅう》を舞った。既《すで》に装甲服《こうふく》の強化機構《きこう》の限界を超えた速度だ。制御《せいぎょ》は出来ず、振り回されるがままに飛ぶ。

その行き先は、左右から少女を囲もうと突っ込んで来ていた二隊だった。

「くっそ……！」

右の隊が叫んだ。

「所属《しょぞく》不明の女の子を囲って盛り上がるつもりが、野郎《やろう》の受け止めかよ！」

言っている間に激突《げきとつ》した。左右の男達三人二組が、飛んで来た一人ずつを受け止める。

装甲がぶつかり、意外《いがい》にも軽い打音を立てた。そんな流れが二組生じた瞬間《しゅんかん》。両方共に、

「散開……！」

受け止めた三人二組が、動きを合わせて中央から左右に退《の》いた。

直後に光太郎《こうたろう》が見たのは、右の班《はん》が吹っ飛んだ光景《こうけい》だった。

一瞬《いっしゅん》だった。

各務《かがみ》と名乗った少女が、右の隊へと突っかけたのだ。

それは、宙を飛んだ隊員を追う軌道《きどう》。だが、彼女の即応《そくおう》はおかしい。

……空砲の反動は無いのですか……⁉

疑問の答えは、既《すで》に見えていた。

砲撃によって上へ跳ねた大剣《たいけん》を、彼女は両手で握りながら肩で右に押し込み、

「……と」

回していたのだ。

砲撃の反動を利用した大旋回《せんかい》だ。踵《かかと》を軸《じく》に独楽《こま》のように、しかし身体《からだ》を仰《の》け反《ぞ》らせての豪快《ごうかい》な横薙《よこな》ぎは、

「そこかね」

問うような言葉と共に、方向性を与えられた。

踵を踏み込み、旋回から突撃《とつげき》へ。風を切る一発は、右に飛んだ兵員を正確に追った。

問題なのは、宙《ちゅう》に来た一人を受け止めようとしていた三人だった。

少女が、飛んで来た一人の真下《ました》へと、正確に大剣《たいけん》をぶち込んで来たため、一瞬《いっしゅん》の判断《はんだん》を迷ったのだ。

それがミスだった。

大剣が、その速度で、宙に舞った一人をくぐって抜けた。

野太い切《き》っ先《さき》がぶち当たるのは、三人の内、やはり中央の一人だった。彼は仲間を受け止めるのを諦《あきら》め、十手《じって》をガードに構える。

管楽器《かんがっき》の低音を、二つ打つような音がした。

十手を、大剣の先端《せんたん》が突断《とつだん》したのだ。

ガードを抜け、大剣が中央の一人を打ち飛ばす。その直後、光太郎《こうたろう》の視界《しかい》の中で、大剣が垂《すい》直《ちょく》に一回転した。

砲撃《ほうげき》展開。機構《きこう》の機動《きどう》と再構成《こうせい》は先程《さきほど》よりも早く、一回転終了と同時に、

「散開……！」

命令に従うように、空砲《くうほう》がぶち込まれた。

左右の二人が吹き飛び、頭から落ちかけていた先の一人が、

「……！」

一回転し、背面気味《ぎみ》に、しかし足から着地《ちゃくち》した。

そしてその時既《すで》に、光の弧《こ》が大輪《たいりん》を描いている。先程と同じように、大剣が豪快《ごうかい》なスイングを水平軌道《きどう》に作っているのだ。

各務・鏡《かがみ》。彼女の狙《ねら》いは、左の隊《たい》だ。

旋回《せんかい》からの攻撃《こうげき》が走り、打撃《だげき》音が穿《うが》つ中で、光太郎は言葉を聞いた。

それは、各務と名乗った少女の声だ。

「どういう事かね」

攻撃し、打ち払いながら、彼女は自分達ではなく、戦闘《せんとう》そのものに問いかける。

「何故《なぜ》、このような装備を必要とする……！」

●

各務は疑問した。打ち払い、競《せ》り合いから押してこう問うた。

「この装備。――流体《りゅうたい》による再生産が可能で、携帯《けいたい》による重量や嵩《かさ》の問題も無く、そして信念と流体があれば燃料補給《ねんりょうほきゅう》や弾薬《だんやく》の装備も不要という武装《ぶそう》」

このようなものがあった場合。どうなるか。

「――戦争を生じれば、国一つどころか、世界が滅びかねん」

しかし、

「しかし私が見たこの町は、平和だった。人は親切で、命がある。――矛盾《むじゅん》だ」

だから、と各務《かがみ》は言った。身を前に出して言った。

「問おう」

各務・鏡《かがみ》は疑問する。目の前の相手を突き打ち、道を空《あ》け、

「――君達は一体、何に対して怯《おび》えている」

武器《ぶき》を振り、砲撃《ほうげき》し、問いかける。

「これ程の強力な装備。それを持って、今の町と人々を守りながら、――何故《なぜ》、小さい命を武《ぶ》装《そう》化し、戦闘《せんとう》状態を保っている」

何故だ。

「何が君達を守らせ、恐れさせている……!?」

●

光太郎《こうたろう》はこう思った。この魔女《まじょ》は、何だろうか、と。

無知というべきか。それとも、愚《おろ》かと言うべきか。

自分達が何のためにこれらの武装を研究開発し、そして魔女と共に世界を守っているかなど、

「答えは今も見えているというのに……」

彼女はそれが解《わか》らないと、そう言うのだ。

だが、と光太郎は思った。

彼女の問いかけは、自分達が常日頃《つねひごろ》の〝いつも通り〟としているがために、真実だ、と。

「――隊長《たいちょう》！」

光太郎は、正面で防御《ぼうぎょ》姿勢を取っていた隊員《たいいん》達が、腰を前のめりに上げるのを見た。

「連絡《れんらく》を！　――この地域《ちいき》からの避難《ひなん》を！」

●

避難。

光太郎は、そう言われた意味を理解した。

彼らでは勝てないのだ。

……魔女と、男性の術者《じゅつしゃ》では攻撃《こうげき》性能が違う……！

女性の使用する術式《じゅつしき》はアクティブ系《けい》で攻撃や反発特化。

男性の使用する術式はパッシブ系で防御や緩衝《かんしょう》特化。

そして何より、女性の方が、アクティブであるが故《ゆえ》に使役体《しえきたい》との交流性を持つ。

現代においては、人工使役体もあり、男性の防御術式も飛躍《ひやく》的に性能を高めているが、

「あの娘《むすめ》、ランカー級です！　使役体無しでノーマルデバイスだけ射出《しゃしゅつ》して、振り回されてるのは意味が解りませんが、ノーマルフォーム出してフレーム一式揃《そろ》えるくらいの力量は間違いなくあります！」

「それでも私達なら押さえ込める筈《はず》だろう？」

言うと、隊員達《たいいん》が口の端《は》を上げた。

「言い忘れましたが、ランカーって言葉の前に〝トップ〟ってつくかもしれませんぜ」

大体、と別の隊員が言った。彼は皆と共に術式《じゅっしき》の多重展開を行い、装甲服《そうこうふく》の機動《きどう》性能を高速戦闘《せんとう》用に変換。術式陣《じん》の幾《いく》つかの項目《こうもく》に手指《てゆび》で許可を押しながら、

「――それに、周り見て下さい。あの娘《むすめ》、俺達《おれ》と戦ってますが、誰《だれ》も殺すようなことしちゃいない。どちらかというと、俺達を振り払っているだけだ」

「敵意が無いのは解《わか》っています。――使役体《しえきたい》の扱い規則《きそく》に反したのと、使役体無しでノーマルデバイスを展開したのを、危険と判断《はんだん》したのです」

つまり、それがための戦闘で、向こうが必要以上の被害《ひがい》を望んでいないならば、

「立場上の戦闘。向こうもそれが解ってやっているという事ですね」

「何故《なぜ》か、解りますか？」

解っている。

「疑問です」

彼女が先程《さきほど》に問うた言葉。今、こちらの隊員達と激突《げきとつ》しながら、この戦闘状態に対してぶつけている憤《いきどお》りこそが、彼女の戦う意味だろう。

何故戦うのか。

彼女のそれが、こちらに解らないのと同時に、彼女もまた、解らないのだ。

問われている。しかし、

「あの疑問に、私達が本当の意味で答える事は出来ない」

「じゃあ、どうします？」

「耐えましょう。――今はまだ授業の時間。問いかけには答えが必ずある時間です」

だから、

「回答者は必ず来ます。――トップランカーの魔女《まじょ》が、彼女の問いに答えに来ます」

だったら、と隊員達が言った。

皆が下がる。各務《かがみ》と名乗った規格《きかく》外の魔女から距離《きょり》を取る。

全員が十手《じって》を縦《たて》に構え、術式陣を展開。強化術式を入れ直し、

「御嬢《おじょう》と、どっちが強いですかね」

「御嬢様は負ける理由を持ちません」

だったら、と隊員達が、また言った。

「試すのが、ここから先の俺達の仕事ですか！」

「そうだ！」

光太郎《こうたろう》は手を振った。

皆に囲まれ、大剣《たいけん》を提《さ》げて構えとした各務に言う。

「告げる！」

よく解《わか》らない。相手も、今の状況も、逃げた使役体《しえきたい》も、どうしたものか。

だが、光太郎《こうたろう》は、腹の奥に奇妙《きみょう》と言える感情を得ていた。

……この相手は――。

自分達の、当たり前の現状に疑問を持つならば、

……全ての問題に対し、劇薬《げきやく》となるのだろうか。

「我々は君の疑問に応じる義務も、また権利も無い」

「それは、答えられる者が別にいるという事かね」

「いますとも」

しかし、と光太郎は言った。

「君は危険で、また、その一方で、実力が解りません。――ただ、今これから答えを送る相手が来るとすれば、それはこの世界で第四位のトップランカーです」

「自分で道を拓《あ》ける覚悟《かくご》はあると、それは述べておこう」

言って、各務《かがみ》が微笑した。

「ようやく通じたな。私達の戦う意味が」

彼女が前に出る。一歩を踏む。二歩を踏む。それに応じ、手前の隊員《たいいん》が、下がれと手指示《しじ》を寄越《よこ》してきた。

自分が為《な》すのは、この地域《ちいき》からの避難《ひなん》指示の手続きだ。

皆はどうなるだろうか。ただ、誰《だれ》も彼も口の端《は》を上げ、

「いいじゃあないですか。やってやりましょう。――二桁《ふたけた》ランカー相手なら、俺達《おれ》だって良い勝負になるんだから」

「俺達ゃ集団で、向こうは地上戦限定のシングルだけどな」

「だけど測れるのは確かだぜ」

一人が、各務に言った。

「俺達が、世界の壁だ」

ああ、と別の一人が言った。

「拓けさせねえ。――越えるなら認めてやる」

そうだ、ともう一人が言った。

「越えるなら上な。――スカートが良かったが、女の子のファッションに口は出せねえな」

すまんな、とパンツスーツに靴《くつ》というスタイルの各務が言った。

彼女は会釈《えしゃく》して、踏む足を軽いステップに変え、

「頼むぞ諸君《しょくん》」

武器《ぶき》を構えた。

「――感謝である」

西の空に、小さな光が生じたのを、皆は窓から見ていた。

高い天井《てんじょう》を持つ階段教室。

縦長《たてなが》の窓に、少女達は視線を移し、一部は広げた術式陣《じゅつしきじん》に今の光景《こうけい》をスキャンする。そんな彼女達の動きに、教壇《きょうだん》から手を打つ音が響《ひび》いた。

「――皆さん、最近ちょっと遅れ気味《ぎみ》なので、気を散らさないように。貴女達《あなた》、魔女《まじょ》の教導《きょうどう》を行う四法印学院《しほういんがくいん》とはいえ、基本は高等学校。授業の進行が遅れたら、私もドヤされますし、貴女達も座学《ざがく》や実地の通常試験が心許《こころもと》なくなりますよ」

彼女の声に、はい、と頷《うなず》く言葉もあれば、無言で従い、視線を戻す者もいる。

しかし中では、手を上げた上で、

「あの、大丈夫《だいじょうぶ》でしょうか」

「――先程《さきほど》、当該地域《とうがいちいき》には、戦域《せんいき》非指定Sランク級の戦闘《せんとう》が生じると、そういう指示《しじ》が出ました」

教員は静かに応じる。

「人々は退出していますし、原因に対しては、外部の廃墟《はいきょ》地域への誘導《ゆうどう》を行っているようです。問題はありませんよ」

いえ、と別の少女が手を上げた。彼女は一度、「えーと」と前置きして、

「大丈夫ってのは、……ほら、相手の事で」

「多分これ、野良《のら》の魔女が相手ですよね」

他からも声が上がった。

「登録外《とうろく》で強力な魔女というと、大体がスカウトしてU.A.H.か、この学校に入る事になるじゃないですか。でも堀之内《ほりのうち》さん、そういうのに出張《でば》ると――」

皆が結論した。

「――大体、派手《はで》に躾《しつ》けますよね」

彼女達が確認《かくにん》を取る先。教員はただ頷くだけだ。眼鏡《めがね》を上げ、やがて口を開くなり、

「いいではないですか」

言う。その瞬間《しゅんかん》に、西の空に光が一つ発生した。

「どれだけ強くても厳《きび》しくても、我らが歴史と宿命《しゅくめい》を思えば、足りぬくらいでしょうに」

●

堀之内が現場にたどり着いた時、そこは残骸《ざんがい》と、散る流体光《りゅうたいこう》の風に満ちていた。

廃墟。

湾岸からやや北西に進めば、川沿いであっても遺跡《いせき》のような現代の廃墟に着く。

その入口に近い位置であったが、見知った影が幾《いく》つも倒れているのを堀之内《ほりのうち》は見た。

「皆さん……！」

広い道路。昔はもっと西の方と繋《つな》がるための道だったらしい。

そんな街道《かいどう》の左右に、装甲服《そうこうふく》を砕《くだ》かれた男達が倒れている。

ここまで来る間に報告は来ていた。そこで告げられている相手は、

「——おや、新手《あらて》かね」

スーツ姿《すがた》というより、乗馬服《じょうばふく》のような締《し》まったスタイル。彼女はこちらを見て、

「……今の移動、いきなりだったが、瞬歩《しゅんぽ》か何かかね？」

見破られた。

だが、来た瞬間《しゅんかん》は、見せていなかった筈《はず》だ。だとすれば、ブラフか、または、

……移動系術式《けいじゅつしき》が起こす流体《りゅうたい》の動きを、見られましたの？

自分の接近を感づかれないよう、万《まん》が一《いち》を考えてある程度の距離《きょり》からは足を使って移動している。だが、己《おのれ》の想像《そうぞう》する察知《さっち》の外までを感づかれたとなると、

「……何者ですの、貴女《あなた》」

「何かおかしいところがあるのかね？」

問われ、堀之内は半目《はんめ》で右の手を上げた。指で示すのは、

「それ」

言われ、相手は自分の手にしていた真《ま》っ白《しろ》いノーマルデバイスに気付いた。

大剣型《たいけん》。砲身内蔵《ほうしんないぞう》で砲撃《ほうげき》可能なモデルだというのは報告にあったものだ。

しかし、目の前で見ると、一つの異常がある。

「ノーマルデバイス……、のみですの」

「……先程《さきほど》も、ちょっと騒《さわ》ぎになっていたが、これが展開出来るのはおかしいのかね？　何やら使役体《しえきたい》が必要とか、そんな話であったが」

彼女の言葉に、違和《いわ》と言うよりも軽い苛立《いらだ》ちを堀之内は感じた。

……おかしいですわ。

何を言っているのか、解《わか》るけど、理解出来ない。

意味は解るのだ。

使役体無しでノーマルデバイスを展開したと、そういう事だ。

だが、理《り》が合わない。ノーマルデバイスの展開とは、そういうものではないのだ。だから、

「――朱雀《すざく》」

言うと、右肩に小さな赤い鳥が乗った。情報体。自らの疲弊《ひへい》を避けるために簡素化《かんそか》しているので概要《がいよう》的な姿だが、精霊《せいれい》としては四聖獣《しせいじゅう》の朱雀に該当《がいとう》する。

己《おのれ》が治める神社《じんじゃ》。堀之内神社の守り神として、古来《こらい》から住み着いている一羽《いちわ》だ。

見れば朱雀は胸を張っている。自己主張の少ないクール系《けい》だが、今日《きょう》はテンションが高いら

しい。ならばここは素直に、

「――行きますわよ」

「唐突《とうとつ》な話だねまた」

答える意味は無い。相手は自分の麾下《きか》とも言える防護隊《ぼうごたい》を一中隊壊滅《ちゅうたいかいめつ》させたのだ。二桁《ふたけた》ランカーならば制圧《せいあつ》出来る彼らを完全に打ち、しかも必要以上の深手《ふかで》は負わせていないとなると、

……上位ランカー級！

だが、と堀之内《ほりのうち》は思った。それ程の実力者が、今の時期に在野《ざいや》であったなどと、そんな事が有り得るのだろうかと。しかし、

……目の前の出来事だけが事実ですわ。

思えば、身は震える。

甘受《かんじゅ》せよ現実。辛《つら》い事も理不尽《りふじん》も、断絶も何も、目の前でしか生じない。だから、

「――ノーマルフレーム展開！」

第三章

『空を行く』

力を扱う術式
それが魔女の術

各務《かがみ》は、目の前に現れた少女に、身肌《みはだ》の震えを感じた。

流体《りゅうたい》。地脈《ちみゃく》。それらが今、彼女の味方《みかた》についている。明らかに、この世界の理《ことわり》が、こちらよりも向こうに従っているというのが肌に解《わか》ってくるのだ。そして、全ての力を従えるためのシステムが、

「術式《じゅつしき》か……!」

人が作り得て、世界を従わせるもの。

己《おのれ》が持つ武装《ぶそう》の成形よりも大きな力が、少女の方へと渦巻《うずま》いて走る。

光があった。

その中で、幾枚《いくまい》もの術式陣《じん》が展開する。色は朱《あけ》。楓《かえで》をあしらった円形の文字盤《ばん》には、幾つもの言葉が流れ、少女の肩に乗っていた赤い鳥が一鳴きした。

『……!』

鳥の姿《すがた》が光に消える。

鈴《すず》の音《ね》が響《ひび》いた。軽い鈴では無い。神社で鳴らす金属《きんぞく》の大鈴だ。それが周囲に音の結界《けっかい》を張るように鳴り音を広げ、中央で少女が腕を広げた。

直後。彼女が両の手を身体《からだ》の前で叩《たた》きつける。

快音が響いた。

瞬間《しゅんかん》。彼女の衣装《いしょう》が音に散った。だが、その時にはもう、術式陣が彼女の身体を隠《かく》すように覆《おお》い、

「――」

もう一度、手を打つ音が響いた時だった。少女の身体の各所に小さな部品群が現れた。

各務の目には、流体で構成《こうせい》された駆動器《くどうき》に見えた。

当たりだった。

駆動器は流体を食って回転し、彼女を支える地脈を一気に加速《かそく》させる。そして光の渦が加圧され、彼女の五体に纏《まと》わり付き、

「……ほう、装甲《そうこう》と強化駆動系《けい》までを構成するとは、見事な精神の表出《ひょうしゅつ》状態」

成形されるのは、鎧《よろい》に等しい重装甲と衣装。特に脚部《きゃくぶ》は飛翔《ひしょう》と大型武器《ぶき》の支点システムとして強固なものが射出《しゃしゅつ》された。

全ては内部に駆動器を収め、流体駆動機構《きこう》を構成する。その上で各部に流体で出来たボルトが数千を下らぬ単位《たんい》で射出。ことごとくのパーツを穿《うが》って合致《がっち》した。

音が響く。

中央、胸の中に収めるように、一枚の術式陣が立ち上がったのを各務は見逃《みのが》さなかった。

ハート型のインジケータ。恐らくは彼女の流体装備の中枢《ちゅうすう》システムだろう。

術式陣《じゅつしきじん》の中に逆映しで見えた文字は、

〝Phlogiston Heart System〟

「成程《なるほど》」

鈴《すず》の音《ね》が静まり始め、光の壁も薄くなって行く向こう。は、結界《けっかい》の中から今にも出ようとするの
は、巨大《きょだい》な弓銃《ゆみじゅう》を携《たずさ》えた少女の姿《すがた》だった。

上半身《じょうはんしん》は装甲《そうこう》よりも衣装《いしょう》という感が目立つが、巨大《きょだい》な腕部《わんぶ》や脚部《きゃくぶ》は高速かつ重戦闘《せんとう》用だ。

彼女がゆっくりと視線を上げ、こちらを見る。

戦闘は近い。その事を予感の上で、各務《かがみ》は息を吸った。

「成程《なるほど》」

解《わか》った事がある。

思い違いが、一つあったのだ。

自分が今、手にしている大剣《たいけん》。これは、この世界における主武器《ぶき》の類《たぐ》いとして間違ってはいないものだろう。だが、

……大振りで、かなり振り回されたのは確かであるな。

軽量化システムか何かがあると、そう思っていたのだが、違った。

「――つまり、今の君のような、装甲衣装と、強化駆動系《くどうけい》をも流体《りゅうたい》で作り上げた上で、振り回すものだったのだな、これは」

そして、その中枢《ちゅうすう》は、彼女の胸部装甲に収まっていく術式陣。

「Phlogiston Heart。——燃素《ねんそ》信念というべきそれが、術式の核《かく》と表出《ひょうしゅつ》の管理をする箇所《かしょ》か。

ならば、ここのルールに合わせれば——

各務は、大剣を空に投げた。そして身構《みがま》える。

……大事《だいじ》なのは、四肢《しし》と、心の自覚であろうな。

思うなり、空から大剣が落下《らっか》した。柄《つか》を上に、先端《せんたん》を下に。巨大な刃《やいば》は切《き》っ先《さき》を地面に打ち込み、破壊《はかい》音を立てる。

直後に各務は声を上げた。

「ノーマルフレーム展開。——それが作法《さほう》であるな？」

●

「……先生、東廃墟《はいきょ》にて、大規模《だいきぼ》な地脈《ちみゃく》の震動《しんどう》があります。それも二つ！」

教室内。水晶《すいしょう》のペンダントを手に掲《かか》げていた少女が呟《つぶや》く。

同じように、別の少女も顔を上げ、

「——特機《とっき》科《か》、術式《じゅつしき》科、特待《とくたい》科までが、気にしているようだね。私達特有の流体がざわめいてる。さぞ使役体《しえきたい》は賑《にぎ》やかだろうさ」

だが、先の少女が言った言葉は、一つの状況を示している。

「……堀之内《ほりのうち》さんの相手となっている野良《のら》の魔女《まじょ》も、ノーマルフレームの展開を？」

疑問に、手を打つ音が響《ひび》いた。教壇《きょうだん》。教員だ。彼女は皆を見上げ、

「ノーマルフレーム。……つまり武器《ぶき》としてのノーマルデバイスと、衣装《いしょう》としてのノーマルフォームを統括《とうかつ》してそう呼びますが、これらの装備は、使役体《しえきたい》の力を借りた召喚《しょうかん》者の意識《いしき》の具《ぐ》現《げん》とされています」

そして、

「フレームを支える駆動器《くどうき》システムは、私達誰《だれ》もが持つフロギストンハートによって統御《とうぎょ》。ならば相手の野良魔女も、――同様のシステムを展開出来るのでしょう。魔女の心。世界を変えて己《おのれ》の思い通りにするフロギストンハートを」

●

堀之内は、それを見た。

相手となる少女のノーマルフレーム展開。否《いな》。既《すで》にデバイスは展開しているのだ。正確にはノーマルフォームの展開だろう。

だが、目の前で見ても、やはりあり得ない事がある。駆動器システムなどは、全てその展開に織り込まれ、装甲《そうこう》も合致《がっち》していくというのに、

「……使役体無しでノーマルフレームを一揃《ひとそろ》え召喚出来ますの!?」

「先程《さきほど》から疑問だが、出来ないのかね？」

「それが出来るのは――」

言っている間に、相手の胸部装甲前に、一枚の術式陣《じゅつしきじん》が浮いた。

確かギリシャ文字。それらをあしらった術式陣には、〝燃素信念《ねんそ》〟の文字がある。

フロギストンハートシステムそのものではないが、同様のものだろう。

……私の展開を見て、コピーしましたの？

無茶苦茶《むちゃくちゃ》ですわ、と堀之内は思った。このような相手は、今まで相対《あいたい》した事が無い、と。

ただ、無作為にコピーが行われた訳《わけ》では無い。

こちらの展開が終わろうという瞬間《しゅんかん》。つまりは、多重術式で自分の元へと引き寄せた地脈《ちみゃく》と流体《りゅうたい》が、解放される一瞬《いっしゅん》を狙《ねら》われた。

ノーマルデバイスは流体で出来た武器だ。

それを彼女は、地面に突き立てた。

地脈は空間中を流れるものだが、地下内においては特にその密度《みつど》を濃くする。流体で出来た刃《やいば》は、集まった地脈に対して要石《かなめいし》のように刺さり、彼女へと力を供給《きょうきゅう》しただろう。

その上で、駆動系の展開だ。自分が集めた流体と地脈をそのまま受け継《つ》ぐようにしているため、流体製駆動器は、離れていく地脈や流体に残っていた〝型〟を利用した筈《はず》。

つまりは狙いを定め、コピーを行ったのだ。

デバイスが先行成形されているため、フォームのみの展開。時間は短く済む。

ゆえに両の拳《こぶし》を彼女がぶつけた時、

「――勝負としていろいろ借りたが、このようなものでいいのかね」

見事だ。

左右対称《たいしよう》型のノーマルフォーム。自分のシステムを一部転用しているが、その事を、

「卑怯《ひきよう》だと思うならば、解除するが？」

「――フロギストンハートシステムは、魔女《まじよ》ならば誰《だれ》でも一定以上の戦力となり得るためのシステム。駆動器系《くどうきけい》はチューニングもありますが、基本形は幾《いく》つかのもので誰もが同じですわ。それを模《も》す事を卑怯というなら、私も卑怯という事になりますの」

「……どういう事かね」

は？　と堀之内《ほりのうち》は思った。

そうか、とか、解《わか》った、という納得《なつとく》の言葉が来ると、そう思ったのだ。

だが、違った。

……どういう事か、って……。

フロギストンハートシステムの駆動系。

今、言った通りに、単に流体《りゆうたい》で武装《ぶそう》を作るのではなく、まずは流体で、後の強化に繋《つな》がる駆動器を成形する方法だ。その駆動器をパワーアシストとして己《おのれ》の装備を完成。完成後は、各

部の出力強化器としても使用する。

「もはや、流体で武器《ぶき》のみを作り、体力任《まか》せの勝負をする時代ではないと、そういう事ですわ」

言った先、相手は応じない。

ただ彼女は、こちらを見据《みす》え、息を吸った。

動くつもりだ。

肩上《かたうえ》、朱雀《すざく》が姿《すがた》を現し、強く鳴いた。

警告《けいこく》か、威嚇《いかく》か。ただ鋭い鳴き声は、今まででもそう聞いた事の無い高音だった。

……十年前の、あの夜のようですわね。

故《ゆえ》にこちらも息を吸い、名乗った。魔女同士の戦闘《せんとう》。そしてこれは、公式の記録に残らない
とは思うが、己のノーマルデバイスを構え、

「堀之内・満《みつる》、――四《し》法印学院《ほういんがくいん》生徒会長、世界魔女ランキング四位、戦種《スタイル》は〝巫女《みこ》〟。正式に
勝負を申し込みますわ」

「――血の気の多い話だね全く。私のコレは……」

見れば解る。というか、ノーマルフォームはその人の心を示すというのに。

こちらはただ、見た目からだが、区別出来る名称《めいしょう》を言うだけだ。

「――聖騎士系《せいきしけい》ですわ。少々、古いと言えるデザインに属していると思いますけど」

「……前の影響《えいきょう》が残ってるのか。まあいい。有り難う」

相手は小さな笑《え》みを見せた。

作った笑いではない。本当に感謝している。それが漏《も》れたという笑みだった。

「堀之内《ほりのうち》君。私の所属《しょぞく》やナンタラは適当にそちらで頼む。——ともかく勉強のためにも君の勝負を受けるものである」

彼女はゆっくりと、口を開いた。

「——各務《かがみ》・鏡《かがみ》という。憶《おぼ》えて頂《いただ》けると幸いだ」

●

教室の窓に、壁が掛かっていく。

分厚《ぶあつ》いシャッターだ。一枚一枚の装甲板《そうこうばん》は大きめだが、物理防護《ぼうご》能力よりも内部に多く防護術式《じゅつしき》システムを優先して織り込んでいる。

教室内、壁はシャッターと同級システムが内包《ないほう》だ。教室内が暗くなる一方で、天井《てんじょう》と床の四隅《よすみ》を中心とした各所に補強と緩衝制御《かんしょうせいぎょ》の術式《じゅつしき》が展開。

「——これで、教室内にいれば、マギノフレームの一撃《いちげき》にも耐えられます。東京湾《とうきょうわん》沿岸各所にも、同級の術式防護障壁《しょうへき》が立ち、人々を守っているでしょう」

教員が言っている間に、音が響《ひび》き出した。

ここは湾上。莫大《ばくだい》な海面を反響板《はんきょうばん》として届いてくるのは、

「大気《たいき》の裂《さ》ける音」

誰《だれ》かが、見えぬ空を見上げて言った。別の一人が指を折って数を数え、

「秒速七十超えてる。ノーマルの初《しょ》っ端《ぱな》からこれだと、教室出ないで中庭で寝てた方が良かったな。トップランカー級の空戦が見られたろうに」

「待って」

一人が、階段教室の机を陰とし、教員に気付かれぬよう、こう呟《つぶや》いた。

「今、外の父《とう》さんから聞いた話だと、相手は戦種聖騎士《スタイルせいきし》だって。——航空《こうくう》戦が出来る戦種じゃないんじゃないの？」

「魔女《まじょ》は例外の固まりだろう」

という小さな応じに、答える声があった。

天井《てんじょう》を震わせる大気の鳴動《めいどう》は明らかに二つ。皆が肩をすくめ、

「鈍重《どんじゅう》で、古くさくて誰《だれ》も適格《てきかく》者がいなくなったような聖騎士装備で、朱雀《すざく》の巫女《みこ》と航空戦やるなんて、どういう事……？」

「——ほら皆さん、例外は常に何処《どこ》にでも何にでもあるものですよ」

響《ひび》いて唸《うな》り、昇っていく音を一度見上げ、教員が言った。

「魔女のフレームは、使役体《しえきたい》の力を借りた召喚者《しょうかんしゃ》の意識《いしき》の具現《ぐげん》です」

聞こえていたのか。うわ、という警戒《けいかい》と、やれやれ、という空気の中で少女が問う。

「——でも先生、何でアレ、古来《こらい》からのいろいろな職業の装備を模《も》すように、とか言われるんです？　自由にファッションしたいんですけど」

「表出《ひょうしゅつ》の具現性を高め、後の活動性を上げるためですよ。歴史としての〝形状〟は、それなりの理由があります。まさかナイトドレスで黒の魔女《テクノヘクセン》と戦うつもりですか？」

いいですか、と言う間に、空から響く音に、別のものが混じり始めた。

金属音《きんぞく》と、大気を穿《うが》つ音。

「剣戟《けんげき》と、砲撃《ほうげき》……」

ええ、と教員が頷《うなず》いた。

「ノーマルフレームの基本デザインは、使用者の意識、信念に基づいた武装《ぶそう》や、職業を模した装備となり、ランカークラスならばその強化とレタッチに余念が無い事でしょう」

だから、

「野良《のら》の魔女がどうかは知りませんが、自らのフレームを鍛《きた》え上げていったという意味では、堀之内さんの方が上である事は確かです」

なお、と教員は言葉を続けた。

「——彼女よりランクが下であっても、ヘクセンナハトでは役目《やくめ》がある。その可能性が高い事は、十年前の惨劇《さんげき》で皆さん理解していますね？」

問いかけに、皆が身を固くした。

空。高い位置に砲撃《ほうげき》の音が行った。もはや大気《たいき》を裂《さ》く音は、遠雷《えんらい》のように聞こえ、

「――なお、皆さんの最大の補助となるのは使役体《しえきたい》です。使役体の個性が、装備の彩色《さいしき》に関わるので、もしファッション重視で使役体を選ぶなら注意ですが、使役体は魔女《まじょ》と共生関係にありますから、交換は利きません。

もし気に入らない色を作る使役体をパートナーとした場合は――」

はい、と空を窺《うかが》いながら、息を整えた生徒が手を上げた。

空では戦闘《せんとう》が生じているが、今は授業中。もはや自分達の気にすべきは、

「ヘクセンナハトの対抗《たいこう》として、私達も作業を進めていますが――」

シャッターの閉まった窓に背を向けるようにして、少女は言った。

「装備として不備のあった場合は、急ぎ服飾科《ふくしょくか》に相談し、デザインを工夫《くふう》する、ですね。使役体の癖《くせ》なども、ブリーダーに直して貰《もら》う事が肝要《かんよう》です」

ええ、と教員が頷《うなず》いた。自分と生徒達、その相互を、視線で作り直しながら、彼女は言う。

「――先生達がヘクセンナハトに躍起《やっき》になっていた頃《ころ》は、〝そんな我《わ》が儘《まま》は許さない〟でしたけど、いい時代になりましたね」

では、と一人の生徒が手を上げた。

先程《さきほど》、父からの報告を受け取っていた少女だった。彼女は身を前に乗り出し、

「先生、――使役体なしでフレームの召喚《しょうかん》は出来るんですか」

「それが出来るのは、――一人だけと言われています」

視線を回し、皆を見据《みす》えた上で、教員は言った。

「黒の魔女《まじょ》。人類の宿敵《しゅくてき》、この世界の魔力《まりょく》の根源《こんげん》とされた月に自ら封印《ふういん》された、ヘクセンナハトの課題たる彼女だけ、と」

●

各務《かがみ》は、空の空気が澄《す》んでいる事に感嘆《かんたん》を得ていた。

初夏の折だというのに、大気は冷たい。無論《むろん》、高度も十キロを超えた。それでいて飛翔《ひしょう》し、戦闘行為に集中出来るのは、

「成程《なるほど》、この衣装《いしょう》を支える駆動器《くどうき》などが、本来ならば術者《じゅつしゃ》が為《な》すべき保護《ほご》術などを代理《だいり》してくれると言う訳《わけ》か」

眼下《がんか》に見えるのは東京湾《とうきょうわん》。奥の深い形は、その中央に一つの学校を置いている。

魔女を育成しているのだと、そう聞いた。だが、

……周囲だ。

東京が、破壊《はかい》されている。

東京湾の南西側、横浜《よこはま》方面に向けては、人々の住まう町が有り、生活の煙や熱気に大気が揺らいでいるのが見える。

だが、そこから北へと視線を向ければ、もう違う。

新宿《しんじゅく》を中心に、巨大《きょだい》なクレーターが開き、湖《みずうみ》になっている。他にも各所、小型の穿孔《せんこう》が幾《いく》つも大都市の廃墟《はいきょ》を飾り、時には町の形を斜めに叩《たた》き切ってもいる。

建物などは、破壊《はかい》によって歪《いびつ》なオブジェと化していた。上から下へと圧縮《あっしゅく》されたものもあれば、半《なか》ばを球状にくり貫《ぬ》かれたものもある。

「これは――」

各務《かがみ》が呟《つぶや》いた時だった。目の前に、飛び込んでくる姿《すがた》があった。

赤い髪《かみ》。

堀之内《ほりのうち》だ。

ノーマルフレームの流体光《りゅうたいこう》によって影響《えいきょう》を受けた髪を赤く光らせ、彼女が手持ちの武装《ぶそう》を構えている。

長銃《ちょうじゅう》に見えた。赤と白の、竜《りゅう》の顔とも、羽《はね》を後ろに広げた鳥にも見える銃だ。

彼女はそれをこちらに構え、空中を斜め飛びに加速《かそく》しながら、

「――――」

砲撃《ほうげき》が来た。

砲弾《ほうだん》は長銃の内部で成形された流体砲弾。だが、物理硬度《こうど》を上げているのだろう。回避《かいひ》のためにこちらが横に加速すれば、

……おお。

水蒸気爆発《すいじようきばくはつ》から突き抜けて飛んで来た一発は、矢羽根《やばね》のついた高速弾だった。

後から音がついて来る。そんな勢いの中で、各務は堀之内を追った。

飛翔《ひしよう》の原理《げんり》は解《わか》っているが、小回りなどを利かせる技術がまだ理解出来ていない。脚部装《きやくぶそう》甲《こう》の加速器主体では、上半身《じようはんしん》の動きによって全身が容易《たやす》く振り回されるのだ。

無論《むろん》、そのアンバランスさを使用すれば、

「速度任せの軌道《きどう》の中で、身体《からだ》だけは振り向く事も可能か！」

前に飛ぶ身体を、右に捻《ひね》る。

速度がある程度のレベルになれば、空気抵抗《ていこう》とは別で、身体全体は進行方向への運動を止めなくなる。故《ゆえ》に各務は身体を回し、右から後ろへと振り向き、

「そこかね……！」

右後ろだった位置。距離《きより》二百メートル程の位置に堀之内が回り込んでいた。

跳ねられた。

軌道を強引《ごういん》に変えるのは、脚部加速器を使用したショートジャンプだ。

下だ。空を広く、立体として捉《とら》え、しかし速度の低下がしにくい下方向を選択する。

一見した瞬間《しゆんかん》。眼下《がんか》の廃墟の方が目に入り、彼女の挙動《きよどう》が見えなくなる辺りも、

「慣れているな」

こちらも跳ねた。すると先程《さきほど》まで自分がいた位置を、砲弾《ほうだん》が通過した。

瞬間《しゅんかん》。各務《かがみ》は空中で身を屈《かが》めた。身体《からだ》を前に転ばすようにして、

「こうか」

脚部《きゃくぶ》で天上《てんじょう》を蹴《け》る。

加速《かそく》は一瞬《いっしゅん》。だから続ける。二歩、三歩、四歩を加速すれば、

「そこだ」

正面に見えるのは、廃墟《はいきょ》を背景にこちらへと長銃《ちょうじゅう》を構えている堀之内《ほりのうち》だ。

撃《う》たれる。だが自分も回避《かいひ》をする。

空を切り裂《さ》き、右に跳ね、撃たれても左に跳ね、そして一気に、

「……！」

来た砲弾を、各務は大剣《たいけん》で突き切った。

手応《てごた》えは真《ま》っ直《す》ぐだった。ならば剣先の行く方向に堀之内がいる。

いた。

後は簡単だ。加速を持ち、堀之内に距離《きょり》を詰め、

「――」

撃たれた。距離百メートル。砲弾はこちらに飛んでくる。

やはり真っ直ぐだ。真面目《まじめ》さを感じる素直な軌道《きどう》。だからこちらは砲弾を突き切り、

「砲撃《ほうげき》……！」

即座《そくざ》に大剣を砲撃状態に展開。己《おのれ》の行くべき軌道に向け、空砲《くうほう》ではなく弾丸《だんがん》をぶち込んだ。


当たった、と各務は思った。

攻撃《こうげき》直後の瞬間。それも、ヒットしたかどうかを確認《かくにん》するような時間に、カウンターの一撃《いちげき》を入れたのだ。

長銃を構えていた堀之内にとっては、回避運動に入るのも難しかったろう。しかし、

「おお……」

炸裂《さくれつ》した流体光《りゅうたいこう》の飛沫《しぶき》。こちらの砲弾の破片《はへん》と爆散《ばくさん》の向こうに、別の光が見えた。

矢だった。

矢の形状は、堀之内が放つ弾丸の形。だがそれは、一本ではなく、砲弾として飛翔《ひしょう》している訳《わけ》でもない。

こちらに向けて堀之内が掲《かか》げた右の手に、三本の矢が重なり、盾《たて》となっているのだ。

三重の矢の向こうで、彼女の鋭い視線がこちらを捉《とら》えていた。

飛翔し、こちらに対していい位置を取ろうとしながら、朱雀《すざく》の巫女《みこ》が言う。

「――私の盾は、一人分の力でどうなるものではありませんのよ」

「その故事《こじ》も、ここにはあるのか……！」

言った瞬間《しゅんかん》だ。堀之内《ほりのうち》が盾《たて》を解除した。

自分も次の砲撃《ほうげき》を準備する。

だが、堀之内の方が速かった。彼女は長銃《ちょうじゅう》をこちらに向けぬまま、

「砲撃展開……！」

直後。金属《きんぞく》音が回った。

堀之内の手が摑《つか》んでいた長銃が、その後部を大きく開放したのだ。

銃ではない。弓《ゆみ》だった。基部に転輪《てんりん》を二重に有した弓が展開し、竜《りゅう》にも朱雀《すざく》にも似た全容を空に広げる。

「鳴きなさい〝朱竜胆《あけりんどう》〟」

飛翔《ひしょう》しながら、堀之内は流体《りゅうたい》の弦《つる》を弾《はじ》き、
一瞬《いっしゅん》で、十数発の砲弾《ほうだん》が、こちらに向けて飛翔した。それも追尾《ついび》つきで、だ。

第四章

『月に笑えば』

慌ただしい
慌ただしい
慌ただしい
君は上手く行っているのかね

白の騎士《きし》が、宙《ちゅう》を舞った。

赤の巫女《みこ》が、空を追った。

展開した赤の弓《ゆみ》からは速射《そくしゃ》の砲撃《ほうげき》と多《た》重射《じゅうしゃ》の追尾弾《ついびだん》が連続する。

まるで獲物《えもの》を追うように、宙を遡《そ》上《じょう》しては降下《こうか》し、数十の弾丸《だんがん》が騎士を追う。

騎士は幾度《いくど》も空中にショートダッシュを掛け、また時折《ときおり》に、

「く……！」

全身を震わすような加速《かそく》を入れ、追いすがる弾丸をかわしては距離《きょり》を取ろうとする。

時に足下《あしもと》付近まで、追尾の顎《あぎと》が迫り、そして交差した。

食われる。その瞬間《しゅんかん》にダッシュを入れ、白の騎士が距離を離す。

直後に、透《す》かされた弾丸は共にぶつかり合い、誘爆《ゆうばく》を発生。空に幾つもの光の破砕《はさい》が連続し、
騎士の軌道《きどう》を露《あら》わにしていく。

赤の巫女は手を抜かなかった。常に弾幕《だんまく》の背後に己《おのれ》を置き、射撃《しゃげき》と加速を繰り返した。

行く砲弾の束《たば》はもはや鳥の群が飛び立つのにも似て。

弦《つる》の鳴り響《ひび》きが空に連音を奏《かな》でていく。

狙《ねら》いは前方、しかし下に。

追い詰めるなら、逃げ場のない廃墟《はいきょ》へと押しつける。

建物の陰に隠《かく》れても無駄《むだ》だ。弓の砲撃は老朽化《ろうきゅうか》した町の構造体《こうぞうたい》を容易《たやす》くぶち抜き、手を入れられていない放棄《ほうき》の町並にとどめを与えていく。

だがそれでも、相手はそこに遮蔽《しゃへい》があると考えたのか。

騎士を先頭《せんとう》に、二人は街の中に高速で飛び込んだ。

●

堀之内《ほりのうち》は、速度を落とさなかった。

行く高さは地上高五メートル前後。時速三百キロを超えようとする今の状況にとっては、割れたアスファルトに触れるだけで致命《ちめい》となる。

だが、堀之内は速度を落とさない。

視線の先、各務《かがみ》と名乗った魔女《まじょ》が、速度を上げつつあるからだ。

……随分《ずいぶん》と無茶《むちゃ》を。

秒速九十メートル近い現状だ。廃墟とはいえ、障害物《しょうがいぶつ》がない訳《わけ》ではない。

この街とて、こうなる前は街の上を高架《こうか》が渡り、道上には車が行き来していたのだ。

無論《むろん》、今やもう、それらは残骸《ざんがい》だが、完全に消えた訳ではない。

「十年、ですものね」

十年前は、こうではなかった。薄い記憶《きおく》で堀之内《ほりのうち》は憶《おぼ》えている。

ここには人々がいて、街は光と音と動きに満ちていた。

今はもう無い。

そんな中で、自分達は今、違う光と音と、動きを作っている。

「そこ……」

正面へと、堀之内は砲撃《ほうげき》を叩《たた》き込んだ。

追尾《ついび》の弾幕《だんまく》。

だが、堀之内はそこで終わらせない。更《さら》に攻撃《こうげき》に手を掛ける。

「結界《けっかい》……！」

弾幕が走る瞬間《しゅんかん》。それらを囲むように大型の術式陣《じゅっしきじん》を展開。その術式陣内部を範囲指定して、全ての弾丸《だんがん》に一括《いっかつ》して軌道《きどう》制限をインストール。そしてキックスタート。

弾《たま》の群が行った。

風を切って跳ねていく全ての軌道は、各務《かがみ》を上下左右から追い込むもの。しかし軌道制限があるがために周囲の建物や地面には当たらない。

最短距離《きょり》の追い詰めで、全ての弾丸が各務へと届いた。

対する各務が動くのを、堀之内は見ていた。

相手は、高速軌道の中でこちらに振り向いたのだ。

解《わか》っている。

先程《さきほど》にも見せた機動《きどう》だ。速度を上げた上で、移動は慣性《かんせい》任せにして、自らは自由に機動を行う。

彼女は加速《かそく》し、追いすがる弾幕を斬《き》り捨て、誘爆《ゆうばく》を狙《ねら》い果たしながら、
その通りに、各務が瞬発《しゅんぱつ》した。

……剣で追尾弾の初期を迎撃《げいげき》。そして砲撃でカウンターですわね。

「――――」

こちらを見る視線が、強い。

瞬間。堀之内は、振り向く各務に対して、更なる砲撃を叩き込んだ。

三発。非追尾。しかし高速弾だ。

大気《たいき》を割り、水蒸気爆発《すいじょうきばくはつ》を弾《はじ》けさせて矢が走った。

対する各務が気付き、後ろ向きに加速する。そして、

……当たりますわ！

言葉通りの事が発生した。

三発の打撃《だげき》が、各務に激突《げきとつ》したのだ。

だがそれは、光の破裂《はれつ》に変化した。秒速九十メートルの速度域の中、散った流体片《りゅうたいへん》と快音はすぐに通り過ぎ、髪《かみ》の間を抜けるだけだ。

防御《ぼうぎょ》されたのだ。

しかし堀之内《ほりのうち》は視認《しにん》した。こちらの砲撃《ほうげき》を受けたのは、盾《たて》のように切《き》っ先《さき》を上にして構えられた大剣《たいけん》。各務《かがみ》は剣共々《ともども》大きく後ろに吹っ飛び、その勢いで追尾弾《ついびだん》の追走《ついそう》から離脱《りだつ》。更《さら》には、

「砲撃⁉」

楽器《がっき》のように構えられた大剣が、斜め撃《う》ちに空を砲撃した。

意味の無い一撃《いちげき》。元はこちらに撃とうとしていたものが、防御《ぼうぎょ》によって大きく逸《そ》らされたと、そんな風《ふう》にも見えた。

違った。

砲撃の行く先に、巨大《きょだい》なビルがあった。元々は高層のホテル。白かった外壁は雨に黒く汚され、中央に開いた大穴から空を覗《のぞ》かせていた。

建造物の中腹《ちゅうふく》。巨大な穴を成立させる左右の柱《はしら》の内、手前側を各務の一撃が穿《うが》った。

破砕《はさい》の音は、強い糸を切るものに似ていた。

あとは簡単だ。

風が唸《うな》り、瓦解《がかい》の音と共に、

「……何考えてますの⁉」

自分達の進行方向に、百メートル四方《しほう》はあろうかという建造物が倒壊《とうかい》してくるのだ。

各務は、身を翻《ひるがえ》した。

堀之内に背を向け、大気《たいき》の中を加速《かそく》する。

上空。巨大な質量が、もはや頭上《ずじょう》に落ちてくるような錯覚《さっかく》を寄越《よこ》していた。

だが、各務は加速した。

宙《ちゅう》を蹴《け》るようにして、身を前に倒し、倒壊する建造物の下をくぐる軌道《きどう》に乗った。

……そろそろだ。

行くための〝間〟を読む。

これから為《な》す事は、全てがタイミングだ。故《ゆえ》に、

「──来い！」

叫んだ瞬間《しゅんかん》だった。背後から高速の三連撃《れんげき》が再び来たのだ。

堀之内の砲撃だった。だが二度目となる三重の攻撃《こうげき》は、

「────」

頭上を抜け、あるものに激突《げきとつ》した。

倒壊するビルの破損《はそん》部。倒れてくる上半分が、下部との接続でまだ引き摺《ず》っている箇所《かしょ》を、
正確に貫《つらぬ》いたのだ。

結果として、大質量の倒壊《とうかい》は支えの一切を失い、加速《かそく》すると同時に軌道《きどう》を変えた。

正面激突《げきとつ》コース。

奥側を下に、こちらを受け止め、滑り落ちるような流れとなっていた。

下をくぐる軌道は間に合わない。

対する各務《かがみ》は、眼前へと巨大《きょだい》な壁が落ちてくるのを見た。

「成程《なるほど》」

各務は叫んだ。

「私を狙《ねら》い撃《う》つより、道を塞《ふさ》いで止める事を選ぶ。――それが君か！　堀之内君！」

口の端《は》に笑《え》みが浮かぶ事を自覚しながら、各務は動いた。全身を跳ね上げ、

「そうであって欲しいと、望んだ甲斐《かい》があったとも……！」

●

堀之内は、落とした建造物の上を回るよう、上昇軌道《きどう》に身を飛ばした。

宙《ちゅう》をたぐるように、高速で全身を上にスイング。後は各務が壁に激突《げきとつ》するのを確認《かくにん》し、速度を落として仕留《しと》めに行く。

出来なかった。

堀之内の目が見たのは、各務の全身が跳ね飛ぶ処《ところ》だった。

身を前に低く、建造物《けんぞうぶつ》の下を行く軌道を選んだのだと思っていた。

違った。

白の聖騎士《せいきし》は、全身を前へと一回転させる勢いで、

「……！」

跳躍《ちょうやく》した。

空中を蹴《け》り、全身を倒立《とうりつ》から浴びせるような動きで、彼女は上へと跳ね飛んだのだ。

……無茶《むちゃ》な！

一直線の高加速から、垂直《すいちょく》跳びに近いような軌道へと己《おのれ》を変える。

慣性《かんせい》もあるだろうに、全身にはかなりの負担《ふたん》が掛かっている筈《はず》だ。だが、

「……か！」

荒い息を吐いて、騎士が己の動きを完遂《かんすい》した。

位置はぎりぎり。建造物の落下《らっか》する縁《ふち》に手をつき、身体《からだ》の回転を補助した程だ。

だが、やった。

そして堀之内は、各務がこちらに振り向いたのに気付く。

身体は進行方向への勢いを持っている。しかし彼女は、もはや飛翔《ひしょう》していなかった。

倒壊し、落下していくビルの上面を、こちらに身体を向けたまま足をつけ、騎士がバックステップから大滑走《だいかっそう》を開始した。

姿勢は腰だめ。まだ残っている窓硝子《まどガラス》を通過の衝撃波《しょうげきは》で割り砕《くだ》き、足裏からは火花《ひばな》を散らしながら、彼女がこちらに大剣《たいけん》を構えた。

狙撃《そげき》だ。

砲撃状態《ほうげき》。既《すで》に砲口《ほうこう》内に光を有している各務《かがみ》の大剣を見て、堀之内《ほりのうち》は悟《さと》った。

……カウンター狙《ねら》いですのね⁉

単なる砲撃では、自分の三矢《みつや》に阻《はば》まれる。だから彼女は、カウンターを狙った。

己《おのれ》は足を止めるような状態で、こちらは高速の飛び込み。

しかし高度は合わせ、正面から狙える状況。これならば、相対《そうたい》速度を利用して盾《たて》ごとぶち抜けると、各務は思ったのだろう。

今がそれだ。

だとすれば、と堀之内は首から頬《ほお》に熱が上がってくるのを止められない。

……わ、私がビルを向こうに落とすのを、読んでましたのね⁉

甘い子と、そう言われた気がした瞬間《しゅんかん》。各務がこちらへと砲撃を放った。

カウンターの一撃《いちげき》は、身体《からだ》ど真《ま》ん中《なか》。弓手《ゆんで》の己からしても、見事と言える狙撃だった。

●

堀之内は判断《はんだん》した。

防御《ぼうぎょ》を一切選択しなかったのは、経験故《けいけんゆえ》だと、そう思う事にする。

ただ今、ここで行うのは、

「〝朱竜胆《あけりんどう》〟」

術式陣《じゅつしきじん》の中。フロギストンハートが過熱《かねつ》している。その熱量を頬にあるものだと思いながら、堀之内は流体弦《りゅうたいげん》を一気に引き絞《しぼ》った。

手の中で弦《つる》を握り込んだ瞬間。朱竜胆のチャンバーに砲弾《ほうだん》が成形。それも、チャンバーから加速路《かそくろ》を埋める程の長い一発だ。

……これなら、防御されたとて、使役体《しえきたい》無しのノーマルデバイス風情《ふぜい》を砕《くだ》けますわ！

思い、堀之内は正面を見た。

各務の狙いはこちらの身体、ど真ん中。

ならばそこへと上からの斜め撃《う》ちで、

「――鳴きなさい！」

●

光を宙《ちゅう》に砕き、朱《あけ》の矢が飛んでくるのを、各務は両の目で捉《とら》えた。

自分が放った狙撃の砲弾が、斜め上から削《そ》ぐように飛んだ朱の矢にぶち抜かれた。

敵弾は、しかしそのまま貫通《かんつう》。高速でこちらへと飛んでくる。

命中《めいちゅう》コースだ。だが、威力《いりょく》は高目。防御《ぼうぎょ》すれば大剣《たいけん》が砕《くだ》かれる程の勢いがある。

「全く……！」

口の端《は》に浮かんだ笑《え》みを、しかし各務《かがみ》は噛《か》み殺し、こう叫んだ。

「問わねばならん……！」

言って、各務は大剣を立てた。

直後。盾《たて》とした刃《やいば》に、飛来《ひらい》の砲撃《ほうげき》が激突《げきとつ》した。

直撃《ちょくげき》だった。

一瞬《いっしゅん》で、巨大《きょだい》な刃が破砕《はさい》する。

●

……仕留《しと》めましたわ！

落下《らっか》していく建物の表面上で、光の爆発《ばくはつ》が生じたのを堀之内《ほりのうち》は見た。

散った光は明らかに流体光《りゅうたいこう》。敵のノーマルデバイスを砕いた手応《てごた》えは確かにあった。

向こうにとってカウンターならば、こちらにとっても同じなのだ。

そして砲弾《ほうだん》の威力ならば、こちらが上。ならばと撃《う》ち込んだが、成果は確かに出た。

しかし堀之内は手を抜かない。飛翔《ひしょう》する勢いを消さず、砲撃展開の朱竜胆《あけりんどう》を構えると、倒壊《とうかい》する建物の直上へと飛んだ。

再砲撃した。

追尾《ついび》のない多重弾丸《だんがん》。狙《ねら》いとしては、先程《さきほど》各務がいた場所を中心としたものだ。光煙が舞う向こう、人の姿《すがた》はぼんやり見えるが、正確さには欠ける。それ故《ゆえ》の多重弾丸だった。

射撃音《しゃげきおん》は流体弦《りゅうたいげん》の鳴く音一発。

果たして多重の弾幕《だんまく》は、眼下《がんか》の敵へと確かに飛んだ。

直後。落ちていった建造物が、地面へと衝突《しょうとつ》した。

岩の割れるような音が鳴った。

下。建造物が軽いバウンドのような動きを見せる。

古く、朽《く》ちた建物だ。地面に対して垂直《すいちょく》になる天井《てんじょう》や床から、接合を失った壁が落ちていく。

その瓦解《がかい》の響《ひび》きと埃《ほこり》の煙が、建物内部に溜《た》まっていた大気《たいき》に押されて吹き上がる。

衝撃《しょうげき》で落下《らっか》していく壁が無くなれば、後は格子《こうし》状の構造体《こうぞうたい》が見えるだけだ。

莫大《ばくだい》な空白が幾《いく》つも空《あ》いた事で、吹き上がろうとしていた煙達が静まっていく。

蜂《はち》の巣《す》のような構造になった残骸《ざんがい》を見て、堀之内は思った。自分の砲撃が、粗方無駄《あらかたむだ》になってしまいますわね、と。

だが、弾幕《だんまく》の飛ぶ先、散っていく煙の中に、あるものが見えた。

光だった。

明らかに流体光。それも、

「……フレーム再展開⁉」

疑問は、正《まさ》しく答えそのものだった。

眼下《がんか》。真下《ました》と言える位置に、各務《かがみ》がいた。

彼女は両腕《うで》を広げ、ある事を行っていた。

砕《くだ》け散ったノーマルデバイスの、

「再構成《こうせい》……！」

●

各務は、息を吸った。

……見事な砲撃《ほうげき》だ。

武装《ぶそう》として比較した際、己《おのれ》のノーマルデバイスは堀之内《ほりのうち》のそれに敵《かな》わない。使役体《しえきたい》を使用していない事もだが、正直、初めに人真似《ひとまね》で手荒く作り過ぎた。

駆動器《くどうき》など、一切無いような作りで、これまでやってきたのだ。

故《ゆえ》に再構成を掛けたかったが、如何《いかん》せん、儀式《ぎしき》を正式に行っている暇《ひま》は無いし、流体《りゅうたい》とてすぐに掻《か》き集まるものでもない。

故にリサイクルだ。今あるものを再構成。素晴《すば》らしい。エコだね。

だが、問題があった。

何だかんだ言っても、自分がしっかり作ったものだ。砕こうにも、難しい。だから堀之内の砲撃を利用した。カウンター。こちらの攻撃《こうげき》で倒せるならばそれでよし。もし彼女の砲撃を利用出来るなら、その流体をも転用出来るので尚《なお》よしだ。

結果として、尚よしだった。

……ならば――。

流体駆動器を中央に仕込み、各務は大剣《たいけん》を再構成した。

いける。

今までと違い、大剣の鍔《つば》に加速《かそく》用のスラスターも仕込んであるのだ。

「では」

柄《つか》を握るなり、飛来《ひらい》する弾幕《だんまく》を断ち割りながら、各務は飛翔《ひしょう》した。

行く先は垂直《すいちょく》。直上の位置にいる巫女《みこ》の魔女《まじょ》に向けて、だ。

●

その使役体は、空での戦いを見上げていた。

人の居場所を離れ、廃墟《はいきょ》の広がる地域《ちいき》へと来ていたのだ。

生存のための知識《ちしき》はある。ここは放棄《ほうき》の街。追っ手はいない。ならば、あとはここで、ずっと落ち着ければそれでいい。

ただ、空が騒《さわ》がしくて、ふと見上げた時、その使役体《しえきたい》は、ある事に気付いた。

自分を逃がしてくれた人が、戦っている。

解《わか》る。

……これは――。

彼女には、やはり何も無い。初めてあの人に会った時、この世界の魔女《まじょ》ならば皆が持つべき流体《りゅうたい》の力や何もかもが、感じられなかったのだ。

不思議《ふしぎ》。

だけど彼女が戦えているのは、何故《なぜ》だろうか。魔女の流儀《りゅうぎ》で戦闘《せんとう》出来ているのは、

『――――』

解らない。だけど、その使役体、竜《りゅう》の子はこう思った。方法や、手段や、技術などどうでもいい、と。自分の知識《ちしき》にあるものの外で、彼女は戦えているのだ。だとしたら、

……なぜ。

何故だ。

どうして、ではない。

何故、彼女は戦っているのか。

そして何故、彼女は自分を逃がしてくれたのか。

存在自体が間違っている自分を、何故。

『――――』

竜の子は、空を見上げた。

今、二つの光が、高速で絡み合いながら、光を散らして天上《てんじょう》へ昇る。

止まらない。

●

堀之内《ほりのうち》は、敵の強化を知った。

……この相手……！

こちらのセオリーに則《のっと》っているが、時折《ときおり》にそれを無視した行為をする。

ランカーの中でも、たまにそういうセオリー外の者がいるが、この相手は酷《ひど》い。戦闘中だというのにノーマルデバイスの組み替えを行い、更《さら》には、

「私の速度についてきますの……!?」

巫女《みこ》ではあるが、使役体は朱雀《すざく》。飛翔《ひしょう》速度と制御《せいぎょ》ならば、上位三人にも劣らぬどころか、上回る部分もある筈《はず》と、そう思っていた節《ふし》もある。だが相手は、

「すまんが、君の力を借りているのだ。当然では無いかね」

と、こちらが至近《しきん》で放った追尾弾《ついびだん》をかわし、大剣《たいけん》をぶつけてくる。

対する己《おのれ》は三矢《みつや》のシールドで弾《はじ》き、背後へと追尾弾を置き撃《う》ちする。

初速は無しだが、加速《かそく》して跳ねるように動いた追尾弾幕《ついびだんまく》は正確に相手を追った。だが、各務《かがみ》と名乗った相手は、追尾弾を大剣《たいけん》で切り払い、加速してこちらに迫り、

「堀之内《ほりのうち》君、聞こう！」

「貴女《あなた》に何を話す意味がありますの⁉」

言葉に、しかし相手は構わなかった。矢のシールドの向こう。大剣を鍔《つばぜ》迫り合いしながら、

「この世界だ！」

各務が眉《まゆ》を立て、問うて来た。

「これだけ壊《こわ》され、君達は、何のためにいる⁉」

そして、

「君達のこの武装《ぶそう》。一体、何を敵とし、守るためのものだ⁉」

「ヘクセンナハトを知りませんの⁉」

反射《はんしゃ》的に、自分は問い返していた。

……幾《いく》ら何でも……！

十年前の記憶《きおく》は、自分にだけ明確という訳《わけ》では無いだろう。だが、各務は空中で腕を組み、

「知らぬ！　だから教えを請うている！」

……こ、この馬鹿《ばか》……！

素直過ぎるというか、堂々《どうどう》とし過ぎているというか。

ともあれ無知にも程がある。

こちらとしては、幾度《いくど》も授業でやった内容や、ネットや日常で聞く事を、改めてこの馬鹿に説明する。

「いいですの？」

矢を放ち、かわされながらも言ってやった。

「――黒の魔女《まじょ》ですわ」

●

飛翔《ひしょう》しながら、堀之内は各務の大剣に己《おのれ》のシールドをぶつけ、捻《ねじ》った。

お互いが大地《だいち》の方を向けるようにして、衝突《しょうとつ》を続ける箇所《かしょ》から光の火花《ひばな》を散らしながら、数度のロールを打ち、

「見えませんの？」

空を昇りつつ、視線を下に向けて堀之内は言う。

「――眼下《がんか》、復興《ふっこう》都市がありますけど、その外にある東京《とうきょう》周辺はおろか、日本列島。そして何より、世界全体が破壊《はかい》されたという事実が、――見えませんの？」

「それは――」

「黒の魔女との戦闘《せんとう》でこうなったんですわ！　十年前の事、そして、それ以前からずっと続く

この世界の理《ことわり》ですのよ……！」

突き放す。射撃《しやげき》する。射撃する。だが各務《かがみ》が大剣《たいけん》で追尾弾《ついびだん》を受け止め、一気に払い、

「黒の魔女《まじょ》との戦闘《せんとう》が、この世の理とは……？　そんな戦闘があるのかね⁉」

「ええ、それがヘクセンナハト。この世界を作ったという黒の魔女。そして飽きて破壊《はかい》しようとした彼女を、人が封印《ふういん》し、彼女も嘲笑《ちょうしょう》で応じて以降《いこう》、――十年に一度、封印を解放し、彼女と相対《あいたい》して倒すべき夜が得られますの」

但《ただ》し、

「解放の結界《けっかい》は狭く、基本、相対する者は一人か、二人といった選抜。

そして人類の史上、それは一度も成功していませんけどね。常に再封印ですわ」

では、と各務が前に来た。上昇する流れの中、勢いよく振りかぶられた大剣は突きとなり、こちらの三矢《みつや》に受け止められる。

一気に距離《きょり》が近くなった。

だが、未《いま》だ刃《やいば》と盾《たて》の狭間《はざま》を置いた上で、各務が問うて来た。直上、天へとお互いが等しく加《か》速《そく》しながら、

「その、黒の魔女とやらは、何処《どこ》にいるのかね」

解《わか》りませんの？　と堀之内《ほりのうち》は砲撃《ほうげき》をシールドの陰から行い、叫んだ。

「――月ですわ‼」

各務《かがみ》は、単純な言葉に、一瞬《いっしゅん》だけ防御《ぼうぎょ》を忘れた。

高速の動きの中、来た砲弾《ほうだん》に気付くのが遅れ、

「と……！」

肩の装甲《そうこう》を砕《くだ》かれた。

衝撃《しょうげき》が来て、身体《からだ》が高速飛翔《ひしょう》中故《ゆえ》に大気《たいき》と激突《げきとつ》する。

一回バウンドしたような動きをもって、堀之内《ほりのうち》と間を空《あ》けた各務は、空中で一回転。

「は」

と荒れた息を吐き、身を整えてみれば、

……ああ。確かに。

頭上《ずじょう》。青の空のど真《ま》ん中《なか》に、白い円がある。

月だ。

さっきから、ずっと見えていた大天上《てんじょう》の真円《しんえん》。

そこに、この世界を作り、壊《こわ》そうとする魔女《まじょ》がいるという。

十年に一度、彼女と会い、戦う事が出来るという。ならば、

「は……」

はは、という各務の笑い声を、堀之内は聞いた。

距離《きょり》にして既《すで》に数百メートルを離れてしまったろうか。

だが、それだけの間を空けても、彼女の声はこちらに届いてきた。

「はは……」

各務の周囲に、光の波のようなものが生じている。

地脈《ちみゃく》だ。各務が展開しているフレームの駆動器《くどうき》だけではない、恐らく彼女が持つ何かの力によって、地脈の流体《りゅうたい》が加圧され、喜んでいるのだ。

……何ですの、あれは……。

「はは……！」

巫女《みこ》で、地脈や流体に親しい堀之内でも、見た事が無い程の地脈干渉《かんしょう》だ。自分などがやれば、整調性《せいちょうせい》が高くなって、体積的にはもっと広くいけるだろうが、あの出力は叶《かな》えられないと、そう思う。

力馬鹿《ばか》。そんな言葉が思い浮かんだが、確かに戦闘《せんとう》技術については秀《ひい》でている。

今、彼女の力に乗った声が、地脈を通じてこちらに届いてくる。

「ははは……！」

これはきっと、魔女《まじょ》や、多くの能力者に伝わるだろう。地脈《ちみゃく》に耳を当てれば、導管《どうかん》を通したように響《ひび》いてくる筈《はず》だ。

「漸《ようや》く」

各務《かがみ》が額《ひたい》に手を当て、しかしその手を外に振りながら、こう言った。

「漸くだとも」

「貴女《あなた》は——」

こちらの声が逆に届いたのか、各務が振り向いた。

眉《まゆ》を立てた笑《え》み。そして右手で天上《てんじょう》中央を指さし、彼女は宣言《せんげん》した。

「私が、君達の言う、黒の魔女を倒すのだ」

第五章

『思いが問うよ』

別れとは
出会いの対語ではない

……黒の魔女《まじょ》を、倒す？

各務《かがみ》の言葉に対し、堀之内《ほりのうち》は息を詰めた。

この世の理《ことわり》。それを無視するような力を振るう相手が、全ての理ともいえる黒の魔女を、排除《はいじょ》しようと言ったのだ。

だが、堀之内は、どう思えば良いのか、解《わか》らなかった。

自分達は、各務が言った事を目標《もくひょう》としている。故《ゆえ》にここは、仲間が出来たと、そういう風《ふう》に理解すべきなのかもしれない。しかし、

「何が――」

いきなり目の前に現れて、自分達が得ようとしている権利を望まれた。

そして、

「何が貴女《あなた》に解ってるって言うんですの……!?」

堀之内は思い出す。己《おのれ》の母は、前へクセンナハトの出場者だった事を、だ。

結果として世界はこうなり、母は収容された時には瀕死《ひんし》の状態だった。

だが彼女は、自分に朱雀《すざく》と術式《じゅつしき》の多くを預け、搬送台《はんそうだい》の上からこちらに手を伸ばした。

綺麗《きれい》な笑顔だったと、それは憶《おぼ》えている。頬《ほお》に触れられる手から力が抜けていくのを、両の

手で支えて押しとどめようとしながら、

……独《ひと》りにしないで……、と、とすがりついたんですわ。

自分も、子供なりに魔女としての自覚があり、力もあった。

だが、その瞬《しゅん》間《かん》の願いは、叶《かな》えられなかった。

だから、だ。

だから今、こうしている。

あの晩、どのような魔女でも叶える事の出来なかった己の願い。

そんなものが再び生じてはいけない。その原因を自分が断つ。そして堀之内は思い出す。あの時、母が笑みで言った言葉を。それは、

「――――」

告げられたのは、未《いま》だに意味の解らない一言《ひとこと》だった。

いつか解るだろうと、心に封じ、まだ答えは無い。故《ゆえ》に堀之内は、

「問いますわ！」

問うた。瞬間にはもう射撃《しゃげき》を放っている。

連射《れんしゃ》だ。朱竜胆《あけりんどう》を振り、その動きも利用しながらの多重速射《そくしゃ》を堀之内は叩《たた》き込んだ。

青の空が、白の月を持つ天上《てんじょう》が、一瞬《いっしゅん》で赤光《しゃっこう》の怒濤《どとう》に埋まった。

弦《つる》の高鳴りを終える事無く、堀之内は叫んだ。

「貴女《あなた》に、何が出来ると言いますの⁉」

問うた先、各務《かがみ》が応じた。

彼女はただこちらに刃《やいば》の先端《せんたん》を向け、

「――望むならば、君を幸せにしよう、堀之内《ほりのうち》君」

こちらへと、白の聖騎士《せいきし》が瞬発《しゅんぱつ》した。

●

各務は、一つの結論を己《おのれ》に出していた。

……この相手は、真《ま》っ向《こう》から勝負せねば勝てまい。

遠距離《きょより》攻撃《こうげき》が主体だが、近距離戦でも追尾《ついび》弾幕《だんまく》を置き撃《う》ちするなど、なかなかやる。下手《へた》に飛び込めば、弾幕の壁に囲まれて終わりだ。

そして、こちらが動きに変化を入れると、遠くに距離を取っての攻撃に切り替える。

ビルを倒した時がそうだ。あの時、迂闊《うかつ》に動きを止める事も無ければ、観察に終始《しゅうし》する事も、近寄ってくる事もなかった。

堅実《けんじつ》の固まり。そのような評価《ひょうか》を下すしかあるまい。

ならば、方法は一つだ。

正面。

相手と真《ま》っ直《す》ぐに向き合った時、追尾系《けい》の弾丸《だんがん》は、その性能の意味が無くなる。

速度重視で飛び込めば、相対《そうたい》速度故《ゆえ》、追尾弾がこちらに追いつく前に、振り切って中に飛び込めるだろう。

後は直線系の高速弾が厄介《やっかい》だが、

「だから大剣《たいけん》を作り直したのだ……！」

各務は加速《かそく》した。

空中を走るように跳ね、左右に小刻《こきざ》みに振りながら瞬発した。

行く。

一瞬《いっしゅん》で数百メートルの距離を埋め、

「おお」

頭上《ずじょう》どころか全身を狙《ねら》うように、大外《おおそと》から赤光《しゃっこう》の弾幕が追ってきた。

各務は空中でサイドステップ。飛来《ひらい》する弾幕を揺らし、誘爆《ゆうばく》を誘いながら、

……来るか！

新たな高速弾が正面から来た。

構わなかった。

大剣の切《き》っ先《さき》を突き込み、

「行くとも……！」

砕《くだ》いた。


堀之《ほりの》内《うち》は射撃《しゃげき》した。

三発、二発、三発、そして、

「集中弾《だん》……！」

狙《ねら》い撃《う》つ必要も無い。単なる的《まと》として正面から飛び込んでくる白の騎士《きし》を、堀之内は砕きに掛かった。

弓矢《ゆみや》の動きは遠くまで届くハンマーに等しい。

光の打撃《だげき》によって、騎士の装甲《そうこう》が弾《はじ》け飛んだ。

頭部のヘルメットも欠け、肩も、脚部《きゃくぶ》も破砕《はさい》する。だが、

「……！」

迫られた、と思った瞬間《しゅんかん》だ。

放った砲弾《ほうだん》が、当たらなかった。

各務《かがみ》が、大剣《たいけん》をこちらに押し込み、己《おのれ》自体は刃《やいば》の陰に入ったのだ。

強化した武器《ぶき》を遮蔽《しゃへい》とするには、本来の装甲があっては邪魔《じゃま》だったろう。

剣を盾《たて》に突撃《とつげき》される。そのような行為を、この近づいたタイミングでいきなりに行われ、

「構いませんわ！」

堀之内は長重型《ちょうじゅう》の砲弾《ほうだん》をチャンバーに成形。加速術式《かそくじゅつしき》の加速路を発動させた上で流体弦《りゅうたいげん》のキックをぶち込んだ。

放つ。その瞬間だった。

堀之内の視線の先で、大剣が変形した。

……砲撃形態！

しまった、と思った瞬間。反射《はんしゃ》的な判断《はんだん》が身を救った。

十数メートルを後ろに跳ね、チャンバー内の砲弾を空中に置き捨てたのだ。

直後。各務の砲撃が、発射《はっしゃ》直前だった砲弾を撃ち抜いた。

狙われていた。

幾《いく》ら長重の一発とは言え、発射の加速路を突き抜けていなければ単なる流体の砲弾だ。

砲弾が砲身《ほうしん》内で爆発《ばくはつ》すれば、朱竜胆《あけりんどう》とて無事《ぶじ》では済まない。

故《ゆえ》に各務は、それを狙っていたのだろう。彼女の大剣を撃《う》たねばならない状況を作り出し、こちらが砲弾を成形した直後。自らの砲撃を叩き込もうとしたのだ。

だが、今、こちらはその状況を回避《かいひ》した。しかし、

「く……！」

破壊《はかい》された砲弾の赤光《しゃっこう》。その欠片《かけら》をぶち抜いて大剣が来た。

砲撃《ほうげき》状態は既《すで》に収束《しゅうそく》。極厚《ごくあつ》の、打撃武器《だげきぶき》にも似た刃《やいば》がこちらに届き、

「まだですわ!!」

堀之内《ほりのうち》は、シールドを展開。各務《かがみ》の刃を激突《げきとつ》で緩衝《かんしょう》した。

●

防ぎましたわ……！　と堀之内は思った。シールドごと押されているが、これから引き剝《は》がし、追尾弾《ついびだん》の置き撃《う》ちで距離《きょり》をとる。それが自分のするべき流れだ。

だが、堀之内は声を聞いた。まずは、

「は」

という荒れた息を吐く一声だ。そして続くように、

「一人ならば届かずとも——、そうであったな？」

切《き》っ先《さき》の打撃を受ける向こう。各務が剣の陰から顔を上げた。

汗《あせ》まみれの表情は、眉《まゆ》を立てた笑《え》み。その顔が、強引《ごういん》に加速《かそく》し、

「まずは打撃で一発……！」

シールドが瞬発《しゅんぱつ》的に押されて歪《ゆが》んだ直後。金属音《きんぞくおん》がした。

眼前で、各務の大剣《たいけん》が砲撃展開をしたのだ。砲口《ほうこう》がこちらを完全に捉《とら》え、

「二発目……！」

衝撃《しょうげき》がシールドを掲《かか》げた腕に来た。
術式陣《じゅつしきじん》が幾枚《いくまい》も展開し、三矢《みつや》のシールドの許容量《きょよう》を超えつつある事を教えてくれる。
しかし、
……まだ保《も》ちますわ……！
各務は、零《ゼロ》距離砲撃の反動で、大剣を上へと跳ね上げてしまっている。
ならば、と堀之内は朱竜胆《あけりんどう》を背後へと構えた。ここで置き撃ちを放ち、退避《たいひ》だ、と。
だが、堀之内の眼前で、各務が回った。
動きとしては後方一回転に近い動作。それは大剣に縦旋回《たてせんかい》で振り回されるようで、
「おおお……！」
まさか、と堀之内は思った。
この相手は、零距離砲撃の反動を利用して、
「……っ！」
一回転し、天地を逆転した形での、下からの大上段斬撃《だいじょうだんざんげき》。
足は空中を嚙《か》み、そして激突《げきとつ》する場所は、
「三発目だ……！」
構えていた三矢のシールドが砕《くだ》け散った。
快音と光の飛沫《しぶき》と共に、堀之内は己《おのれ》の前面に多重の術式陣が出たのを悟《さと》る。

衝撃緩和《しょうげきかんわ》、痛覚減衰《げんすい》、身体《しんたい》強化、それらが示す結果は、
一瞬《いっしゅん》でその身は、数百メートルの直上へと跳ね上げられる。
直撃《ちょくげき》した。
「く」

●

穿《うが》った、と半回転の余波を得ながら、各務《かがみ》はそう思った。しかし、

「……甘かったか！」

直撃だった。

だが、各務の目に、小さく遠ざかる光が見えている。

真正面。水平方向にこちらから去って行くのは、堀之内《ほりのうち》の砲撃《ほうげき》光だ。

堀之内自身は直上に飛ばしたというのに、何故《なぜ》、自分の正面方向に彼女の赤光砲弾《しゃっこうほうだん》が飛んでいくのか。

……狙《ねら》いを外すためか！

当たる瞬間《しゅんかん》。直撃を覚悟《かくご》で、堀之内は背後に向けた弓《ゆみ》から砲撃した。

反動を利用し、前に出たのだ。

振り抜かれる大剣《たいけん》の上。彼女は鍔元《つばもと》側に僅《わず》かながら身をずらした。

直撃ではあった。シールドも砕《くだ》き、負傷《ふしょう》もしているだろう。

だが、クリーンヒットでは無かった。

いい勝負勘《かん》だと、そう思い、各務は空を見上げた。

昼ではあるが、月のある空。

白の円輪《えんりん》を背景に、堀之内がこちらを見ていた。

額《ひたい》から血を流し、胸部装甲《そうこう》や、弓を持つパワーアームの左腕《うで》も破損《はそん》している。

何よりも、息が荒く、肩が揺れている。だが、

「貴女《あなた》、何も知らないようですわね」

言う彼女の胸部装甲から、一枚の術式陣《じゅつしきじん》が浮き上がった。

フロギストンハート。

現在の破損状況をフィードバックしているのか、半壊《はんかい》状態のそれは、しかし真《ま》っ赤《か》に光り、フレアすらも起こしていた。

「教えてあげますわ」

言っている間に、光を各務は見た。

堀之内の足下《あしもと》の空中。否《いな》、広大と言って良い範囲に、赤光の草原にも見える光の揺らぎが生じていくのだ。

大規模《だいきぼ》な流体射出《りゅうたいしゃしゅつ》。それは、

「このフロギストンハートが砕《くだ》かれない限り、魔女《まじょ》は敗北《はいぼく》しませんの」

そして、

「フロギストンハートが過熱《かねつ》した時――」

ふふ、という笑いを、各務《かがみ》は聞いた。それは、眉《まゆ》を下げた堀之内《ほりのうち》の唇《くちびる》から漏《も》れる笑《え》みで、

「教えてあげますわ。ノーマルフレームが、何故《なぜ》、ノーマルフレームと呼ばれるか」

堀之内が両腕《うで》を広げ、そして打った。

高い音を響《ひび》かせ、彼女は顎《あご》を下に振り、礼《れい》とする。

朱雀《すざく》が鳴いた直後。巫女《みこ》が叫んだ。

「使役体《しえきたい》とノーマルフレームを再合一《ごういつ》させる事で、魔女は本当の姿《すがた》を現出《げんしゅつ》させますのよ！」

声が、凛《りん》と空に響いた。

「マギノフレーム、展開……！」

●

光太郎《こうたろう》は、既《すで》に復興《ふっこう》地区北側の避難指示《ひなんしじ》を終え、関係社寺《しゃじ》各位に地脈干渉《ちみゃくかんしょう》を行わせる指揮《しき》をとっていた。

幾《いく》つもの術式陣《じゅつしきじん》を展開し、統計データを取りながら各地域《ちいき》の社寺に地脈の乱れを抑制《よくせい》させる。必要ならば抑制用の術式として、祝詞《のりと》や真言《しんごん》を送るのも己《おのれ》の仕事だ。

『光太郎様！　うちの神社《じんじゃ》、音響《おんきょう》装備が壊《こわ》れてるんですけどどうしましょうか！』

『そういう場合は君が歌うんです！　いいですか、ハイ〝♪御伊勢《おいせ》の女は鮭色《さけいろ》ピンク――　我によーし　貴尊《きそん》によーし〟』

『そ、そんなの歌ったら近所迷惑《めいわく》ですよ！』

『だったら音響買い換えなさい君……！』

折角《せっかく》歌ったのが無駄《むだ》にされた感で甘ギレしていると、不意《ふい》に周囲の術式陣が警告《けいこく》のサインを立ち上げた。

一瞬《いっしゅん》で、幾《いく》つかの神社の地脈干渉が許容《きょよう》量を超え、遠くの山や町中《まちなか》から光の柱《はしら》が爆発《ばくはつ》する。

何が起きているかは明白だ。空を見上げれば、一瞬で解《わか》る。

「御嬢様《おじょうさま》……！」

天上《てんじょう》。濃い色の青の空に、それが構築《こうちく》されていく。

莫大《ばくだい》量の流体《りゅうたい》を、朱色《しゅいろ》の平野のように広げ、そこから浮上《ふじょう》してくる巨影《きょえい》がある。

巨大《きょだい》な戦艦《せんかん》。空を行く偉容《いよう》に見えるのは、弓《ゆみ》型の航空砲撃体《こうくうほうげきたい》だった。

高速で射出《しゃしゅつ》成形されていく全長は五百メートルを下らない。内部フレームが確固し、外装《がいそう》が合致《がっち》し、作られるごとに金属《きんぞく》音を立ち上げて唸《うな》る。多重の流体装甲《そうこう》と流体駆動器《くどうき》を組み上げ、大鈴《おおすず》の音《ね》を鳴らして出来上がっていくのは、

「マギノフレーム、〝朱竜胆《あけりんどう》〟！」

各務《かがみ》は、それを見た。

竜《りゅう》にも、鳥が羽《はね》を広げたようにも見える全貌《ぜんぼう》は、堀之内《ほりのうち》が手にしている弓《ゆみ》の形に近い。

しかし、中央上部に搭載《とうさい》されたレドーム上。彼女は弓を手に、こちらを見ていた。

破損《はそん》したフロギストンハートは、赤くフレアを散らし、その向こうにいる堀之内は、

「——衣装変更《いしょうへんこう》。マギノフレームと、そういうものかね？」

「ええ、そうですわ」

言う姿《すがた》は、先程《さきほど》とは変わっていた。

破損部の修復が為《な》された事もだが、翼《つばさ》にも似た頭飾りや袂《たもと》。そして各部に装甲《そうこう》が追加され、一回り大きくなっている。手にした弓自体に変更は無いようだが、流体光《りゅうたいこう》を常に纏《まと》っている辺り、出力強化が為されているのだろう。

そして彼女の足下《あしもと》で、巨影《きょえい》が完成した。

「教えてあげますわ。貴女《あなた》が、私に勝てないと言う事を」

「それは——」

「使役体《しえきたい》とのコンビネーションで作られる、最大の武装《ぶそう》。ノーマルフレームを基軸《きじく》に、一人では絶対に為しえない、信念の形」

　これが、

「人類が黒の魔女《まじょ》と戦うために紡《つむ》いだ技術の粋《すい》！　全長五百メートル超の魔法杖《まほうづえ》、これがマギノフレームですの……！」

　堀之内が、眉《まゆ》を下げた笑《え》みで、こちらを見るのを、各務は視認《しにん》した。

　既《すで》に自分も破損をしている状態だ。その上で、

　……来るか！

　五百メートルの砲撃体《ほうげきたい》が、音を立てて展開した。

　弓形。中央の転輪《てんりん》に大鈴《おおすず》の金属音《きんぞくおん》をかき鳴らし、朱色《あけいろ》の弓が翼《つばさ》を広げる。その中央にある加《か》速路式《そくろしき》の砲門《ほうもん》は、口径《こうけい》にして二十メートル近い大砲《たいほう》だ。

　各務は、回避《かいひ》に入った。しかし、

「貴女を砕《くだ》きますわ」

　砲撃体が、前に出た。

　巨体《きょたい》に似合《にあ》わず速いと、そう理解した瞬間《しゅんかん》。

「鳴きなさい、朱竜胆《あけりんどう》」

　大砲の一撃《いちげき》に、各務は一瞬《いっしゅん》で砕かれた。

堀之内《ほりのうち》の放った砲撃《ほうげき》が、廃墟《はいきょ》地区に突き刺さった。

威力《いりょく》は限定的だ。彼女自身が神社《じんじゃ》を治める者であるが故《ゆえ》、地脈《ちみゃく》への悪影響《えいきょう》を抑えるのが常になっている。

朱《あけ》の一柱《ひとはしら》は廃墟地区の高層ビルを穿《うが》ち、断音と共に地殻《ちかく》へと突き刺さる。

初めは、何も起きなかった。ただ軽い震動《しんどう》と、静寂《せいじゃく》があっただけだった。だが、

「――――」

二拍《にはく》の後、それが来た。

着弾《ちゃくだん》地点から半径《はんけい》百八十メートル。そこに、大鈴《おおすず》の激音《げきおん》が走ったのだ。

大地《だいち》が下から上へと鳴り、建造物が震動で爆《は》ぜた。大気《たいき》が震えて叫び、空中に雷光現象《らいこうげんしょう》を突っ走らせる。

光が一瞬《いっしゅん》、地殻全体から空へと昇った直後。

百八十メートルの半径が、圧砕《あっさい》した。それもまるで、両手で叩《たた》き潰《つぶ》されたように、だ。

何もかもが雷光にまみれ、震動に散る音は、神鳴る響《ひび》きに等しい。

そして全ての上空。睥睨《へいげい》する朱の大弓《おおゆみ》の上で、一人の少女が身動きを取った。彼女は一度、両の手を大きく打ち、こう宣言《せんげん》したのだ。

「――次弾装填《じだんそうてん》」


堀之内は、各務《かがみ》が何処《どこ》にいるのかを特定出来ていなかった。

……流体《りゅうたい》が薄い。

報告にあった通りだ。魔女《まじょ》ならば誰《だれ》でも持っている流体を内燃《ないねん》する才覚。それによって、魔女は常に己《おのれ》の身体《からだ》に地脈を通し、自分自身を地脈から流体を抽出《ちゅうしゅつ》する蛇口《じゃぐち》のように出来るのだが、

……彼女には、どうにもその能力が無いようですのね。

それがどうやってあのような流体量を制御《せいぎょ》出来ているのかは解《わか》らないが、事実はその通りだ。先程《さきほど》まで、ノーマルフレームを纏《まと》っていた時は、そのフレームが有する流体で検知《けんち》が出来、追尾《ついび》なども設定が出来た。

だが、フレームが欠損《けっそん》し、恐らくは多くの点で不備が出ている現在。彼女は、

「……不思議《ふしぎ》ですわね」

マギノフレーム〝朱竜胆《あけりんどう》〟の砲撃は、直撃《ちょくげき》では無かった。対魔女用に流体捕捉《ほそく》システムを常備しているが、動態《どうたい》捕捉はしていなかったため、以後の各務の位置は解っていない。だが、

「生きていると、そう確信してますわ」

何処《どこ》にいる。

きっと眼下《がんか》の廃墟《はいきょ》の中。そこで息をつき、立て直しを図っているだろう。

しかし、ノーマルフレームの作り直しをしたならば、それが終わりの合図《あいず》だ。

流体検知《りゅうたいけんち》で主砲《しゅほう》を叩《たた》き込む。だが、その前であっても、

……手を抜く訳《わけ》には、いきませんわね。

「次弾の準備を終えるまで、——副砲《ふくほう》展開なさい、朱竜胆《あけりんどう》」

砲撃体《ほうげきたい》であるマギノフレームは、主砲だけの存在ではない。各部の副砲を装甲板《そうこうばん》から開放。

無砲塔型《むほうとう》だが、誘導《ゆうどう》指定で眼下の廃墟に絨毯爆撃《じゅうたんばくげき》を指定する。

廃墟中枢《ちゅうすう》は人のいない場所。獣《けもの》ですら、その場所に残る流体の残滓《ざんし》を恐れて近づかない場所で、草木すらも弱く生《は》える。

あり得ない死の面積。そこを、

……神道《しんとう》の魔女《まじょ》の打撃《だげき》とは、禊祓《みそぎ》による浄化弾《じょうかだん》。

少しは地脈《ちみゃく》を整調《せいちょう》する事が出来るだろうかと、そう思いながら、堀之内《ほりのうち》は副砲を発射《はっしゃ》した。

●

空からの攻撃《こうげき》は、常時十六発を基礎《きそ》とする一直線の絨毯爆撃だと、各務《かがみ》は息をつきながらそう分析《ぶんせき》した。しかも、

……私のいるラインを、確実に食うな。

副砲の口径《こうけい》は恐らく二メートル三十センチ。音からして砲身長は無く、砲弾は発射後に加速《かそく》する誘導《ゆうどう》式だろう。着弾《ちゃくだん》もだが、通過の衝撃波《しょうげきは》も含みで、大範囲への攻撃特化だ。

厄介《やっかい》だな、と各務は呟《つぶや》き、砕《くだ》かれた己《おのれ》の装備を見た。迫る着弾音を耳にしながら、

「全く、……想像《そうぞう》を超えるとは、正《まさ》にこの事だ。硝子《しょうこ》には注意してやらんとな」

呟き、各務は周囲を見る。

今、自分がいるのは、薄暗い空間だ。恐らくはデパートであった建造物の最上階。元は窓から町並みを見渡せる食堂か何かだったのだろう。各所にはソファセットやテーブルがあり、しかしそれらは窓から離れるようにぶちまけられている。

窓から、風か何か、外圧が飛び込んで来たのだ。

「これが十年前にあった、ヘクセンナハトとやらの余波か」

各務は思う。きっとこの世界は、十年ごとに災厄《さいやく》を得ているのだ、と。そして多分、

「十年前のものが、最も酷《ひど》かったのであろうな」

だからだろう。堀之内と名乗った相手が、怒りに近いものを見せているのは。

彼女にはきっと、ヘクセンナハトへの因縁《いんねん》があるに違いない。ならば、

「それを救うには、また、大変な勝負になるな」

戦う事は可能だ。

砕《くだ》かれたノーマルフレームは再射出《しやしゅつ》展開が出来る。胸部装甲《そうこう》から出せるフロギストンハートのインジケータはまだ完全に崩壊《ほうかい》していないのだ。だが、

……あのマギノフレームとやらは、どう建造したものか。

あれだけの巨大《きょだい》なものは、簡単に出来る代物《しろもの》ではない。多くの知識《ちしき》もだが、トライアンドエラーによる鍛錬《たんれん》も必要だろう。それに、時間を掛けて射出したところで、上空の堀之内《ほりのうち》が見逃《みのが》す筈《はず》も無いだろう。

どうしたものか、という思いを煽《あお》るように、爆撃《ばくげき》の音が近づいてきた。否《いな》、ここから見える街の向こう。街道《かいどう》を破壊《はかい》して赤光《しゃっこう》の滝《たき》が迫ってくるのが見えるのだ。

「行くしか無いか」

とはいえノーマルフレームの再展開は危険だ。それをやった瞬間《しゅんかん》、検知《けんち》されて砲撃《ほうげき》を食らう。だから現状のまま飛翔《ひしょう》し、各部を補修《ほしゅう》しながらあのマギノフレーム上に到達《とうたつ》を、

……狙《ねら》う、か……？

という疑問を心に思った時だ。迫る爆撃の震動《しんどう》の上で、各務《かがみ》はそれに気付いた。このラウンジの中へと、来客の影が一つあったのだ。

竜《りゅう》の子。先程《さきほど》逃がした、使役体《しえきたい》の竜だった。

その使役体は、一人の魔女《まじょ》を見据《みす》えていた。

……わからない。

自分は、いてはならない、間違った存在だ。

だが彼女は自分を逃《のが》してくれた。

そんな彼女は、しかし今、ランク四位の魔女と戦闘《せんとう》をしている。それも、正式なランカー戦ではなく、どうも自分との出会いを起点《きてん》とした私闘《しとう》のようなのだ。

そして自分が思うに、目の前にいる彼女とて、また、間違った存在なのだろう。術《じゅつ》が、魔女の共通システムから逸脱《いつだつ》しているし、何よりもランカー相手に私闘している。

だけど、と使役体の竜は思う。ランカーに対して〝間違う〟ならば、それは彼女達の敵である黒の魔女そのものの行為だろう。

しかし彼女は、黒の魔女ではない。

だから使役体の竜には解《わか》らない。

何故《なぜ》、彼女は存在出来ているのか。

何故、彼女は戦っているのか。

そして、

……なぜ？

何故《なぜ》、この人は、自分のように逃げないのか。

「君」

彼女が、こちらを見た。そして頭を掻《か》き、

「身勝手《みがって》ですまないな。だが、一つ、力を貸して貰《もら》えないだろうか」

何のためにか。それは、

「上にいる魔女《まじょ》、堀之内《ほりのうち》君の間違いを正したいのだ」

言われた。

「――黒の魔女に全てを注《そそ》ぐような生き方は、すべきではない」

●

使役体《しえきたい》は、小さな心を震わせた。

魔女は、この世界の理《ことわり》だ。黒の魔女を倒す事は、彼女達の存在意義《いぎ》と密接《みっせつ》でもある。

しかしそれを、否定する人がここにいる。

世界を相手に、真《ま》っ向《こう》から向き合い、逃げない人がいる。

……わかった。

解《わか》ってしまった。

解ってはいけない事が、解ってしまった。

世界に逆らうと、そう決めた時から、もはや、逃げ場などないのだ。

そして今、その人が、傷ついている。

状況は解る。自分はそう言う生物なのだ。失敗作だが、今、大事《だいじ》なのは何かが解っている。

だから自分は、

『――――』

前に進んだ。もはや逃げるためではなく、ただ、前に進んだのだ。

驚く程に、軽い一歩だった。

●

堀之内は爆撃《ばくげき》の行く先で流体《りゅうたい》の反応を検知《けんち》した。

各ブロックごとに精査《せいさ》していた検知術式《じゅつしき》の内、南東側の一枚がそれを警報《けいほう》したのだ。

そして視線を走らせた堀之内は、一つの異常を見た。地表間際《まぎわ》、元は駅前であったろうビル街の中から、流体反応が急激に増大している。

……これは――。

術式陣《じん》の中、街の模造《もぞう》に、流体の出力が逆漏斗《ろうと》状に重なっている。それは渦《うず》を巻くように、一気に空へと到達《とうたつ》し、

『御嬢様《おじょうさま》！』

眼下《がんか》、南東の地表から白の光が破裂《はれつ》した瞬間《しゅんかん》。光太郎《こうたろう》からの報告が来た。

『――マギノフレームの展開反応です‼』

●

廃墟《はいきょ》の街が、数十メートルの単位で割り砕《くだ》かれた。

激音を、岩を破砕《はさい》するような音は、下から空へと突き上げる。

瓦礫《がれき》と地殻《ちかく》と砂煙《すなけむり》を噴《ふ》き上げ、大地《だいち》から巨大《きょだい》な剣が跳ね上がった。

止まらない。

轟音《ごうおん》は大地の破壊《はかい》に並び、各部が引っかかるように震動《しんどう》し、そのたびに廃墟が砕け散る。

そして空へと飛翔《ひしょう》したのは、巨大な剣だった。

全長五百メートル。青と白の、聖騎士《せいきし》が持つ大剣《たいけん》だ。

●

堀之内《ほりのうち》は、それを斜めの眼下《がんか》に見据《みす》えていた。

……まさか、マギノフレームを……⁉

どういう理屈《りくつ》かは解《わか》らないが、使役体《しえきたい》がいたのだ。きっと各務《かがみ》は、使役体と契約《けいやく》し、己《おのれ》と主《しゅ》

従《じゅう》を結んだ。結果として、

「来ましたわね⁉」

来た。急速、という言葉も生ぬるい勢いでの上昇速度だ。

そして堀之内は見る。こちらに向け、一直線の加速《かそく》をするマギノフレーム上、一人の聖騎士が立っているのを、だ。

今までとは違い、白だけではない。

マギノフレームに準じるように、青と白の姿《すがた》が、ノーマルデバイスを携《たずさ》えてこちらを見据えていた。

各務・鏡《かがみ》。

彼女の立つ巨大な刃《やいば》は、

「それが貴女《あなた》の——」

「ああ、そうとも……！」

各務が、手にしていたノーマルデバイスをこちらに向けた。そして、

「——これが私の、正義のようだ！」

喝采せよ

第六章

『正義を見せてと』

刃《やいば》が空に突き立った。

崩壊《ほうかい》し、人もいない空虚《くうきょ》な都市の上空。天上《てんじょう》にて月を背にした朱《あけ》の大弓《おおゆみ》に、青い直剣《ちょっけん》の刃が跳ね上がる。

弓も剣も、どちらも巨大《きょだい》だ。

無人の街上。誰《だれ》も見ていないというならば、遠くにある者が目に入るようにと、それらの全長は五百メートルを超える。

空、大弓に向かって剣が加速《かそく》する。出現からの初めての動きは上昇で、それは後部加速器を全開した一直線だ。

対する大弓の方が、その中央部の加速砲《ほう》に砲撃《ほうげき》準備の光を宿しているというのに、避ける素《そ》振《ぶ》りも何も無い。まるで、先を行く友人に走って追いつき、肩を叩《たた》きに行くような、視線を逸《そ》らさぬ軌道《きどう》で直剣が突っ走った。

剣の鍔元《つばもと》には、一人の少女が立っていた。

鎧《よろい》。光で出来た羽《は》根《ね》飾りを風に流した彼女は、前を指さした。

パワーアームとなっている大型の指の向こう。相手がいる。大弓の上部のレドームに立っている巫女衣装《みこいしょう》の少女だ。

剣が告げた。速度を上げて言った。

「問おう、堀之内君《ほりのうち》」

弓が応じた。下がりもせず応じた。

「何ですの⁉　各務《かがみ》・鏡《かがみ》……！」

言っている間に、直剣が展開変形を行う。駆動系《くどうけい》からまだ擦《す》り合わせも未熟《みじゅく》な火花《ひばな》を散らして、内部フレーム上のサブフレームが稼働《かどう》。剣を割って砲門《ほうもん》が突き出す時には、後部の弾体《だんたい》成形部と加速器には光が宿っている。

対し、朱の弓も光を増した。

その光に向かって、言葉が生じた。

「一つ、思った事がある」

それは、

「今、君は月を背にしているが、これまでも、ほとんどが、ずっとそうだった」

ならば、

「まっすぐ、何の気負いもなく空を見上げたのは、何時《いつ》が最後かね」

●

堀之内は、胸の奥底に、こみ上げる感情を得た。

……この相手は……！

今までの戦闘《せんとう》。確かにずっとそうだった。何しろ自分は射撃系《しゃげきけい》。相手に対し、上という位置を保っていた方が正解なのだ。だが、

「――――」

目の前。眼下《がんか》。足下《あしもと》の巨大《きょだい》な建造物には、己《おのれ》の影が落ちている。

夏の陽光《ようこう》は高く。青空の奥底にある月光は、今は弱く意味が無い。だが、影の落ち方は、己が天上《てんじょう》に背を向けていると言う事だ。

……確かに。

これまで、月をまっすぐに見上げた事がない。

この戦闘だけ？　否《いな》、そうではない。

「決めたんですのよ」

全く、と堀之内《ほりのうち》は思った。この相手。自分の行動を測り、そしてこれまでの流れの中で、そこに戦術《せんじゅつ》以外の意味を感じたというのか。ならば、

「決めたんですの」

大事《だいじ》なものを失った時。それからずっと、

「次に空を見据《みす》えるのは、今後ずっと、空を見据えると決めた時だと」

「素晴《すば》らしい」

各務《かがみ》が言った。

「——私はきっと、その時からずっと、空を見上げられなくなるかもしれない」

「……は？」

「いいだろう、堀之内君」

こちらの疑問に答えず、各務が、指さす手を振り上げた。

「勝負だ」

●

空を上下に結ぶ砲撃《ほうげき》は、上からが先に為《な》された。

大弓《おおゆみ》の中央後部。最大限まで絞《しぼ》られた術式弦《じゅつしきげん》が、弾体加速器《だんたいかそくき》のハンマーを強打する。

空を震わす弦《つる》の鳴り音が、直径《ちょっけい》十数キロに流体光《りゅうたいこう》を波紋《はもん》させて射撃《しゃげき》。

大鈴《おおすず》の掻《か》き鳴らしに似た響《ひび》きが、空を五百メートル分、上から下に連打。その音と、飛沫《しぶ》く光に弾《はじ》かれて、長大な弾体が発射《はっしゃ》された。

矢形。全長四百メートル強の一発が、朱《あけ》の大弓から空を貫通《かんつう》した。

砲弾《ほうだん》は、大気《たいき》を先端《せんたん》だけで押し割って破裂《はれつ》させた。そして生まれた真空《しんくう》を突き抜け、流体で成形された矢が、ほぼ至近《しきん》とも言える位置にいる直剣《ちょっけん》を穿《うが》ちに行く。

対する刃《やいば》は、まだ砲撃準備を完了させていなかった。

砲弾《ほうだん》の成形が終了していない。だが、加速器《かそくき》に光は満ちている。

砲弾を成形直後に放つ。そういう姿勢だが、既《すで》に大弓《おおゆみ》からの一発は放たれたのだ。

だが、鍔元《つばもと》に立つ少女が振り上げた手を下ろさない。

彼女は真《ま》っ直《す》ぐ前を、飛来《ひらい》する矢と、大弓と、その上に立つ少女と、そして、全ての後ろにある青の空と月を見据《みす》え、口を開いたのだ。

「届くといい」

届け、ではない。

「——道をくれ給《たま》え、月に翳《かざ》す翼《つばさ》」

大弓からの一発。射撃《しゃげき》という言葉が、直撃《ちょくげき》と名前を変える瞬間《しゅんかん》。直剣上の姿《すがた》が、手を前に振り下ろした。

「砲撃《ほうげき》」

●

堀之内《ほりのうち》は見た。明らかに遅いタイミングでの、各務《かがみ》の砲撃合図《あいず》を、だ。

……間に合いませんわ！

砲弾を成形してから即《そく》射撃が出来るよう、加速路《かそくろ》には光を入れていたようだ。だがもう既《すで》に、こちらの一発はその砲口《ほうこう》に食い込もうとしている。

勝ちだ。

マギノフレーム朱竜胆《あけりんどう》の射撃は、最大状態からの発射《はっしゃ》で、距離《きょり》が近いのならば、全マギノフレーム中トップと言える一撃《いちげき》を見舞う事が出来る。

今はそれらの条件が合致《がっち》だ。

各務の一撃は間に合わず、砕《くだ》かれる。

こちらの勝ちだ。

だが、それを残念に思う自分が、心の中の何処《どこ》かにいる。

これは慢心《まんしん》か、それとも自分の現状への諌《いさ》めなどを失う事への思いなのか、どちらかは解《わか》らないまま、

「砕きなさい朱雀《すざく》の一撃！」

叫び、矢に術式《じゅつしき》を掛けた。朱竜胆の加圧《かあつ》補助を受け、発射した一発に更《さら》なる加速術式を装《そう》塡《てん》。範囲系ではなく直接装塡として、

「行きなさい！」

行った。砕く。だが、その直前に堀之内は音を聞いた。

金属《きんぞく》の、火花《ひばな》散らす擦過《さっか》音。

……これは――。

砲弾成形システムが、加速路へと弾体《だんたい》を送り込む音だった。

冷たくも響《ひび》いた音源《おんげん》は、各務《かがみ》の直剣《ちょっけん》の最後部。そこから、これから、彼女は悪足掻《わるあが》きの一発を放とうというのか。それとも、

「まさか……」

言葉と同時に、力が来た。

各務の砲撃《ほうげき》だ。

直剣の加速路《かそくろ》を、一気に弾体《だんたい》が突っ走ってくる。

対するこちらの一発も、その砲口《ほうこう》を破砕《はさい》し、突入《とつにゅう》するように食い込んだ。

そこが、致命《ちめい》だった。

……しまった。

着弾《ちゃくだん》の瞬間《しゅんかん》。こちらの矢は衝撃《しょうげき》に歪《ゆが》む。それは僅《わず》かなものだが、直進する力は僅かに乱れ、その先端《せんたん》に圧が集中し、膨《ふく》れるように変形するのだ。無論《むろん》、そこから、朱《あけ》の矢は伸びるように貫通力《かんつう》を発揮《はっき》していくのだが、

「タイミングを合わせ、カウンターを放つと言うんですの……!?」

●

堀之内《ほりのうち》の視線の先で、直剣が破砕した。

こちらの一撃《いちげき》で崩《くず》れ、更《さら》に奥へと割《さ》いていく筈《はず》だった先端部分が、自ら破裂《はれつ》したのだ。

威力《いりょく》は内側から来た。そして、

……やはり……！

砕《くだ》きの力は、各務の直剣だけを食っていたのではなかった。

朱の矢。その先端が破壊《はかい》され、跳ね散るように裂《さ》けている。それら中央を来るのは、青の色の弾体。各務のマギノフレームが撃《う》った一発だ。

着弾の瞬間に、衝撃で歪む矢そのものを狙《ねら》ったカウンター砲撃。更には、

「弾体成形を遅らせてまで、細身《ほそみ》の圧縮《あっしゅく》砲弾を作りましたのね⁉」

矢が食った砲口に比べ、それを割いてくる一直線の力が、明らかに細い。

各務のマギノフレームは旧式とも言える聖騎士系《せいきしけい》。砲撃は、得手《えて》ではないデザインだ。

だから彼女は考えたに違いない。その分、弾体を圧縮硬化《こうか》し、加速力を溜《た》めよう、と。

先に加速路に光を入れていたのは、そこに加速術式《じゅつしき》を上掛けチャージするためと、

……細身にした弾体を、安定発射《はっしゃ》させるための調整……！

慢心《まんしん》はないつもりだった。

こちらは、朱竜胆《あけりんどう》の射撃《しゃげき》として、フォーマルなものを用いたのだ。

ただ、各務は、こちらを〝返す〟ための手立てを惜しまなかったと、そういう事だ。

「ならば……！」

堀之内は、迷わなかった。

朱竜胆《あけりんどう》と各務《かがみ》の直剣《ちょっけん》の間の空間。そこを視線で結界《けっかい》指定し、範囲内の己《おのれ》の固有物に座標《ざひょう》安定の術式《じゅつしき》を掛ける。

間に合うかどうかは考えなかった。ただ、目視《もくし》なしの手捌《てさば》きで術式を放ち、

「潰《つぶ》れなさい……！」

座標固定は、そのもののインデントを補足《ほそく》するため、形を整える効果も持つ。

矢に掛けた術式は、膨《ふく》れて割《さ》かれる朱《あけ》の力を、上下から押さえて元の直線に戻そうとした。

各務の一撃《いちげき》を、矢が食らって潰そうとする。その瞬間《しゅんかん》、堀之内《ほりのうち》の視界《しかい》に、あるものが見えた。

各務だ。

彼女が、砲撃合図《ほうげきあいず》に振り下ろした指先。それが、こちらを指していた。

「――見事《みごと》である」

告げられた瞬間。お互いの間で、二つの力が炸裂《さくれつ》した。

両者の砲弾《ほうだん》が、力の衝突《しょうとつ》に耐え切れずに自壊《じかい》。巨大《きょだい》な誘爆《ゆうばく》を生じたのだ。

●

「御嬢様《おじょうさま》！」

光太郎《こうたろう》は、二つの力の衝突と崩壊《ほうかい》を、空に見上げていた。

月の下。

空の中。

朱と青の爆砕光《ばくさいこう》が生じた中で、激音が響《ひび》いた。

堀之内の朱竜胆と、各務の直剣。二つの爆発《ばくはつ》に呑《の》まれたマギノフレームが、しかし各務の方から、半《なか》ば砕《くだ》けつつも激突《げきとつ》したのだ。

お、という声をあげたのは、治療《ちりょう》中の隊員《たいいん》達だった。皆が空を見上げ、

「二つのマギノフレームが……！」

絡み合って、落ちてくる。

刃《やいば》の殆《ほとん》どを割られ、失った直剣が、弓《ゆみ》の大部分を折られた朱竜胆に突き刺さる形で。

『副課長！』

通信が来た。術式陣《じん》の送り元は堀之内家の屋敷《やしき》。地下に設けられたオペレーションルームだ。

古来《こらい》より黒の魔女《まじょ》との戦闘《せんとう》において、その代表格を輩出《はいしゅつ》してきた堀之内家は、他の同様の家や企業《きぎょう》、軍事組織《そしき》などと同じく、代表者のバックアップを行うシステムを有する。

今、指揮所《しきしょ》に詰めている侍女《じじょ》達が、声をあげていた。

『御嬢様のマギノフレームが、落下《らっか》します！』

「見ています！　位置は――」

『見てて解《わか》らないんですか』

「だ、大体東京湾《とうきょうわん》の東側です！　詳細《しょうさい》を！」

結構厳《けっこうきび》しい、と思いながら、彼女達も元は魔女《まじょ》だったのだと思い出す。皆にとっては、満《みつる》は先代の忘れ形見《がたみ》であり、ホープなのだ。

……あっ、私、邪魔《じゃま》な男扱い……！

そんな事も思ったが、地位としては副課長。地位以外に誇れるものがあるのかどうか自分でも謎《なぞ》だが、執事《しつじ》としての能力はあるんですよコレが。

ともあれ詳細《しょうさい》は来た。位置は、

「東京湾《とうきょうわん》北東、──旧幕張《きゅうまくはり》！」

●

落下《らっか》と崩壊《ほうかい》を見るには、湾上が一番だった。

東京湾中央。そこにあるのは、一つの学園だった。

今、その内部では、上空を北東へと落ちていく二つのマギノフレームが観測される一方で、全ての校舎《こうしゃ》は防護壁《ぼうごへき》を閉じ、空には防護術式《じゅつしき》の障壁を掲《かか》げていた。

だが、そういった警戒《けいかい》に構わず、各校舎の屋上《おくじょう》などに、幾《いく》つかの影があった。

まずは西側、特機科《とっきか》と刻印《こくいん》された、ソーラーパネルに覆《おお》われた屋根《やね》上。

続く東側、術式《じゅつしき》科と刻印された、地上側に入口のない空中校舎の屋根上。

そして北側、完全に浮上《ふじょう》した特待《とくたい》科の校舎前にて、それぞれが別に、思う事を、

「──堀之内」

「──遂《つい》に、ですか」

「──お母《かあ》さん、この花が咲くわ」

告げ、誰《だれ》もが己《おのれ》の為《な》すべきに戻る。空からの落下に背を向け、空を、月を見上げる。

直後。東京湾北東の大地《だいち》に、超大質量の激震《げきしん》が走った。

快音とも、波音とも言える響《ひび》きを重ねて爆発《ばくはつ》を呼んだのは、大弓《おおゆみ》と直剣《ちょっけん》の形だった。

マギノデバイスが落ち、戦闘《せんとう》は終了したのだ。だが、

「──決着《けっちゃく》、ついたか、つかずか」

誰《だれ》かが呟《つぶや》いた。その瞬間《しゅんかん》だった。

新たな光が、学校の各所に展開した。

術式陣《じん》。表示《ひょうじ》は警告《けいこく》だが、その内容は緊急事態《きんきゅうじたい》を告げるものだった。

《警告：第五警備《けいび》態勢を展開：黒の魔女の出力を検知《けんち》》

それだけではない。

「見えますね」

術式科の屋上から生まれた指摘《してき》。空の中央にある月が、光を放っていた。

黒の魔女を封印《ふういん》した月が、挙動《きょどう》しているのだ。

光太郎《こうたろう》は、各地に展開した術式陣《じゆっしきじん》の警告《けいこく》に対し、声を作った。

「総員、各所警備《けいび》と治安《ちあん》に回りなさい！　観測班《かんそくはん》は御嬢様《おじょうさま》達を観測記録！」

「副課長！　月を観測しなくていいんですか⁉」

「月は他の誰《だれ》かが記録しています！」

光太郎には、予感があった。

……黒の魔女《まじょ》が、何に反応しました⁉

そんなものは決まっている。眼下《がんか》で生じた二人の魔女の戦闘《せんとう》に、黒の魔女が心を動かしたのだ。片方は、母が前回の決戦《けっせん》に出た因縁《いんねん》の相手。そしてもう片方は、

……明らかに、黒の魔女を知っている風《ふう》でした……！

両者の戦闘は、魔女達の戦闘としては有り得る規模《きぼ》のものだったが、その経過には異質があった事を、自分達は知っている。ならば、

「私達は、この戦闘と、その結果の記録を！」

それで充分だ。何故《なぜ》なら、

「黒の魔女は、二人に興味《きょうみ》しているのですから！」

言った瞬間《しゅんかん》だ。夏の陽光《ようこう》に、淡い光が追加された。

天上光《てんじょうこう》。

月を包むように見えていた光が、流体《りゅうたい》の輪となって、一度、月の北極《ほっきょく》側に形を生じた。

こちらから観測している分には小さなものだが、実際は、それは月の上に掛かる天使《てんし》の輪のような大きさで、更《さら》には、

「見ています……！」

輪が広がり、楕円《だえん》となって、一度月の後ろに回った。

まるで、月を瞳孔《どうこう》とした眼球のようだ。

何処《どこ》にいても逃《のが》れる事が出来ない、巨大《きょだい》な視線。

それだけではない。

光が、月の正面に集まっていく。

《警告》

「副課長！　月面から観測される流体量が跳ね上がっています！」

何が起きるかは明確だ。

「黒の魔女が封印《ふういん》に干渉《かんしょう》！　その力を放出させます……！」

通信役の声が響《ひび》くなり、空の光が揺らいだ。流体光であったものが、影を持ち、黒くなり、
そして、

「腕だ……！」

確かに、と光太郎《こうたろう》は言葉を心に作った。見上げる空と、地上に落下《らっか》した二人の魔女《まじょ》の残骸《ざんがい》。その両者を結ぶように、月から黒い細腕《ほそうで》が這《は》い出たのだ。

●

崩壊《ほうかい》と崩落《ほうらく》は同義だった。

堀之内《ほりのうち》は、落下《らっか》から着地《ちゃくち》によって生じた衝撃《しょうげき》が消え、マギノフレームが自壊《じかい》を始めたのを悟《さと》っていた。

朱竜胆《あけりんどう》の大弓《おおゆみ》は半《なか》ば砕《くだ》け、弾体《だんたい》の加速路《かそくろ》も失われている。術式陣《じゅつしきじん》を出して確認《かくにん》すれば、フロギストンハートには致命《ちめい》の亀裂《きれつ》が入っていた。完全に砕《くだ》かれてはいないが、もはや自らの破砕《はさい》に堪《た》えられず、壊《こわ》れていく状態だ。

……私の方のテンションも、同様ですわね。

この状況では、もはや戦闘《せんとう》は続行出来ない。

その諦《あきら》めが、心の加熱《かねつ》を止めてしまう。だが、

「空が……！」

マギノフレームの装甲板《そうこうばん》が砕け、落下し、破片《はへん》が光の塵《ちり》として消えていく向こう。天上《てんじょう》に浮かんだ巨大《きょだい》な眼球から、黒の繊手《せんしゅ》が爪《つめ》を立ててこちらに伸びてくる。

空を来る黒の手指と腕。黒光の棚引《たなび》きを持って迫るそれは、一体、どれ程の力量によって為《な》

されるものか。

……あれは——。

自分は、あれが何だか解《わか》っている。

黒の魔女の力の一端《いったん》。

封印《ふういん》から漏《も》れ出たそれは、実際、幻影《げんえい》に近いものの筈《はず》だ。もしあれがその大きさ通りの物理的な威力《いりょく》を持っているなら、月と地球の間にある空間が荒らされ、空が割れている。

つまりあれは幻影だ。力があったとしても、それこそ黒の魔女の本来の力とは遠いものの筈。

だが、そのような事が解っていても、また別の理解が、心を震わせる。

黒の魔女が、こちらを捕捉《ほそく》したのだ。

寒気を感じたのは、ある言葉を思い出したからだ。

……私は——。

私は、ずっと、月に背を向けて戦っていた。

もしも、黒の魔女がその気になれば、こちらを背後からいきなり鷲掴《わしづか》みにする事だって出来たのだ。

「————」

甘かった。否《いな》、状況が〝正しくなった〟というべきか。何故《なぜ》なら、本来、黒の魔女とそれ以外の魔女とは、こういう関係であるべきだからだ。だが、……く。

高速で、ひたむきに、欲されるように伸びてくる黒の腕。既《すで》にその大きさは明らかになっており、

「空を覆《おお》う……！」

広げた手は、月の直径《ちょっけい》に比肩《ひけん》するのだ。

既に月は隠《かく》れ、この東京《とうきょう》の空に、黒の色が広がった。

何もかもを包むような巨大《きょだい》な五指《ごし》は、もはや手の平の中央くらいしか、ここからだと知覚出来ない。

指の全ては、日本を越え、太平洋《たいへいよう》の中央から、東欧《とうおう》辺りまでを陰らせているだろう。

対し、今、自分に出来る事は、

「――堀之内《ほりのうち》君‼」

声が聞こえた。

右手側、振り向くと、見知った影が飛び込んで来ていた。

各務《かがみ》・鏡《かがみ》。

彼女は、自分よりも砕《くだ》けたマギノフォームの姿《すがた》で、しかしまっすぐにこちらを認めると、

「君のフロギストンハートは、生きているか⁉」

声が響《ひび》いた。

「力を貸して欲しい！」

●

堀之内は、何が起きるのか解《わか》らなかった。だが、聞こえた声に対し、妙《みよう》な信頼感を得てもいた。

先程《さきほど》まで戦っていた敵。出所《しゆっしょ》不明、理由も不明で敵対し、更《さら》には自分の身内を傷つけてもいる相手なのだ。

だが、目的が同じだ。そして、

……この人は――。

今も、月から目を逸《そ》らしていない。

これまで、このような者がいただろうか。

この世界、十年に一度のヘクセンナハトという、生《い》け贄《にえ》の儀式《ぎしき》にも似た夜が訪れる地平にて、空を恐れずに見上げ続け、現状において黒の魔女の力が迫っているというのに――。

「堀之内君……！」

手を伸ばされた。パワーアーム。彼女はもう、こちらの懐《ふところ》に来ているのだ。だから、

「何を？」

「ああ、簡単だとも」

各務《かがみ》が、両の腕を外に振った。

「——あいつを穿《うが》たねばならん！」

何をするか、解《わか》った。自分は既《すで》に、一度とならず、幾度《いくど》も見ているのだ。

この相手、各務・鏡《かがみ》という魔女《まじょ》の力は、恐らく何らかの技術によるクラフト系《けい》。自分達が儀式《しき》的手続きによって地脈《ちみゃく》から流体《りゅうたい》を引き出し、駆動《くどう》系と装甲《そうこう》などを作り出すのとは違い、

……いきなり、流体を〝摑《つか》み、加工出来る〟のですわね……。

創造《そうぞう》、という言葉に近い。

だが、あり得ない技術ではない。存在自体が術式《じゅつしき》というような、加護《かご》や改造を受けていれば可能な話で、一部の魔女はそんな自己改良を加えてもいるのだ。

だが、それであっても、全ては自分の術式として、保有する流体の減少や過熱《かねつ》を生む。

目の前の相手は、そうではない。

流体反応は、初めから無かった。今もそうだ。魔女と言うよりも、一般人以下。それなのに、こちらよりも高速に流体を掌握《しょうあく》し、加工し、

「力を貸して欲しい」

どうしてそこまで、自信をもって言える。

解らない。

解らない事ばかりだ。

だが、自分を信じる事は出来る。昔から、今もずっと、己《おのれ》を揺るがさないからこそのランカー四位。東日本代表だ。

ならば、と己は思う。これまで自分が見てきたものを信じよう、と。

目の前の相手は、流体加工の得手《えて》。そして戦術《せんじゅつ》も確かだ。自分と比肩《ひけん》して同等以上、と言って良いかどうかは解らないが、結果は相打ち。

だったら、

「朱雀《すざく》！」

肩上《かたうえ》に出てきた術式陣《じん》の中。使役体《しえきたい》の朱雀は、疲れがあるのか、胡座《あぐら》を掻《か》いていた。

……ホントに鳥なんですの……。

たまに疑問に思うが、否定してもあまり意味は無いのでスルー。大人《おとな》の判断《はんだん》ですわね。ただ、朱雀はこちらの意思《いし》を読み、理解したらしい。

《マギノフレーム：構築《こうちく》一部解除》

《警告《けいこく》：フレームの一部解除により、フロギストンハートの自壊促進《じかいそくしん》：十五秒》

「力を貸しますわ！」

マギノフレームを、崩壊《ほうかい》に任せるのではなく、自ら流体へと解除する。これは、流体加工の得手である各務にとって、確かな力となるだろう。ただ、

「時間がありませんのよ……！」

「解《わか》っているとも」

そして各務《かがみ》が、肩越しに笑《え》みを見せ、こう言った。

「感謝である」

●

光太郎《こうたろう》は、己《おのれ》の判断《はんだん》が正確であった事を悟《さと》った。

「副課長！」

観測役の隊員《たいいん》が、黒の五指《ごし》に摑《つか》まれようとする空ではなく、東京湾《とうきょうわん》の対岸を指して叫ぶ。

「御《お》嬢様《じょうさま》と、相手のマギノフレームが融合《ゆうごう》します!!」

見た。距離《きょり》にして二十五キロ程。それだけを空《あ》けて尚《なお》、五百メートル超の建造物は視界《しかい》に対して大きく屹立《きつりつ》する。

「おお……」

大気《たいき》を震わすのは、朱竜胆《あけりんどう》の駆動系《くどうけい》が鳴らす大鈴《おおすず》のような響《ひび》きと、各務の直剣《ちょっけん》が鳴らす鐘《かね》のような響きだ。

二つの音は重なるでもなく、ただ宙《ちゅう》を凜《りん》と通り、荘厳《そうごん》に渡る。

そして二つのマギノフレームが、一つの形を取った。

中心部には直剣を。

その鍔元《つばもと》から左右の水平には大弓《おおゆみ》を。

ボウガンにも、長大な剣にも見える武装《ぶそう》は、全長で一キロを超えている。

「あれは……」

光太郎は、言葉の先を呟《つぶや》き掛け、首を左右に振った。

「大奥様《おおおくさま》に追いつけるものではありますまい」

まだ、という一語を喉《のど》に呑《の》み、光太郎は皆に叫んだ。

「――見なさい！」

大鈴と、鐘の響きが、空を見据《みす》えた。

振りかざされる黒の五指は、既《すで》に外気圏《けん》に届いたのか。黒と言うよりも青の色を帯びつつある。だが、大気のレンズ効果か、急激に歪《ゆが》んで膨《ふく》らむように見える手の平に対し、

「十年越しに、堀之内《ほりのうち》の一撃《いちげき》が、黒の魔女に届きます……！」

叫んだ瞬間《しゅんかん》だった。

世界が震動《しんどう》した。

空に向け、全長一キロの大砲《たいほう》が、その全力を放ったのだ。

●

砲撃《ほうげき》の反動は、緩衝《かんしょう》されなかった。

発射時《はっしゃじ》の衝撃波《しょうげきは》は数十キロ範囲の空に放電現象《ほうでんげんしょう》を放ち、大地《だいち》においては廃墟《はいきょ》となっていた東京湾《とうきょうわん》北から東側の建築物を大きく薙《な》ぎ払い、吹き飛ばす。

それら建造物の残骸《ざんがい》が宙《ちゅう》を飛び、別の廃墟へと突き刺さり、また転がって砕《くだ》く中央、走った爆圧《ばくあつ》が東京湾を揺るがした。

広大な湾の北東側、幕張《まくはり》沿岸を中心に、湾の底が見えた。

泥《どろ》と砂、そして砕かれた人工島や埋め立て地の足場《あしば》が、濡《ぬ》れながらも陽光《ようこう》の下に露《あら》わになり、水が一斉《いっせい》に外へと膨《ふく》らんだ。

音は、波音ではなかった。

水自体が圧縮《あっしゅく》され、盛り上がった海面の下で、海水が捻《ねじ》れて唸《うな》りを上げる。それはまるで、船が軋《きし》むのにも似たような響《ひび》きだった。

それらの動きと音にいち早く反応したのは、東京湾中央の四法印学院《しほういんがくいん》だった。既《すで》に防護術《ほうごじゅつ》式《しき》を展開していた学院の防御《ぼうぎょ》システムは、発生する津波《つなみ》に対して海中から打ち立てるような防波用の防護障壁《しょうへき》を展開。更《さら》には沿岸に警告《けいこく》を促《うなが》すと共に、自分達の防御システムが届く範囲においては、砕波《さいは》のための障壁を海へと突き立てた。これは東京湾の水深が比較的浅い事から可能であった事で、学院側から連絡《れんらく》を受けたU.A.H.J.や、堀之内家を初めとした有力家や復《ふっ》興横浜《こうよこはま》市役所を基礎《きそ》とした組織《そしき》は、沿岸の防波と、津波を逃《のが》すための用水路の確保と補強に広域術式を展開した。

更《さら》には、
《警告《けいこく》：衝撃波、到達《とうたつ》まで七秒》
それは、打撃《だげき》だった。
津波を東から西へと、莫大《ばくだい》な水飛沫《みずしぶき》に変えるものが来た。
爆圧の威力《いりょく》だ。それは高震動《しんどう》として海を破裂《はれつ》させ、雨と化し、その上で、
「……！」
対岸の建物の内、東に面したものの窓硝子《まどガラス》を揺らし、場合によっては亀裂《きれつ》を走らせた。
だが、誰《だれ》もが、それらの窓や、伏せた頭上《ずじょう》から、一つの光景《こうけい》を見ていた。
天上中央《てんじょう》。
空に突き立つ弓剣《ゆみけん》から放たれた一撃《いちげき》が、
「お……」
世界を包もうとする黒の五指《ごし》を、貫《つらぬ》いていたのだ。

●

一直線だった。
黒の腕は、広げた五指が無防備であったと示されるように、伸び切ろうとしたその肘《ひじ》までを、
光の一撃で貫通《かんつう》された。

破裂《はれつ》は、後から来た。

最初に散ったのは、下腕《かわん》部だった。手首よりも上の辺りが内側から丸く膨《ふく》らみ、木肌《きはだ》が割れるように弾《はじ》けたのだ。

後は、簡単だった。

破砕《はさい》が肘《ひじ》へと突っ走るのに合わせ、手首から指までが、まるで置き忘れて行かれたかのように空中で力を失い、しかし赦《ゆる》されなかった。

穴の開いた手の平は、その穴を向こう側から広げられ、五本の指が外へと歪《いびつ》に突き出した。

そして崩壊《ほうかい》した。

消える時は一瞬《いっしゅん》。

天上《てんじょう》に、淡い流体光《りゅうたいこう》を腕の形で散らし、それは消えた。

地上からの破壊《はかい》は、上腕《じょうわん》まで達して止まったようだったが、腕を機能《きのう》不全にするにはそれで充分だった。

何もかもが、月に向かって消えていき、ただ、後に残るのは、月を囲む目の輪だ。

しかしこれも、一度細まるように収束《しゅうそく》し、

「消えるぞ……！」

人々が起き上がり、窓を開け、家から飛び出して歓声《かんせい》を上げた頃《ころ》には、空の黒が消えていた。

夏の空の下。月を浮かべた天が、ただそこにあったのだ。そして、

「魔女《まじょ》の刃《やいば》は、何処《どこ》だ……!?」

皆が振り向いた東京湾《とうきょうわん》東側。

そこにはもう、何も残っていなかった。ただ、空には雨雲も何も無いのに、塩を含んだ雨が来る。津波《つなみ》が寄せた余波として、一部の沿岸地域《ちいき》には浸水《しんすい》が有り、用水路は引き波で唸《うな》りを上げていた。

皆が見て、得ているのは、一時の変化。

だが空にも、大地《だいち》にも、もはや何も無く、

「何なんだ、一体……」

気付けば、雨も過ぎていた。

何もかもがいつも通りとなっていた。

●

「よし」

堀之内《ほりのうち》は、各務《かがみ》の声と、肩を落とす動きを見ながら、現状を確認《かくにん》した。

マギノフレームが消え、自分達は廃墟《はいきょ》の屋根《やね》に立っている。空にはただ青の色と、月の白が有り、眼下《がんか》には、湾の底へと戻って来た波が、そのまま勢いをつけて海底の瓦礫《がれき》や石を転がし、廃墟へと水を打ち上げている。

各地からは、海底の構造物《こうぞうぶつ》が動き、ぶつかって鳴らす低音と、大気《たいき》を含んだ海がそれを吐き出そうとして、ホワイトノイズにも似た音が鳴っている。

対岸からは、遠く、サイレンの音も聞こえてくる。

自分達の一撃《いちげき》が、二次災害《さいがい》とも呼べるものを引き起こしたのだ。

……黒の魔女《まじょ》と、あまり変わりありませんわね。

ただ、堀之内《ほりのうち》家や、U.A.H.J.を初めとする対策組織《そしき》は上手《うま》く機能《きのう》したらしい。

沿岸部は、廃墟《はいきょ》を利用する事も出来るため、波の逃げ場と一時的な蓄積《ちくせき》をそちらに回し、目立った被害《ひがい》は衝撃波《しょうげきは》による窓の破損《はそん》だと報告があった。無論《むろん》、各地の社寺《しゃじ》の内、沿岸に近い幾《いく》つかは地脈《ちみゃく》許容補助《ほじょ》システムに逆流が有り、タンクの幾つかを吹っ飛ばしてもいるのだが。

しかし、気になるのは、別にあった。

手元、光太郎《こうたろう》からの賞賛《しょうさん》を知らせる術式陣《じゅつしきじん》が、実家の指揮所《しきしょ》から来た侍女《じじょ》達の賞賛表示《ひょうじ》で潰《つぶ》されるのを余所《よそ》に、

……各務《かがみ》・鏡《かがみ》。

自分は先程《さきほど》、砲撃《ほうげき》の中で確かに聞いた。

黒の腕が破壊《はかい》され、月が露《あら》わになった時、彼女はこう言ったのだ。

「漸《ようや》く見つけたぞ、硝子《しょうこ》……！」

硝子？

それは一体誰《だれ》の事なのか。否《いな》、何よりもまず、

……貴女《あなた》は、一体、何なんですの？

訳《わけ》が解《わか》らない。今、目の前で見えるのは、

「――――」

各務が、その全身を力なく揺らした。同時に彼女のマギノフォームが解除され、元のスーツ姿《すがた》に戻る。

倒れる。否、頽《くずお》れる。

疲労《ひろう》か、緊張《きんちょう》の解除かは解らない。マギノフォームを失っているのは自分も同じだ。

こちらは制服姿《せいふくすがた》で、

「ちょっと……！」

背を、肩で担《かつ》ぐように受け止めてみると、意外《いがい》と軽い。力を入れ過ぎないように、腕を回して抱き上げて支えると、

「貴方《あなた》……」

足下《あしもと》にいるのは、白と青の竜《りゅう》型使役体《しえきたい》だ。

●

堀之内は思い出す。この使役体、試験などには自分も関わっていて、期待されていたのだと。

だが、失敗作として廃棄《はいき》が決まった時、自分は最後の情報取得《しゅとく》を行った後、ある手筈《てはず》をそこに加えた。

この使役体《しえきたい》が、自由を望むなら、施錠《せじょう》術式《じゅつしき》などが外れるように、と。

檻《おり》の中に入って始末《しまつ》されるのを待つというのは、どうしても赦《ゆる》せなかったのだ。他のそういう使役体の処遇《しょぐう》に対して、偽善《ぎぜん》ではあろうが、ただ我が事となれば、

……思い出しますわ。

母が敗れ、死んだ後、幾《いく》つかの悲嘆《ひたん》を聞きもした。

結局人類は、黒の魔女《まじょ》を封印《ふういん》したつもりが、逆にその檻で囲われ、殺されるのを待つだけなのだと。

同じでありたくないと、そう思った。

好きに生き、好きに死ぬ権利が、何処《どこ》かにあっていいだろうと、上から目線《めせん》を承知《しょうち》で、しかし、こうも思ったのだ。

当代でヘクセンナハトを決着《けっちゃく》出来るなら、これは偽善ではなくなる、と。

そのつもりで、己《おのれ》に約束した。

だが、その後、この子が逃走《とうそう》ルートとして、西廃墟《はいきょ》側を選択したのは予想外だった。危険がないように、人のいない東に行くかと思っていたのだが、やはり人に近しい部分が無意識《むいしき》に働いたのだろう。西側に行かれた事で、自分の追跡《ついせき》術式も働き、結果として光太郎《こうたろう》には迷惑《めいわく》を掛

けた。

……ですが……。

「ちょっと、貴女《あなた》……！」

巡《めぐ》り廻《めぐ》って出会った相手と共に、黒の魔女の力を、その片鱗《へんりん》とはいえ穿《うが》った。

自分のした事は、正しかったのかどうか。正しいのならば、

……私は――。

これから何がどうなるのか、問うべき相手は、

「――――」

抱きかかえ、見た相手の顔。それは、

……漸《ようや》く見つけたぞ、と。

恨《うら》みは感じられない口調《くちょう》。

あるのはただ、何かに対する怒りのようだった。それも、単純な叱責《しっせき》ではない。幾つもの思いが混じったものだろう。

だが、

「どういう事ですの」

気を失った彼女の顔は、微笑していた。

失神《しっしん》の弛緩《しかん》ゆえか、表情なのかは解《わか》らない。何もかも解らないまま、

「何なんですの、貴女《あなた》……」

空、空気を叩《たた》く音が近づいてくる。光太郎《こうたろう》のヘリが、こちらを回収《かいしゅう》に来たのだ。

第七章

『朝日が昇る』

晴れた日に
望んでおいで

音楽が聞こえる。

朝の空気は、朝日と共に熱を帯びる。夏であっても、尚《なお》早朝の空気は静かで落ち着いている。そして澄《す》んだ大気《たいき》の中、聞こえるのは、

「何？　米国《アメリカ》国歌？」

場所は屋上《おくじょう》、ジャージ姿《すがた》でやってきた幾《いく》つかの影に、先にいた少女が応じた。

「そろそろ一勝負だから、集中したくて」

「あ、御免《ごめん》……、邪魔《じゃま》した？」

幾人《いくにん》かが、屋上に至るドアに戻ろうとするが、少女は手を上げて制した。

「気遣《きづか》いされるとボクの方がやりにくいよ。特機科《とっきか》の代表って事は、皆の代表でもある訳《わけ》だから、特別扱いされると逆にやりにくい」

何故《なぜ》なら、と彼女は言った。赤い髪《かみ》、肩で切り揃《そろ》えられた列を手で払って、

「米国は世界の代表で有り、世界の何処《どこ》にでもその力を届かせるものである、ってね」

「おうおう頼もしい」

まあね、と少女は苦笑《くしょう》した。そして音楽を鳴らす。手元の術式陣《じゅつしきじん》に仕込んだ音響《おんきょう》術式から聞こえるのは、生《なま》の楽団《がくだん》が奏《かな》でるもの。曲は米国国歌。〝星条旗《せいじょうき》〟だ。

Oh, say can you see, by the dawn's early light
――おお、見えるかこの薄暮《はくぼ》の中
What so proudly we hailed at the twilight's last gleaming?
――我々が夜を徹《てつ》し誇りもて掲《かか》げたものが見えているか
Whose broad stripes and bright stars, through the perilous fight.
――命を賭《と》す争いを抜けて我々が見守った土塁《どるい》の上
O'er the ramparts we watched were so gallantly streaming?
――かくも勇敢《ゆうかん》にたなびき続けたあの広い縞《しま》と輝く星は誰《だれ》のものか
And the rockets' red glare, the bombs bursting in air,
――真紅《しんく》の推進弾《すいしんだん》と炸裂《さくれつ》する爆弾《ばくだん》の降り止まぬ夜
Gave proof through the night that our flag was still there,
――我らの旗《はた》は身じろぎもせずあの場所にはためいていた
Oh, say does that star-spangled banner yet wave.
――おお、輝く星を飾るあの旗は今なお翻《ひるがえ》っているだろうか
O'er the land of the free and the home of the brave!
――自由の祖国《そこく》、勇者《ゆうしゃ》のふるさとに

「英語よくわかんないけど、格好《かっこ》いいよね」

「そういって貰《もら》えて嬉《うれ》しい。ボクも、父《とう》さんのこの演奏《えんそう》を聞いてる時、小さくて訳解《わけわか》ってなかったけど」

だけど、と少女は皆に視線を向けた。

「――そっち、大丈夫《だいじょうぶ》？」

「夏休み前の課題だったら、アンタの分くらいはこなしてやんよ。特機科《とっきか》代表。だけど特別じゃないなら、課題疎《おろそ》かな時は赤点食らうからね」

「ボクの分をこなすのは、特別扱いじゃないの？」

「特機科は仕事上、仲間を大事《だいじ》にするし、世界の何処《どこ》にでも、どんな奴《やつ》にでも、仲間なら、その扱いを届かせるものである、ってね。――足手《あしで》まといは全体の迷惑《めいわく》なんだ。そうはさせないよ」

有り難、と少女は応じた。そして、

Oh, say does that star-spangled banner yet wave.
――おお、輝く星を飾るあの旗《はた》は今なお翻《ひるがえ》っているだろうか
O'er the land of the free and the home of the brave!
――自由の祖国《そこく》、勇者《ゆうしゃ》のふるさとに

特機科校舎《こうしゃ》の屋上《おくじょう》。ソーラーパネルの並ぶそこは、校舎に泊《と》まり込み作業をしていた学生達が、朝の空気を吸いに出てくる場所だ。軽い体操が日常儀式《ぎしき》となっているがゆえ、段々と人が集まってくるが、少女はその先端《せんたん》で笑う。

「ああ、全く」

振り向く視線は、東京湾《とうきょうわん》の西側沿岸《あしば》。

そこでは、幾《いく》つかの場所で鉄の足場《あしば》が組まれ、既《すで》に工事の音が生じている。

昨日《きのう》発生した大規模《だいきぼ》な戦闘《せんとう》と余波によって、一部の堤防《ていぼう》と水門に負担《ふたん》が確認《かくにん》されたのだ。術式《じゅつしき》や加護《かご》はあるが、物理的な補強があれば全体の補助になるし、加護を掛けるフックを増設も出来る。そのための工事に、

「あれ、うちの一年出てる？」

「一部、建築の連中《れんちゅう》が出てる。やる気出すのにバロックにして良いですかとか、東大寺《とうだいじ》みたいなの一回やってみたいですとか、無茶《むちゃ》な申請《しんせい》してたけどどういう水門にするんだか」

言われる台詞《せりふ》に微笑で返し、少女は軽く伸びをした。

「さて」

腕を浅く脇《わき》に引き、前に突き出す。

「ちょっと上を狙《ねら》うのに、やるべき事をやりますか」

堀之内《ほりのうち》は、学長室が苦手《にがて》だ。

単純に苦手なのではない。複合的な意味で苦手だ。特に今日《きょう》はそうだ。

第一に、学長室の位置がいけない。普通に何処《どこ》かの校舎《こうしゃ》に教員室と一緒《いっしょ》にあればいいものを、教員関係共々《ともども》、学校敷地《しきち》内北東の図書館《としょかん》にある。

この図書館がまた問題で、蔵書《ぞうしょ》を一般系《けい》、資料系、と集めていったら、当然のように量に偏《かたよ》りが生じ、それに合わせるように作ったからピラミッド型なのだ。しかも教員室もその中にあるため、学校内で「教員室に行って来ます」などと言おうものなら、幾人《いくにん》かが頭上《ずじょう》に三角形をジェスチャーして「コレ？」とか言われる。

特に中東《ちゅうとう》出身の魔女《まじょ》からは「アレ間違いなくピラミッドパワーネシャッチョサン！　花とか枯《か》れないネ！」とか言われもするのだが、あれは学長がエイジングのためにそんな設計にしたのだろうか。

そしてまたいけないのが、学長本人だ。何故《なぜ》なら、

……母の御仲間なんですのよね……。

前へクセンナハト。その代表の座を争った三魔女たる〝三賢者《さんけんじゃ》〟の一人が、学長だ。結局は母が代表となったが、当然、その頃《ころ》には自分も生まれていて、つまり学校内で唯一《ゆいいつ》こちらを子

供時代から知っているのが学長と、そういう事になる。

自分としては、唯一、この学校で主導権《しゅどうけん》を握る事の出来ないと思える相手だ。

そしてまた、本日学長室が苦手な要因としては、

……どういう事ですのコレ、一体……。

堀之内は思った。

何故自分は、今、放課後《ほうかご》の学長室にて、この相手と一緒《いっしょ》に並んで立っているのだろう、と。

各務《かがみ》・鏡《かがみ》。

スーツ姿《すがた》の彼女と共に、己《おのれ》は、学長と向かい合っていた。

●

「では、——各務さん？　よく眠れたかしら」

各務は、先程《さきほど》から無言《むごん》で半目《はんめ》の堀之内を横に置きながら、学長の言葉に頷《うなず》いた。

正面。いるのは眼鏡《めがね》の女性。セミロングの髪色《かみいろ》は異国《いこく》のもので、年齢《ねんれい》は三十代前半程か。だが、〝魔女〟ならば年齢は外見からは測れないであろうな、と思いもする。ただ、全身から感じられる不確かな雰囲気《ふんいき》が、

……面妖《めんよう》、というべきか。

ここのルールはよく解《わか》らない。個々の人々に比べ、自分だけが気付くものも、そうでないも

のもあるだろう。ゆえに学長に感じる雰囲気《ふんいき》については保留《ほりゅう》とし、

「ええ、感謝いたします。学長閣下《かっか》」

「閣下と言われるのは――」

「胸ポケットに薄めのハンカチ。胸に徽章《きしょう》などつけていた時期があったものと」

言うと、学長が胸のハンカチを指で弾《はじ》くように軽く叩《たた》いた。

「これはまた……」

と彼女が苦笑《くしょう》。

「昔の御茶目《おちゃめ》ですよ」

へえ……、と横の堀之内《ほりのうち》が白々《しらじら》しく息を吐く辺り、関係があるのだろう。だが、学長が、ハンカチを叩いた手に、一枚の術式陣《じゅつしきじん》を広げていた。

花の形を模《も》した陣図形《じんずけい》。

「とりあえず、昨夜《ゆうべ》、うちの宿舎《しゅくしゃ》を使った分の請求書《せいきゅうしょ》です」

「流石《さすが》」

「いえいえ、ぶっちゃけ、魔女《まじょ》の中には空間転移《てんい》を使って踏み倒すとか、そういう剛《ごう》の者もおりますから。各務《かがみ》さんがちゃんと招聘《しょうへい》に応じて下さって有り難いです」

あ、あと、と彼女は目を細め、やはり別の花形《はながた》術式陣を堀之内に投げた。

堀之内が、首を傾けて避けようとすると、

Tournesol Dahlia Oeillet Hello

「そう邪険《じゃけん》にしなくてもいいじゃありませんか」

と、苦笑《くしょう》気味《ぎみ》の学長が手指を引く。

瞬間《しゅんかん》。術式陣《じゅつしきじん》が、堀之内《ほりのうち》の顔横で止まった。すると彼女は、

「これは一体？　学長、用件を先に言ってから投げて頂《いただ》けませんの？　──もし爆発物《ばくはつぶつ》だった場合など、面倒《めんどう》ですのよ？」

「そちら、光太郎《こうたろう》さん宛《あて》ですよ。以前、手配して頂いた高野山《こうやさん》由来《ゆらい》の根菜《こんさい》の種《たね》が、綺麗《きれい》な花を結んだので、数を増やして返せる算段《さんだん》がついた事を」

「本人に直接送らないのは何故《なぜ》ですの？」

堀之内が言うと、学長が頬《ほお》に手を当てた。彼女は吐息《といき》と頭の振りをつけて、

「それはもう、充代《みつよ》の子とどうしたらコミュニケーションが取れるかと……」

堀之内の上唇《うわくちびる》が歪《ゆが》んでいくのを見るのがなかなか楽しい。が、堀之内が、こちらの視線に気が付くと顔を赤くして、

「な、何を見てますの？」

「いや、なかなか興味深《きょうみぶか》い。君もそういう表情をするのだな、と」

「ええ、各務《かがみ》さん、──堀之内さんは、見た目より可愛《かわい》いのです。宜《よろ》しく御願いしますね？」

「了承《りょうしょう》したものである」

何が!?　という声はとりあえず無視しておく。

だが、ここが〝間〟だ。場は既《すで》に解《ほぐ》れた。ならば、

「学長閣下《かっか》」

とりあえずという形だが、請求書《せいきゅうしょ》を畳《たた》んで胸ポケットに入れた上で、言っておく。

「――単純に言って、自分、異世界から参《まい》りました」

●

……変な事言い出しましたわ――!!

堀之内としては、内心《ないしん》でこう思った。しでかしましたわ……！　と。

というか異世界？　何ですのソレ。何処《どこ》の作り事の話ですの？　でも、

「まあそういう事もありますね、各務さん」

「学長!?　信じますの!?」

「魔女《まじょ》の出自《しゅつじ》は何でもありでしょう。それに、堀之内さん、貴女《あなた》についてですが――」

言われ、今更《いまさら》ながらに自分は思い出した。何故、ここに、各務と共に呼ばれたのかを、だ。

訳《わけ》が解《わか》らない。ランカー順位変動の告知《こくち》などは、自分だけを呼べば良いだろうに。何だか、この相手と共にいると、こちらのペースを大きく崩《くず》されそうな気もするが、学長の話を聞いているど、各務の方が本論のようでもある。だったら、

「……というか学長先生！　何で私まで!?」

ええ、と学長が頷《うなず》いた。

「こちらの各務《かがみ》さんが学外の魔女《まじょ》なのに貴女《あなた》に勝利したでしょう。ランクの変動をどうしようかと」

……勝者当人の前で降格告知《こうかくこくち》ですの？

正直、プライドが嫌気《いやけ》を告げる。ゆえに、何かを言われるより早く、言葉を作る。

「――別に五位落ちで構いませんわ」

ランク落ち。

昨日《きのう》の勝負は、やはり、自分の敗北だ。相打ちとして扱われているし、結果としてもそういう面は多分にあるが、

「……各務さんは、何の用意もない外部の魔女。こちらはランカーとして訓練《くんれん》や準備を重ねてきた魔女ですの」

勝負の最後。お互いの砲弾《ほうだん》が相殺《そうさい》したのが、明確な証拠《しょうこ》だ。

威力《いりょく》では、自分が勝っていた。

だが、各務は対応したのだ。已《おのれ》も急ぎ、対処《たいしょ》をしたが、

「後手《ごて》でしたわ、私。――結果ではなく、場の流れ、勢いをみるならば、死《し》に体《たい》はこちら。ランク落ちを宣告《せんこく》されても文句《もんく》は言えませんわね」

「待って欲しい」

各務が、首を傾《かし》げて口を開いた。

「……別に自分は、ランクなど構わぬが？　黒の魔女を倒せればいいのだから」

「だ・か・ら」

何処《どこ》までルールが解《わか》っていないのか。ここで言う事だろうか、否《いな》、昨日にも話したと思うが、忘れているのか。

「ヘクセンナハトに挑《いど》める魔女は独《ひと》りだけですのよ！」

そうなのか？　という顔をする各務に、学長が頷いた。

「説明しましょう」

彼女は、顎《あご》に手を当て、こう言った。

「――まあ大体そう言う事です」

「説明になってませんわよ……！」

「堀之内《ほりのうち》君、厳密《げんみつ》過ぎるのは心を病《や》むぞ、君」

「余計《よけい》なお世話《せわ》ですわ――！」

いやまあ、と各務が手を前後に振ってから、こちらに頭を下げた。何事かと思えば、

「そうか、自分は君の野望を邪魔《じゃま》してしまったのだな。すまん」

「……勝者の驕《おご》りですわよ、それ」

言うと、顔を上げた各務が、口の端《は》を軽くあげた。

「――性分《しようぶん》である」

……この女……。

内心で歯を噛《か》んでる間に、学長が笑顔で手を一つ打った。ハイ、と彼女は言い、

「各務《かがみ》さんは、能力で有望ですし、身寄り無いようですから、当学院《がくいん》で迎え入れたいと思います」

「えええ!?」

「うむ、それはいい判断《はんだん》である」

「えええ!?」

「ふふ、各務さん、そう言って貰《もら》えると、私としても嬉《うれ》しいですね。ええ」

「えええ!?」

「うむ。自分としても、衣食住《いしよくじゆう》の安定した場で、理解のある者が近くにいると幸いだ」

「というか、あの、私の声、さっきから無視されてません!?」

言うと、いつの間にか横にやってきた各務が、こちらの肩に手を置いた。

「えーと、宜《よろ》しく頼む。確か、堀之内《ほりのうち》――」

各務が、一瞬天井《いつしゆんてんじよう》を見てから、こちらに視線を戻した。そして彼女は、笑《え》みで、

「――満子《まんこ》」

「誰《だれ》が満子ですの!?」

定着《ていちゃく》しそうで怖《こわ》い。


「執事長《しつじちょう》、——あ、今は副課長ですか？　御嬢様《おじょうさま》から、学長のメールが」

「ええ、今は前者で。内容は——」

と、光太郎《こうたろう》はスーツの襟《えり》を正した。緊急《きんきゅう》でもなければ、メール類は一度指揮所《しきしょ》の検閲《けんえつ》を通ってくる。これが煩《わずら》わしいとも思う一方で、安全の確保や、主人が戻ってきた時のゆとりを与えるためにも必要なのだと、光太郎はそう思う。

……焦《あせ》る人生は、よくありませんからね。

代々《だいだい》、堀之内家に仕える身としては、そう思う。そして屋敷《やしき》のホールの中、侍女《じじょ》が術式陣《じゅっしきじん》を広げ、二重の安全チェックをした上で、

「内容は、以前の種《たね》の御礼《おれい》です。ええと——」

侍女が、内容を要約して告げた。

「御嬢様と勝負した各務という方を学院に迎え入れたいので堀之内家が保証人《ほしょうにん》になって欲しいと言う事と、部屋としては宿舎《じゅくしゃ》にランカーはいかんだろうというので御嬢様の居室《きょしつ》に空《あ》き部屋があったから本人確認《かくにん》無しで掃除《そうじ》して空けておけというのとこれから御嬢様が各務という方を学院内部案内するそうなのでフォローを宜しくとの事で」

「今、種《たね》の御礼《おれい》が何処《どこ》にありました⁉」

「転送した御嬢様《おじょうさま》の文面に。──あ、一番最後のは急いだ方がいいと思います」

言われる間に、光太郎《こうたろう》はダッシュでホールから跳び出した。

「学院《がくいん》に急ぎます！　御嬢様の移動をGPSで確認《かくにん》を！　案内の先回りをします！」

「執事《しつじ》長《ちょう》、御夕食は」

「途中《とちゅう》のコンビニで！」

じゃあこっちはテキトーで、という彼女達に後を任せ、光太郎は懐《ふところ》から車の鍵《かぎ》を取り出した。

急がねばならない。何故《なぜ》なら、

「堀之内《ほりのうち》家《け》の執事長が主人の先を回れぬなど……！」

●

「という訳《わけ》で、まあ、放課後《ほうかご》ですし、ざっと学院《がくいん》内を案内しますわ」

堀之内は、道を選んだ。この四《し》法印《ほういん》学院、簡単に案内するならやはり、

……中央ですわね。

北東にある図書館《としょかん》から、まず、北を回るように行き、

「一番北にあるのが、あの浮上《ふじょう》校舎《こうしゃ》の特待科《とくたいか》。他の科に含まれないような能力の持ち主や、突出《とっしゅつ》した力の持ち主が、やはり個人指導に近い授業を受けてますの」

だが、そちらには行かない。特待科の校舎の下には花畑《はなばたけ》が広がっていて、その世話《せわ》をしている生徒もいるのだが、

「とりあえず、特待科が魔女《まじょ》の実力的にはピーキーで、偏《かたよ》りありますけど最上位と言っていいですわ。ただ、ランカー比率《ひりつ》でみると、能力が突出しているが故《ゆえ》に対策も打たれやすく、上位はほとんどおりませんの」

「とはいえ、最初の一撃《いちげき》は効くのだろう？」

各務《かがみ》の言葉に、頷《うなず》くしかない。

「――ですわね。対策の打ちにくい者は上位ですし、対策が打たれるまでの〝犠牲《ぎせい》〟に近い者達がいたからこそ、彼女達に勝てた部分もありますの」

自分もそれら礎《いしずえ》の上に立つ者だ。卑下《ひげ》もしないし誇りもしない。制度があるが故の戦術《せんじゅつ》は、ルールという言葉につきものだ。

ならば、と選ぶ道は、南。学校敷地《しきち》を、北から南へと縦断《じゅうだん》するルートとなる。

この道は、堀之内にとって結構《けっこう》〝好き〟の部類に入る。何故なら、

「堀之内君、……学校の中央が中庭兼自然公園とは、やはり魔女の流儀《りゅうぎ》かね？」

「ええ、精神集中の場や、触媒《しょくばい》の育成、精霊《せいれい》達の休む場所としても有用ですの」

そして、木々の屋根《やね》が出来ると、その上から覗《のぞ》けるものがある。

背の高い建築物は、四方《しほう》をぐるりと見回すと、

「四法印学院《しほういんがくいん》は校舎《こうしゃ》を東西南北の四つに分けていて、南は普通科、西は特機科《とっき》、東に術式科《じゅっしき》、北に特待科《とくたい》がありますの」

幾人《いくにん》かとすれ違う。スーツ姿《すがた》の各務《かがみ》が目立つのか、自分が注目《ちゅうもく》されているのかは解《わか》らないが、芝生《しばふ》の上で身体《からだ》を伸ばしている者達や、木枝の上で箒《ほうき》を抱えている者達の視線が来る。だが、それらに構わず、

「世界魔女《まじょ》ランクの四位までが、各校舎にいて、私は四位で普通科の代表みたいなものですわ」

成程《なるほど》、と各務が応じた。

「では、君と一緒《いっしょ》に他の上位ランカーを倒せば良いのだな」

「は？」

「聞いた話では、バディ制もありとか。――ならば、どうせなら私と君が組めば、事は随分《ずいぶん》と為《な》し遂《と》げやすくなるのではないかね？」

「また勝手《かって》な事を……！」

思い出すのは、やはり、母との別れの際の事だ。

戦いとなれば、どれ程実力があっても失われる場合がある。魔女《テクノヘクセン》同士のルールに基づいた戦闘《せんとう》ならば危険に応じて干渉《かんしょう》も入るが、黒の魔女との戦いではそうもいかない。バディ制となれば、下手《へた》をすれば相方《あいかた》を失う事もあるし、自分がそうなる事もあるのだ。だから、

「私は、独《ひと》りで戦えますのよ？」

だが、言った先、各務が尤《もっと》もらしそうに頷《うなず》いた。そして彼女は手でこちらを制し、

「――――」

各務が視線だけで、辺りを見回している。

解る。

ここは中庭。それまで放課後《ほうかご》の鍛錬《たんれん》時間に入っていた学生達が無言《むごん》になり、こちらに対しての身構《みがま》えを作っているのだ。

いつでも、こっちに挑《いど》む気はある。

実際自分は、昨日《きのう》の戦いで朱雀《すざく》を疲弊《ひへい》している。

……マギノフレームの召喚《しょうかん》は出来ても、フルでの戦闘は厳《きび》しいですわね。

しかし、それを見逃《みのが》す者達でもあるまい。特にこちらは昨日、黒の魔女に文字通りの一矢《いっし》を報《むく》いた成果がある。ここでそれを討《う》つならば、

「隙《すき》があったら、私達を倒してランクを上げよう、というところだね」

声を隠《かく》しもせず、各務が言った。

「素晴《すば》らしい。これだけ志《こころざし》を同じに出来る皆がいれば、決着《けっちゃく》の時期が楽しみだ」

彼女が、当てもなく歩き出し、こちらの肩を叩《たた》いた。

「見晴らしの良いところは？」

「――南。普通科校舎を抜けて表《おもて》に出たところに、桟橋《さんばし》がありますわ」

「ではそちらに行こうか」

各務《かがみ》が、背を向けたまま、言葉を作った。

「いい環境《かんきょう》である。――君には告げておく事がある、堀之内《ほりのうち》君」

●

『執事《しつじ》長《ちょう》！　ターゲットは南に移動！　恐らく桟橋《さんばし》です！』

「ええぇ!?　君！　さっきは西に行って学食だって言ったじゃないですか！　それだとこれから学院《がくいん》周回道路を半周しなければいけなくなりますよ！」

『ウダウダ言ってないでとっとと行って下さい執事長、男でしょうが貴方《あなた》。御嬢様《おじょうさま》に後れを取ったら侍女《じじょ》一同、明日《あした》一日は作り笑顔で対応しますからね』

「だ、男女同権！　男女同権を主張しますよ私は！」

第八章

『人に涙あり』

夕焼けに無数分の一の
言葉を贈る

●

堀之内《ほりのうち》の視界《しかい》の中、桟橋《さんばし》は無人だった。

いつもならば、水に属する魔女《まじょ》達が休み、放課後《ほうかご》の訓練《くんれん》に入っているだろう。

彼女達の船も、フロートも無いのは、やはり昨日《きのう》の影響《えいきょう》に違いない。

……今日《きょう》は、水の地脈《ちみゃく》が荒れてるんでしょうね。

水が、本質的に落ち着くまでは海上の訓練は無しだ。だとすれば今日はプールが混んでいる筈《はず》。プールは普通科《ふつうか》と特機科《とっきか》の校舎《こうしゃ》の間にありますの、と、そんな事を思って、

……も、もう学校案内は終わってますのよ！

思う視線の先、西日の下を各務《かがみ》が歩いて行く。

桟橋の飾り門を潜《くぐ》り、木材タイルの床を行く。足の底、波が動いている感覚を得ながら、各務の五歩程後をついていく。すると、

「戯言《たわごと》だと思って聞いて欲しい」

各務が、不意《ふい》に切り出した。それはこちらが言葉を挟む間も与えず、

「——かつて、ここことは別の世界に、一組の姉妹がいたのだ」

言われて、ようやく間が空《あ》いた。

誘われていると、そう思いながら、自分は疑問を告げる。

「それが、何ですの？」

各務の境遇《きょうぐう》。異世界というのは、正直どうかと思うが、今のは間違いなく彼女の身の上の事だろう。姉妹がいたというのは、当然、初の情報だが、

「少し、理解を深めて貰《もら》おうか」

各務の背が、苦笑《くしょう》をつけて言葉を紡《つむ》ぐ。

「魔法《まほう》も何もないとされていた世界だ」

「……は？」

「信じられぬであろう？」

信じられないと言うより、理解が出来ない。

魔法が無いと言う事は、流体《りゅうたい》が無い？　術式《じゅつしき》が無い？　加護《かご》が無い？　だとすれば、

「……何を燃料《ねんりょう》や、貨幣価値《かへいかち》の基準《きじゅん》としてますの？　というか、どういう文明で……」

「それがまた、情《なさ》けない事に想像《そうぞう》力の欠如《けつじょ》というやつであってな。ここと見た目はあまり代わり映えがしないのである」

だが、それは、本質が大きく違うと言う事だ。

無論《むろん》、そんな事は理解出来ているのだろう。各務は両腕《うで》を軽く外に振り、

「――だからこそ、姉妹は、妹が病弱だったという事もあって、何もかもがある世界を空想《くうそう》して遊んだ」

その手段とは、

「絵や文字という表現。妹は作家になる夢を持ち、屋敷《やしき》の奥にある資料を探るようになった」

「資料……？」

創作《そうさく》物のために、歴史書や、図鑑《ずかん》、文献《ぶんけん》を漁《あさ》ったと、そういう事だろう。うちのクラスにも同じようなのがいる。彼女達の場合は、絵や文がそのまま術式《じゅつしき》になるからだが、資料による厳密《げんみつ》性と想像《そうぞう》性の両立が難しいのだとか。だが、各務《かがみ》の場合は、

「父が、収集家《しゅうしゅうか》でな、そして、ある時、それを見つけたのだ」

「それ、とは？」

「――創造《そうぞう》の書だ」

桟橋《さんばし》の先端《せんたん》についた。そこで腰に手を当て、各務が言う。

「私達の世界は、元から魔法《まほう》が無かったのではない」

つまり、

「魔法を危険として、その世界の魔法の力を一点に集めたとされる書」

「それが、創造の書とやら、ですの？」

疑問してばかりだが、興味《きょうみ》は湧《わ》く。

もし、この世界の魔法を、一つに集めたらどうなるのか。

想像した事も無かった。だが、その実際が各務の手元にはあったのだ。

「……し、信じてしまってますわよ、私！」

まあ、言葉遊びだ。そう思おう。各務も、こちらの内心《ないしん》を理解しているのか、

「内容は、分からずともいい」

何故《なぜ》なら、

「――それは、持ち主の想像力を具現化《ぐげんか》し、自らに連ねるのだから」

●

各務は、己《おのれ》の告げた言葉に、堀之内《ほりのうち》が反応を作れないのを悟《さと》った。

……聡《さと》い子であるね、全く。

言った意味が、ダイレクトに通じたのだろう。

そして数呼吸の後、背後から堀之内の声が響《ひび》いた。

「持ち主の想像力を具現化するなんて……、まさか、そんな無茶《むちゃ》なアーティファクトがあったら、神になれますわよ⁉」

「ああ」

各務は腕を組み、その手に力を込めながら、言った。

「莫大《ばくだい》な量の世界が生まれたとも」

そうであるな、と自分は思った。手元とも言える空間に、確かにそれは出来たのだ。

望めば、思うままに形作れる世界が幾《いく》つも、小さなドアの向こうを手に入れる感覚で、出来上がっていく。

思い出すだに、恍惚《こうこつ》で、危険な遊びだ。何しろそこには、自分達が創造《そうぞう》した世界を成立させるため、

「命が無数に作られ、生活し、そして増えていっては衝突《しょうとつ》もし、理解し合っては、また、生きていったのだ」

しかし、と己《おのれ》はここで言わねばならない。何故《なぜ》なら、

「妹はしかし、病故《やまいゆえ》、死の影を常に感じていた」

「それは――」

ああ。

「だからだろうな。――どの世界も妹の想像《そうぞう》に従い、滅びていった」

「――待って」

「何かね？」

問うと、背後から言葉が追ってきた。

「姉は、どうしましたの？」

問われる。

「妹が、創造した世界を滅ぼしていくならば、姉は、一体、どうしましたの？」

堀之内《ほりのうち》は、各務《かがみ》の背を見た。

両腕《うで》を組んだ背は、こちらの問いかけに対し、ゆっくりとその脇《わき》を締《し》めた。組んだ腕を押さえる手に、力が入ったのだ。まるで、己の身体《からだ》を押さえ込むように、だ。

は、と各務の息が聞こえた。

「――世界の展開に巻き込まれた姉は、妹まではいかないが、妹と共に作った世界の権限を有している。だから妹を止めようと、莫大《ばくだい》量の世界を渡り、しかし――」

しかし、

「間に合わなかったのだ」

ゆえに、と彼女が言った。

「私が、妹を倒す」

宣言《せんげん》だ。そして堀之内は理解した。昨日《きのう》の戦闘《せんとう》中の彼女の疑問も、月を見上げた時の喜びも、最後の砲撃《ほうげき》の時の怒りも何もかも。

……この人の妹が、黒の魔女《まじょ》ですの……!?

はは、と各務が、小さく笑った。

「いいかね」

「な、何がですの」

「――あの子の死の想像《そうぞう》が世界を滅ぼすというなら、殺してでも止めて、終わりにするのだ」

「――――」

堀之内《ほりのうち》は、何も言えなかった。

自分には、起点《きてん》がある。十年前、母を失った時の事だ。あの際の思いを払うため、他には与えぬため、自分は魔女《まじょ》の道を選び、今に繋《つな》がっている。

失いたくないし、失わせたくも無いと、そう思っている。だが、

……この人は――。

失わなければならないと、そういう覚悟《かくご》なのだ。

自分と相反《あいはん》する。

だが、己《おのれ》は、言葉を失ってしまった。

聞いた内容もだが、各務《かがみ》の言葉には、一つの事実があったのだ。

失いたくも、失わせたくも無いと思う自分だが、

……黒の魔女を殺せば、それは、私とて、〝彼女〟を失う事になりますのよね。

敵だ。それも、自分の敵であり、世界の敵だ。容赦《ようしゃ》をすれば、自分達が受けた十年前と同じ事が生じると解《わか》っている。

しかし、自分の起点には矛盾《むじゅん》がある。

黒の魔女の正体を知らなかったせいもあるだろう。あれは天災《てんさい》のようなもので、どんな事をしても倒せば良いと、そう思っていた。だが、

「――堀之内君」

フ、と各務が振り向いた。彼女は細目つきの笑《え》みでこちらを見て、

「――信じたのか？」

「な、何ですの、その振りは……！」

何か、一遍《いっぺん》にはぐらかされた。そんな気がする。

自分の思いが空回《からまわ》りしたようで、気恥《きは》ずかしい。相手を思い過ぎた。他人に対する感情移《い》入《にゅう》はなるべく避ける方針だというのに。そうでなければ、失うのが悪いというのに、流石《さすが》に不《ふ》意《い》打《う》ちの情報が多くて、

「おや」

各務が、こちらの背後に視線を向けた。

「君は、昨日の」

え？　と後ろを向くと、桟橋《さんばし》の袂《たもと》に、光太郎《こうたろう》がいた。彼は頭を下げ、

「御嬢様《おじょうさま》、御夕食の用意が出来ています」

『ハアアアアアア!? 執事長《しつじちょう》! まだ夕方ですよ! 御夕食って何です!?』

「ハアアアア!? 御嬢様《おじょうさま》は今日《きょう》この分だと学校内の居室《きょしつ》で過ごされます。さあ君達が夕食を作ってこっちに運ぶまでのタイムラグはどれだけですかねえええええええ!?」

『こ、この執事長、憶《おぼ》えてなさいよ! 帰ってきたら呪《のろ》ってやりますからね!』

「何か本職に言われてますよ私……!」

●

各務《かがみ》は、堀之内《ほりのうち》が何かふて腐《くさ》れたような態度で桟橋《さんばし》を戻っていくのを追った。

すると、光太郎《こうたろう》とか言う執事が、彼女とこちらの間に入ってくる。彼は簡易な術式陣《じゅつしきじん》で何処《どこ》かと交信していたようだったが、それを閉じ、こちらに並ぶと頭を下げた。

自分も会釈《えしゃく》を返すが、

「いいのかね?」

「昨日《きのう》の事でしたら、私共はU.A.H.J.と提携《ていけい》しつつも別の規範《きはん》で動いておりますので」

「堀之内君次第か。――私は嫌《きら》われているようだが?」

いいえ、と光太郎が首を横に振った。

「御嬢様が不機嫌《ふきげん》な時は、本心を隠《かく》している時ですよ」

言った上で、しかし彼は、表情を変えた。こちらを横目に、しかし正しく見据《みす》え、

「先の戦い、私ども堀之内グループがバックアップについていれば、御嬢様は貴女《あなた》に後れをとりませんでした」

「それは頼もしい話だね」

「光栄です。——個人的には、各務様には、御嬢様の味方《みかた》になって頂《いただ》ければ、と」

「随分《ずいぶん》と踏み込んだ話であるね」

はい、と光太郎が頷《うなず》いた。

「各務様も御理解と思われますが、御嬢様は頑張《がんば》っておられます。……とはいえ実際、今期はヘクセンナハトの封印《ふういん》解除の圧縮《あつしゅく》技術も解析《かいせき》が進み、バディ制も有りとされているので、他ランカーはバディをつれていたり、国家レベルの援助《えんじょ》を得ているのです。それらに対し、御嬢様は、堀之内の当主《とうしゅ》として、独《ひと》りでよく奮戦《ふんせん》されています」

「当主？」

何となく、解《わか》っていた部分でもあるが、本人には聞きづらい事がある。

私もまだ甘いな、と思いつつ、聞くべき相手は目の前にいる。彼女の情報を、伝えるかどうか、俯瞰《ふかん》して判断《はんだん》出来る人間が、だ。

「光太郎君。——つかぬ事を伺《うかが》うが、彼女の両親は」

「先代は早く亡《な》くなられ、奥様は──」

光太郎《こうたろう》が、黙礼《もくれい》つきで静かに言った。

「奥様は、前のヘクセンナハトの出場者として、亡くなられました」

やはりな、と各務《かがみ》は思った。

ここでも、また、失われなくていいものが、失われたのだ。

だが、光太郎が、言葉を続ける。

「別れの挨拶《あいさつ》が出来ただけでも幸運だったかと」

●

桟橋《さんばし》を戻り切った堀之内《ほりのうち》は、後ろの二人がまだ半《なか》ばにいる事に気付く。

振り返るまでも無い。

……どうせ、私の事、話してますのね？

自意識過剰《じいしきかじょう》な気もするが、光太郎はこちらの味方《みかた》であろうとする意識がちょっと強い。各務に対して勧誘《かんゆう》でも行っているのだろう。それは余計《よけい》な御世話《おせわ》を思う一方で有り難いとも感じる事。だから自分は、止めるのではなく、

「二人とも、早く……！」

と、振り返って言った瞬間《しゅんかん》だ。

自分は、ある事に気付いた。

桟橋の半ばで足を止めていた各務の顔。その両の瞳《ひとみ》から、力なく涙が零《こぼ》れているのだ。

……は？

本当に、不意打《ふいう》ちばかりだ。何が何だか解《わか》らず、

「な、何ですの、一体」

だが、その時になって、各務も自分の涙に気付いたのだろう。

各務が、手で目尻《めじり》を払うように拭《ぬぐ》った。

「すまん、無礼《ぶれい》とは思いつつ、君の母の話を聞いた」

「光太郎……！」

光太郎が、深く頭を下げる。これは非礼《ひれい》を詫《わ》びても反省してないポーズ。そのくらいは解る付き合いだ。だから今の内に各務には言っておく。

「余計な事を。……でも、同情されるような私ではありませんのよ」

「同情ではない」

各務が、湿《しめ》った瞳のまま、しかし眉《まゆ》を立てた顔で、台詞《せりふ》を告げた。

「――私達の作った世界で、君の母という存在が失われ、君が哀《かな》しみを得た事が哀しいのだ」

息を吸い、彼女は言う。

「私に力があり、過つ事がなければ、君達家族を幸福に書き記《しる》す事だって出来ただろうに」

言われ、ふと己《おのれ》は思った。各務《かがみ》の言った事は、真実なのだと。

……あ。

自分達は、何処《どこ》までが彼女達の産物かは解《わか》らない。聞いている限りだと、個人の部分までは関与しておらず、〝世界〟の概要《がいよう》くらいなのだろうか。その中に、エピソードを考えていた位なのだろうか。

だが、彼女達が正しくいたならば、自分は今頃《いまごろ》、母達と仲良く生活していて、

「そんな、今更《いまさら》に……」

ああ、と各務がこちらの肩に手を置いた。

「今更、である。ゆえに君には言わねばならない」

それは、

「今までよく頑張《がんば》ったな、――満子《まんこ》」

「だからその呼び方やめなさい……！」

気付けば各務が笑っている。よく表情の変わる、と思うが、自分とて今日《きょう》、呆《あき》れたり嫌気《いやけ》の方《かた》で表情過多な気もする。

……やってられませんわ。

吐息《といき》する。そして肩をすくめ、

「夕食、どうせ宿も決めていないのでしょう？　うちの居室《きょしつ》へ――」

と言った瞬間《しゅんかん》だった。

不意《ふい》に各務が、表情を変えた。

……は？

次の瞬間。肩に乗せられた手が、下に沈むように引かれ、バランスを崩《くず》した。

前のめりに、各務の後ろへと回される。

●

いきなり引き倒されるとは、何事か解らない。しかし、
光太郎《こうたろう》の声に、つんのめった身体《からだ》を直す堀之内《ほりのうち》は返事も出来ない。

「御嬢様《おじょうさま》！」

……音！

金属音《きんぞくおん》が背後で響《ひび》いた。

そして振り返った先、こちらの視界《しかい》には、あるものが見えた。

緑色《みどりいろ》の壁。それも空一面に広がるような巨大《きょだい》なものだ。

「これは――」

各務が、右の手を空に広げている。そこには防御術式《ぼうぎょじゅっしき》の術式陣《じん》と光の盾《たて》が出来ている。それも、強固な出力で、だ。

彼女が今、全力で支えているもの。その正体は、

「マギノデバイス⁉」

●

光太郎《こうたろう》は、そのマギノデバイスに見覚えがあった。

垂直《すいちょく》に立っている姿《すがた》は、長方体のブロックを装甲板《そうこうばん》で押さえ込んだような飛行機型。

五百メートルの巨体《きょたい》を、支えている各務《かがみ》は大したものだ。何しろここは桟橋《さんばし》、大地《だいち》は敵の重量を受け止めない。足下《あしもと》から下、海底に達するまでの補強を即座《そくざ》に術式《じゅっしき》で組み込む辺り、

……戦場慣《せんじょうな》れした方だ……！

思い、光太郎は視線を上げた。

今、不意《ふい》に出現し、物理衝突《しょうとつ》を狙《ねら》ってきたマギノデバイス。

……これは……。

知っている。だから言わねば、と思った瞬間《しゅんかん》。横の堀之内《ほりのうち》が叫んだ。

「特機科《とっきか》でランク三位の魔女《まじょ》、米国《アメリカ》代表のエルシー・ハンター！」

堀之内の声に、解説しようと口を開き掛けていた光太郎はこう思った。御嬢様《おじょうさま》の解説を奪《うば》う事が無くて幸いでした、と。

……流石《さすが》は御嬢様！

自分の空振《からぶ》りを嘆《なげ》かない。というか空振り以前に見逃《みのが》しです今のは。

だが、これはどういう事か。部外者の自分にも解《わか》る。

「ランカー戦を、上位の方から挑《いど》んで来たと言う事ですか！」

「ああ、そうだよ」

遙か上。垂直になったマギノデバイスの上に、やはり垂直に立つ影がある。

小柄《こがら》な、赤髪《あかがみ》の少女。空手着《からてぎ》にも似たマギノフォームを纏《まと》うのは、

「エルシー・ハンター。——さあ、ランク下、これからボクとランカー戦をやってくれる？」

否《いな》、と光太郎は思った。

……既《すで》に始まっているでしょうに……！

いきなりのマギノフレームの召喚《しょうかん》とその重量に任せたプレス攻撃《こうげき》。流石に、出力系が暖気《だんき》していないのか、砲撃《ほうげき》や同種攻撃が来なかったのが幸いだ。だが、全長五百メートルのマギノデバイスを打ち付けて来た事自体が、

……まだ、戦闘《せんとう》扱いになっていない、と？

問うた視線の先、ハンターが眉《まゆ》を立てた笑《え》みを見せた。

彼女は、自分のマギノデバイスを受け止めている各務を見て、

「展開からの不意《ふい》打《う》ちと自重《じじゅう》。それ一発で潰《つぶ》せると思ったのに、受け止めるなんて凄《すご》いね……！」

直後。いきなりにマギノデバイスが消えた。

ハンターが、流体《りゅうたい》の結合を解除したのだ。

大量の流体光《こう》が散る中。数百メートルの高さから、ノーマルフォームに換装《かんそう》したハンターが落下《らっか》する。その腕には、小型化したパイルバンカー装備のノーマルデバイスが盾《たて》のように接続されており、

「行くよ……！」

一撃《いちげき》が、回避《かいひ》態勢に入った各務《かがみ》を追った。

第九章

『天地に力あり』

元気で何より
場合に寄りけり

堀之内《ほりのうち》は、眼前で生じる戦闘《せんとう》を追った。

ハンターのノーマルフレームはフォームもデバイスも基本は近接仕様《しよう》。魔女《まじょ》の区分で言うとカラテカ系《けい》と聞くが、確かに白のジャケットや帯《おび》の意匠《いしょう》はその通りだ。しかし立ち回りはどちらかの足を前に出したピーカブースタイルに近く、距離《きょり》を詰める速度が尋常《じんじょう》では無い。

……地上戦が出来る魔女というのは、珍《めずら》しいですわね。

基本、魔女は箒《ほうき》で空を飛ぶように、飛行能力を誇示《こじ》するものだ。

だが、ハンターのそれは違う。彼女自身も空を飛翔《ひしょう》する事は可能だろうが、基軸《きじく》の戦術《せんじゅつ》は地面を離れずに行っている。

対する各務《かがみ》は、まだノーマルフレームすら展開していない。防護《ぼうご》術式《じゅつしき》と、それを鋭角化《えいかく》させたシールドバッシュでハンターの迎撃《げいげき》に回っている。

後手《ごて》だ。

理由は解《わか》る。

……ハンターの攻撃《こうげき》が、早いんですわ。

打撃《だげき》が繋《つな》がり、止まっていない。押して、押して、押していく。

各務が下がれば、その分を押して、止まらない。その動きを可能とするのは、身体《からだ》の各所に

展開する加速《かそく》術式もだが、

「……足裏付近の、姿勢制御《せいぎょ》術式！」

ハンターの足下《あしもと》だ。

ダッシュ時も、打撃時も、足裏と接地《せっち》した地面に術式陣《じん》が展開する。あれは、

「御嬢様《おじょうさま》！　あれは何です⁉」

「踏み込みを、角度無関係で地面側に送り、フィードバックを受け取るものですわ！」

移動するという事は、足裏が地面を蹴《け》るという事だ。

戦闘《せんとう》における足裏と地面の関係は、意外《いがい》に深い。

例えば、打撃する場合、足裏が地面についていれば、反力《はんりょく》をそこで堪《こら》える事が出来る。

打撃するとは、武器《ぶき》で相手を押す事なのだ。当然のように打った瞬間《しゅんかん》にはこちらにも反力が来て、相手が硬ければ押し返されてしまう。

この時、足をつき、しっかり踏み込んでいれば、押し返されない。

つまり、足を接地し、正しく踏み込めば、武器と膂力《りょりょく》の全てを相手に叩《たた》き込めるし、自分が押し返される事も無い。つまり、あの制御術式は、反力を地面に転送する事で、

「打って、当てた上で、前に出る勢いを保てますのね……！」

これが、足を浮かせて空中で打撃すると、そうはいかない。この場合、弾丸《だんがん》と同じで、踏みこたえる事が出来ないため、相手の防御力がこちらの突進《とっしん》力を勝れば、跳ね返される。

ゆえに、射撃《しゃげき》や、空中での攻撃《こうげき》は、高速での衝突《しょうとつ》が基礎《きそ》だ。

接地《せっち》の踏みこたえが、有るか無いか。

この二つの差は、意外《いがい》に大きい。

踏みこたえが有る場合は、攻撃力を全て相手に叩《たた》き込めるため、振るう力は少なく済むし、速度に頼らなくて良いので、コンパクトに連打を打ち込める。

踏みこたえが無い場合は、攻撃力の全てが相手に届かないため、振るう力を増大させ、速度を頼るがゆえに、攻撃は大振りのものとなりやすい。

ハンターは前者で、自分や各務《かがみ》は後者だ。

否《いな》、各務はその技術故《ゆえ》、自分のスタイルをある程度組み替えたり、臨機応変《りんきおうへん》していく事が可能だ。だが、彼女の基礎戦術《せんじゅつ》となる、〝この世界〟合わせの魔女《まじょ》の戦い方を教えたのは、

……私ですわね――。

他人の足を間接的に引っ張っている気がして、ちょっとメゲた。

だが、沿岸の公園で響《ひび》く度重《たびかさ》なる連打と速度に、自分としては危険を感じた。

「御嬢様《おじょうさま》、ハンターの足下《あしもと》が……！」

「解《わか》っていますわ。――浮上《ふじょう》を是《ぜ》とし始めてますわね」

「ナイス見識《けんしき》です御嬢様！」

光太郎《こうたろう》、テンション上げるのが御上手《おじょうず》ですの。

だが、現状はそれどころではない。ハンターが速度を上げる中で、魔女の飛翔《ひしょう》を絡め始めたのだ。

方法は簡単だ。足裏に出す姿勢制御《せいぎょ》術式と、対応して地面に出す姿勢制御術式の間に、距離《きょり》を取るのだ。

つまり、足場《あしば》としての地面を、空中に〝借りる〟。

何故《なぜ》、そんな事をするのか。

……踏み込みの接地の方向と、反力《はんりょく》の方向の関係ですわね。

人が放つ攻撃は、大体が水平に向けたものだ。だから反力は当然、逆の水平方向に来る事になる。

これを踏みこたえるには、しかし、垂直《すいちょく》方向にある地面を使うしかない。

ここに、面倒《めんどう》が生じる。水平に来る反力を、垂直下にある地面に向け直さねばならないという、転化のプロセスだ。

全身に来る反力を足裏へと、垂直に流し直す。

使用されるのは体術《たいじゅつ》だが、これは手間《てま》だし、無駄《むだ》やタイムラグを生じるものだ。

だから魔女の大体は、地上戦を行わない。地面が無ければいけないし、その地面も、素直に反力を受け止めてはくれないからだ。

だが、ハンターはその面倒を解決した。

足裏と、対応する地面を、距離《きょり》を空《あ》けていて尚《なお》結ぶ姿勢制御術式《せいぎょじゅつしき》だ。

空中で術式陣《じん》を踏めば、それは地面側のものと対応。宙《ちゅう》に地面を〝借りた〟事になる。

ゆえにハンターは、空中の何処《どこ》にでも、どの角度にも踏み込み、堪《た》えられる。そして今、彼女は段々と飛翔《ひしょう》を始めていた。

垂直《すいちょく》の地面に反力《はんりょく》を流すのを待たず、空中に身を乗り出すようにして、

「空中ダッシュ……！」

宙に流体光《りゅうたいこう》を散らして、カラテカが行った。

踏み込む。

本来ならばあり得ない角度からの打撃《だげき》を放っても、全て〝地に足ついた〟状態に出来るのだ。

その結果として、押して、空中をウオールランして回り込み、時に身を宙に飛ばしての浴びせる攻撃《こうげき》を絡めていく。それらの複合は、

……速い……！

攻撃の回転速度が、一般の近接系魔女《けいまじょ》よりも遥かに速い。

自分がそう思う程なのだから、各務《かがみ》にとっては、未知の脅威《きょうい》だろう。そして各務が防戦一方なのは、自分のせいだという思いもある。だから、

「朱雀《すざく》は――」

戦闘《せんとう》を見ながら、横目で自分の術式陣を展開。昨日《きのう》の戦闘で疲弊《ひへい》した朱雀の状況を見てみる

と、赤の使役体《しえきたい》は術式陣の中で布団《ふとん》を敷《し》いて寝ていた。尾羽《おばね》が引っかかるのに拘《かか》わらず、大の字だ。目を開けている。

……これ、本当に鳥なんですの……。

毎度謎《なぞ》に思うシーンがあるが、今回がコレだろう多分。

だが、寝ていると言う事は、疲弊からの回復が為《な》されていないと言う事だ。

そんなこちらの素振《そぶ》りに気付いたのだろうか、各務が防御《ぼうぎょ》の連続の向こうから問うてくる。

「堀之内《ほりのうち》君、召喚《しょうかん》は出来るかね」

いえ、と言おうとした。その瞬間《しゅんかん》だ。

ハンターが、割り込むようにこう言った。

「召喚？　する訳《わけ》ないじゃない。ボクがアンタを倒せば、堀之内はまた四位確定になるんだから！」

「べ、別にそんな事は――」

否《いな》、と各務が言った。

「――それが現実なのだな？　この世界の」

違う、と自分は言いたかった。昨日の戦闘。どちらが優勢であったかは、己《おのれ》が一番よく解《わか》っている。

自分は、月を見上げていなかったのだ。だが、

「――――」

ハンターの攻撃《こうげき》の中、各務《かがみ》が両の手を振った。

……ノーマルフレームを召喚《しょうかん》しますの!?

攻撃の連打の中をどうやって、という疑問は、既《すで》に見えていた。

流体光《りゅうたいこう》だ。

ハンターの動き。彼女が作る姿勢制御術式《せいぎょじゅつしき》の術式陣《じん》が、今、破片《はへん》となって宙《ちゅう》に散っている。

だが、それは、

「貰《もら》おうか、ハンター君。既に予約は掛けてある」

光が、一瞬《いっしゅん》で各務に集中した。

「御嬢様《おじょうさま》！　あれは――」

光太郎《こうたろう》の促《うなが》しに、堀之内《ほりのうち》は応じた。

「――見れば解《わか》りますわ！」

●

『執事《しつじ》長《ちょう》、無視されましたね』

「見事です御嬢様……！　解説よりも戦闘《せんとう》に集中される時間帯ですからね！」

『前向きなのはいいですけど、無視されましたよね執事長』

「誰《だれ》か！　誰か！　うちの部下《ぶか》達が現実を押しつけてきます‼」

●

ハンターは、相手の技術に軽く口笛《くちぶえ》を吹いた。

……情報の通り……！

この相手は、流体をダイレクトに掌握《しょうあく》出来る。

万物《ばんぶつ》の構成《こうせい》要素たる流体を自在《じざい》とするのが魔術《まじゅつ》であり、術式だ。だが今、目の前にいる相手は、魔術の理論に則《のっと》った術式を経る事なく、流体を我が物とした。

想像《そうぞう》を創造《そうぞう》とする。これは、

「神か何かかい、各務・鏡《かがみ》」

「否《いな》、――無力な一般人だとも」

言う彼女の全身。その周囲に駆動系《くどうけい》が構成されていく。止める事も、その隙《すき》も無い一瞬だ。

儀式《ぎしき》を介《かい》さずに作られるそれは、日本式を基礎《きそ》としたもので、流体としては、自分が散らした術式陣の欠片《かけら》を用いたもので、

「――廃品回収《はいひんかいしゅう》じゃないか！」

「私はリサイクルの使い手でね。エコと言い給《たま》えよ消費《しょうひ》大国米国《アメリカ》の代表」

光が合致《がっち》した。直後、

……マズい……！

力が、カウンターで来た。それも、こちらの打撃《だげき》に匹敵《ひってき》するだけの、

……速度！

相手は踏み込みの術式《じゅつしき》を持っていない。その事を自覚の上で、敵はフレーム召喚《しょうかん》直後から最大の攻撃《こうげき》をぶち込んで来た。

白と青の大剣《たいけん》。術式陣《じゅつしきじん》には同じ色の竜属《りゅうぞく》型使役体《しえきたい》がいる。

「私の正義。──ディカイオシュネと名付けようか。使役体の相棒《あいぼう》はデカ夫で宜《よろ》しく頼む、ハンター君」

突きは、回避《かいひ》出来た。

足場《あしば》の踏み込みを前に作り、空中を前蹴《まえげ》りし、上に飛んだのだ。

だが、各務《かがみ》が既《すで》に動いていた。彼女は突き込んだ刃《やいば》の先端《せんたん》を軸《じく》とするように沈み込み、刃を垂直《すいちょく》に立てたのだ。

柄頭《つかがしら》が公園の石畳《いしだたみ》に触れて、刃が垂直に、その先端をこちらに向けた瞬間《しゅんかん》。

「これでようやく挨拶《あいさつ》だ。──初めまして」

直剣《ちょっけん》の剣身が展開。砲撃《ほうげき》状態に移行するなり、真下《ました》から光の一撃《いちげき》をぶち込まれた。

光太郎《こうたろう》は、各務の一撃を確認《かくにん》した。

至近《しきん》からの、ディカイナンタラの砲撃。直上への撃《う》ち上げだ。

直撃《ちょくげき》だった。未完成のノーマルフレーム状態であっても、彼女の砲撃は空砲《くうほう》で自分達の部《ぶ》隊《たい》を薙《な》ぎ払い、堀之内《ほりのうち》との砲撃戦を渡り合うだけの力を持つ。

だが、

「弾《はじ》かれましたか⁉」

ハンターの左腕《うで》に接続されたバンカーシールド。構えられたそれが、各務の一撃を正面から弾き切っていた。

しかし空に跳ね上げられるハンターが、自ら足場の術式をダスト。被弾《ひだん》の勢いに任せて宙《ちゅう》を舞い、各務と距離《きより》を取る。それも上方向に、だ。

彼女の動作は退避《たいひ》ではなかった。ハンターの身が空中で上下に半回転。天上《てんじょう》側に足場を作ると、彼女はバンカーシールドを眼下《がんか》の各務に叩《たた》きつけるように振り抜きながら、

「米国式《アメリカ》ダウンエア……！」

急降下《きゅうこうか》でバンカーシールドから射出《しゃしゅつ》するのは、流体《りゅうたい》の槍《やり》。

パイルバンカーだ。

ハンターは、急降下《きゅうこうか》の一撃《いちげき》を自らに重ねながら、こう思った。

……ここも、だ。

跳ね上げられた時、見たのだ。

先程《さきほど》、マギノデバイスの上からも、見た。

この、東京湾《とうきょうわん》の周辺。東京という街も、やはり深く破壊《はかい》されているのを、だ。

街は高さを削《けず》られ、各所で地殻《ちかく》に達する巨大《きょだい》な穿孔《せんこう》を開けられている。

それらが何かは、ハンターには解《わか》っている。いつも訓練《くんれん》の時など、空に出れば、嫌《いや》でも目に入ってくるのだ。

多くは、十年前のヘクセンナハトによる被害《ひがい》。

その時のものに上書《うわが》きされてしまっているが、以前からのものも、幾《いく》つかはあるのだろう。

だが、もっとも大きな被害が出たのは、十年前だ。

最大の被害地となったのは、無論《むろん》、東京だけではない。全世界規模《きぼ》で、このような破砕《はさい》が叩《たた》き込まれ、人類は一度何もかもを途絶《とぜつ》しかかった。

被災地《ひさいち》は、ある程度の復興《ふっこう》まで最速で五年。割り切りに掛かる時間が早ければ早い程、復帰も早い。

世界中には、まだ復興途中《とちゅう》の土地が幾《いく》らでもある。

東京周辺は、復興の早かった場所だ。だからハンターは、魔女《まじょ》の養成機関《きかん》としての四法印学《しほういんがく》院《いん》に留学《りゅうがく》し、ランカー戦に集中出来ると思ったのだが、

「ここも、だ」

破壊がある。

十年前の傷跡《きずあと》は、癒《い》えているようで違う。ただ、これは無理《むり》だと思った場所を切り捨てただけに過ぎない。

人類は、己《おのれ》の居場所を区切り、自ら檻《おり》に入ったのだ。

ならば、

「――――」

言葉ではない。

態度と行動だ。

ハンターは米国人《アメリカ》だ。

世界最強の軍隊《ぐんたい》を持ち、世界の警察を自負《じふ》し、そして、

「貫《つらぬ》け、ヘッジホッグ……!!」

流体《りゅうたい》の槍《やり》を加速路《かそくろ》から射出《しゃしゅつ》。眼下《がんか》にいる各務《かがみ》は大地《だいち》を直下《ちょっか》にしているが故《ゆえ》、ダメージを何《ど》処《こ》にも逃《のが》す事が出来ない。ならば直撃《ちょくげき》が導き出す答えは、

……勝った……！

●

ハンターは、一撃《いちげき》の着弾《ちゃくだん》を見ていた。

各務《かがみ》だ。

彼女はこちらの眼下《がんか》にて、直剣《ちょっけん》を構えていた。だがそれは、砲撃《ほうげき》姿勢ではない。剣を閉じた攻撃《こうげき》姿勢で、防御《ぼうぎょ》をするでもなく、

「ハンター君」

声が聞こえた。

「先程《さきほど》君は、挨拶《あいさつ》も無しに私へとマギノフレームをいきなり乗せてきた。手乗りマギノとはなかなか乙《おつ》だね。だが、一つ疑問があり、答えがある。それは——」

それは、

「問い１：ノーマルフレームでのフロギストンハート過熱《かねつ》を介《かい》さず、マギノフレームを召喚《しょうかん》する事は、可能であるか」

……コイツ……！

「答え１：可能である」

何故《なぜ》なら、

「フロギストンハートは、魔女《まじょ》ならば常時構えている状態で、フレームの展開による蓄積量《ちくせき》と率《りつ》の上下はあっても、有無《うむ》の区別は無いのだ。

だから、堀之内《ほりのうち》君の使役体《しえきたい》は、フレームを展開していないのに疲弊《ひへい》状態を保っている。これは、フロギストンハートが、使役体との共通管理だという証《あかし》だ。つまり――」

「……先程、こっちの攻撃を受け続けていたのは、フロギストンハートの過熱を最速で行うためだと、そう言うのかい!?」

「そうだと言ったら見栄《みえ》だと思うかね？」

と、各務が直剣を蹴《け》り上げた。

跳ね上がった刃《やいば》に、こちらの杭打《くいう》ちが激突《げきとつ》する。刃は砕《くだ》け、しかし、

「これでチャージ完了である」

言葉と共に、直剣が爆砕《ばくさい》した。流体光《りゅうたいこう》の散らばりに、だ。

●

堀之内は見た。眼前で広がった流体光と石畳《いしだたみ》の爆発《ばくはつ》の向こう。散る瓦礫《がれき》と光の中から、巨大《きょだい》な建造物が展開するのを、だ。

大鐘《おおがね》を幾《いく》つも鳴らすように組み上がっていくのは、

「各務さんの、ディカナントカ……！」

「ディカイオシュネです、御嬢様《おじょうさま》！」

「流石《さすが》ですわ光太郎《こうたろう》！」

メモしておこう。デュカイオシュネとかデカイオシュネじゃなくてディカイオシュネ。

術式陣《じゅつしきじん》に打ち込むと、ギリシャ語が検索《けんさく》ヒットして〝正義〟の意であると教えてくれる。

また面倒《めんどう》なものを、と思うが、彼女はそういう人なのだろう。

だが、今は、それだけではなかった。

ディカイオシュネに対し、超至近距離《しきんきょり》。鼻先と言える位置で、もう一つのマギノデバイスが展開しつつあるのだ。

高音。

莫大《ばくだい》なエンジン音をつけて形を確かにしていくのは、ハンターのマギノデバイスだ。

重装甲《そうこう》と、中央には確かに多重型加速砲《かそくほう》が見えた。しかも、

……四拝式《しはいしき》……！

加速炉《ろ》のフレームを、左右や上下のどちらかから挟むだけではなく、両方からのアプローチを入れたものだ。加速ユニット一つ一つが小型化される傾向にあるため、自分の朱竜胆《あけりんどう》のような二拝式《にはい》に比べて初速は落ちるが、弾速《だんそく》の落ちが少なく、安定する傾向にある。

ならば、

……狙撃《そげき》式ですわ……！

己《おのれ》の朱竜胆も狙撃主体だが、これは術式などで追尾《ついび》や加速安定を弾体《だんたい》に掛けるものだ。

ハンターの方は、恐らく、発射時《はっしゃじ》にマギノデバイス側で安定性を与え、追尾などの後掛け術式は弱めというところだろうか。

ただ、どちらにしろ、狙撃型なら、

「距離を空《あ》けてはいけませんわ、各務《かがみ》さん……！」

●

ハンターは、急ぎマギノデバイスを上昇させながら、両腕《うで》を振った。

今、自分がいるのは、

「こちら、マギノデバイス、〝ヘッジホッグ〟」

中央後部のレドーム上。そこから通信するのは、

「北米航空宇宙防衛司令部《こうくううちゅうぼうえいしれいぶ》内、米国対魔女戦闘師団《ましょせんとうしだん》、──応答願う」

『──こちらU.A.H.F.、ハンター代表、既《すで》に貴《き》マギノデバイスの展開計算を八十パーセント進行。フィードバックを行っております』

Thanks！　と返すのは久しぶりだ。

そして両手の先、広がった術式陣の中では、しかし確かにヘッジホッグの展開計算が高速で流れて行く。

自分のマギノデバイス、ヘッジホッグは、己《おのれ》一人のものではない。

堀之内《ほりのうち》が堀之内家や神道《しんとう》のバックアップを受けているように、己とて、

「米国《アメリカ》代表。想像《そうぞう》に直結する米軍《べいぐん》のバックアップを得ているんだよ」

想像に直結する創造《そうぞう》の技が、何だと言うのか。訓練《くんれん》と改良、そして協力という言葉を弛《たゆ》まぬのが米国の意気《いき》だ。ならば、

「————」

ハンターは、両手を振り、マギノデバイスの構築《こうちく》を加速《かそく》した。そして、

「おお……！」

唄《うた》った。

●

通信の先。広大な地下フロアに並んだコンソールと術式陣《じゅつしきじん》。そしてモニタの光の前にて、急ぎの作業をする皆は、それを聞いた。

自分達の代表が、己の作業を加速させながら、告げるのは、

「我ら国歌、〝星条旗《せいじょうき》〟」

二番だ。その歌詞《かし》は、

On the shore dimly seen through the mists of the deep,
——茫漠《ぼうばく》の海辺と深い霧《きり》の向こう
Where the foe's haughty host in dread silence reposes
——傲慢《ごうまん》な敵軍の力は恐れ得て沈黙《ちんもく》す
What is that which the breeze, o'er the towering steep,
——何であろうか。 微風《そよかぜ》が立ち並ぶ断崖《だんがい》の上を駆《か》け抜け
As it fitfully blows, half conceals, half discloses?
——力強く硝煙《しようえん》を拭《ぬぐ》い去る時、 姿を隠《かく》されつつも大空に翻《ひるがえ》り見えるものは何であろう
Now it catches the gleam of the morning's first beam.
——今それは黎明《れいめい》を走る初源《しよげん》の陽光《ようこう》を受け
In full glory reflected, now shines on the stream.
——強く栄光に輝き、 明けの光に風を受けて煌《かがや》いている
'Tis the star-spangled banner, oh, long may it wave.
——星条旗よ、 永遠にたなびき舞え！
O'er the land of the free and the home of the brave!
——自由の祖国の空に！ 勇者《ゆうしや》のふるさとに……！

おお、と総員が声をあげ、魔女《まじょ》の歌声に応じた。

「ハンター代表！」

立ち上がった一人が、魔女を映す術《じゅつ》式陣《しきじん》に叫んだ。

「計算終了！　とっくに終わってますが、済みません、全部聞いておきたくて。——もう動いてますか!?」

『Thannks！』

カラテカが、動いていた。

「二小節《しょうせつ》目くらいで、出来てたよ……！」

●

ハンターは、ヘッジホッグを浮上《ふじょう》させた。眼下《がんか》に広がる流体光《りゅうたいこう》を打ち払うように、空へと舞い上がる。

ヘッジホッグの持ち技は狙撃砲《そげきほう》。だが、長大な加速路《かそくろ》は融通《ゆうずう》が利かず、全身を正しく相手に向ける必要がある。

この辺り、拳銃《けんじゅう》に似ている扱いにくさと本土の仲間達は言うが、ハンターにはよく解《わか》らない。

だが、

……〝飛ぶ〟よ。

と、左腕《うで》、既《すで》に操作器《そうさき》となっているノーマルデバイスのヘッジホッグに指示《しじ》を出す。すると術式陣にハリネズミ型の使役体《しえきたい》が出て、頷《うなず》いた。

行く。今以上に距離《きょり》を取れば、

「行くよ……！」

と叫んだ瞬間《しゅんかん》だった。正面、まだ構築《こうちく》終了していない直剣《ちょっけん》が叫んだ。

「待ち給《たま》え！」

各務《かがみ》だ。だが、

……そちらは未《いま》だ建造が完了していないだろうに……！

見たところ、こちらからの攻撃《こうげき》を避けるため、外部装甲《そうこう》を先に組んだらしい。逆に、未だ組まれていないのは、加速系《けい》と後部の弾体《だんたい》成形部だ。

近接攻撃と防御《ぼうぎょ》は出来るが、遠距離攻撃と移動がろくに出来ない。そんな状態だった。

しかし、選択としては正解だ。こちらは狙撃系。副砲《ふくほう》での攻撃も可能だが、ここで無理《むり》に倒そうとすれば、副砲で装甲を削《けず》っている間に相手が加速系と弾体成形部を組み上げて厄介《やっかい》な事になる。

選択は、副砲を撃《う》ちながら、敵正面を避ける軌道《きどう》で下がる事。それがベストだ。

ゆえにそうした。こちらに振り向こうとする直剣を、引き剝《は》がすように副砲を射撃《しゃげき》して後退。

こっちもまだ出力が弱いから、副砲に集中は出来ない。

ただ、それでも距離《きょり》が空《あ》き、

……一気に加速《かそく》を借りる……！

思うと同時に、相手が動いた。

「待《たま》ち給えと言っているぞ、ハンター君！」

言葉と同時に、直剣《ちょっけん》がいきなりこちらに飛び込んで来た。

「は……⁉」

加速器はまだ組み上がっていない筈《はず》だ。それなのに何故《なぜ》、という疑問は、一瞬《いっしゅん》で解《かい》を得た。

直剣の後部。組まれていない弾体《だんたい》成形部から連なる加速路に、光があったのだ。あれは、

「砲撃《ほうげき》用の加速路を逆転して、後ろに空砲《くうほう》を撃《う》った⁉」

「空砲撃ちは、以前に幾度《いくど》か試していてね」

デタラメだ。加速路は一方通行型がメジャーだろうに。否《いな》、この相手は〝想像《そうぞう》〟するのだ。

両通行型のものは実在するし、ここでそれを選択したとしても、不思議《ふしぎ》はない。

ならば、後は簡単だ。

直剣の刃《やいば》が、先端《せんたん》からこちらの上面装甲《そうこう》に激突《げきとつ》した。

鋼鉄《こうてつ》や複合装甲を凌《しの》ぐ流体《りゅうたい》式複合展性《てんせい》装甲が、歪《ゆが》んで火花《ひばな》を得る。そして、轟音《ごうおん》と衝撃《しょうげき》の向こうで、声がした。

「——挨拶《あいさつ》だ。宜《よろ》しく頼む」

と、見据《みす》えるこちらの視界《しかい》の中で、一つのパーツが完成した。

各務《かがみ》の直剣の後部。そこに弾体成形部が合致《がっち》していくのだ。あれは、

……加速系《けい》を作る事をやめて、代わりにそちらに集中したのか!!

加速を砲撃用加速路で行ったのは、こちらに辿《たど》り着く事を一義《いちぎ》としたからだ。そうすれば、加速系を作るのを止めて、流体全てをつぎ込んで弾体成形部を作るのに集中出来る。後は、

「――――」

超至近《しきん》。零《ゼロ》距離からの砲撃をハンターは直撃《ちょくげき》された。

●

空を破裂《はかい》させる衝撃が響《ひび》き、夕刻《ゆうこく》になろうとする天上《てんじょう》が一瞬発光した。

衝撃波が森を揺らし、海を飛沫《しぶ》かせ、栈橋《さんばし》を跳ね上げる。

舞う瓦礫《がれき》に対して、堀之内《ほりのうち》は魔女《まじょ》用販売《はんばい》品である反射攻撃《こうげき》系の疑似防御術式《ぎじぼうぎょじゅつしき》を展開。光太《こうた》郎《ろう》は男性で防御系に優れるから根性でいいとして、

「……やりましたわ！」

至近で直撃。各務のマギノフレームの主砲《しゅほう》が持つ力は、自分が身をもって知っている。朱竜《あけりん》胆《どう》は防御力に優れない攻撃力全振り系の素敵《すてき》なマギノフレームだが、それでも砕《くだ》くにはある程度の力が要《い》る。その破壊《はかい》をこなしたディカイオシュネの一撃《いちげき》は、

「――あ」

流体《りゅうたい》の爆発塵《ばくはつじん》。空に散る向こうに成果が見えた。

しかしそれは、

「無傷《むきず》ですの⁉」

空に、ハンターのマギノフレームが浮いている。その表面に、砲撃《ほうげき》で受けた熱による陽炎《かげろう》を纏《まと》いながら、全体としては何の被害《ひがい》もなく、だ。

第十章

『意思は距離を埋め』

圧倒的治外砲権

ハンターは、苦笑《くしょう》した。周囲、幾《いく》つも表示《ひょうじ》される術式陣《じゅつしきじん》は、本土の仲間達のものだ。

高速で手分けして対処《たいしょ》、計算されたのは、

……足場《あしば》の姿勢制御《せいぎょ》術式に派生する、力の転化術式だよ。

ヘッジホッグの装甲《そうこう》性能は、物理的にも高い。だが、その防御を更《さら》に高めるように、術式を掛ける。それは、装甲を硬くするのではない。〝踏み込み〟の術式を転用し、

「ダメージを、外に〝踏んで放出〟するのさ」

全長五百メートルの巨体《きょたい》。その全てにダメージを浸透《しんとう》させ、しかし、全ての箇所《かしょ》から外に逃がす。これは、一瞬《いっしゅん》で行われるべき事で、一人では不可能な荒技だ。

だが、ハンターには出来る。

「米国《アメリカ》が軍事技術の全てを注《つ》ぎ込んでるんだよ。そこらの、能力が高いだけのシングルに敗れる訳《わけ》がないじゃない」

『ハンター代表。……貴女《あなた》の、初手指示《しょてしじ》があるからですよ、コレ出来るの』
U.A.H.F.ら、指揮官《しき》となる魔女《まじょ》の声が聞こえてくる。続く男性オペレーターが、
『ヘッジホッグの同調。ハンター代表の反射神経《しんけい》と判断《はんだん》がなければ、俺達《おれ》も計算出来ません。初期の指揮者としての働き有ってこそです』

「Thanks」

ハンターは言う。皆、いい人達ばかりだと、そう思う。だから、

「砲撃《ほうげき》は!?」

『後の移動を考慮《こうりょ》すると出力十三パーセント。非実体弾《だん》砲撃が可能です！』

『敵マギノフレームは移動系を損失状態。こちらを追う事は出来ません！』

だったら決まりだ。

「――砲撃!!」

●

「各務《かがみ》、ガードを！」

各務は、言われるより先にディカイオシュネを砲撃状態から近接攻撃《こうげき》状態に移行。そして、

「……呼びつけだったりさん付けだったり、揺れまくりな子だね君は」

「いいから早く――！」

「もう間に合ってるよ」

え？　と堀之内《ほりのうち》の声が聞こえた瞬間《しゅんかん》。ディカイオシュネに光が炸裂《さくれつ》した。

こちらには、メインの加速《かそく》系が無い。空中で堪《た》える事が出来ないなら、

「これは、厄介《やっかい》だね……！」

打撃《だげき》に金属音《きんぞく》を上げ、各務《かがみ》はディカイオシュネ共々吹き飛ばされた。

●

堀之内《ほりのうち》は、風を耳にした。

「……あ」

一瞬《いっしゅん》だった。空に、花火《はなび》のように流体光《りゅうたいこう》が散っている現在。天上《てんじょう》にあった二つの巨大《きょだい》建造物が消えているのだ。

片方は被弾《ひだん》によって吹き飛ばされ、もう片方は射撃《しゃげき》の反動で加速《かそく》し、そのまま、

「ど、何処《どこ》に行きましたの⁉」

光太郎《こうたろう》、貴方《あなた》じゃ有りません。手を上げなくて良いですの。

●

各務は、敵を見失っていた。それだけでは無く、

「ここは――」

自分が何処まで弾《はじ》かれ、空を移動したのか。数分という時間以外は読めていない。

加速系が無いと厄介《やっかい》だな、と思うが、ディカイオシュネは健在だ。被弾したのが、閉じた刃《やいば》の部分で良かった。衝角《しょうかく》でもあるここは、ディカイオシュネ最厚の装甲《そうこう》でもあり、作る際に

は一番先にイメージしたところだ。ふふふ、格好《かっこ》いいね。

だが、問題なのは自分の位置だ。東京湾《とうきょうわん》が、何処かに見えるだろうと思ったが、

……あれは……。

右手の眼下《がんか》に見えるものは、地形としては何処となく似ている。だが、湾としては深みが無いし、湾の入口側に、三浦《みうら》半島と房総《ぼうそう》が作る浦賀《うらが》水道《すいどう》も無い。

それに、奥に見えるのは房総半島ではなく、あれこそが三浦半島だろうか。ならば、

「背後にあるのは、……富士山《ふじさん》か」

あった。その事に何となく安堵《あんど》する。

この世界でも、自分達のいた世界と変わりが無い事の証拠《しょうこ》で有り、

……ここが私達の作った世界の一つだと、そういう証明《しょうめい》だな。

思いながら展開する術式陣《じゅつしきじん》は、索敵《さくてき》用と、光学操作《そうさ》系。

索敵はしかし、周辺範囲八十キロ圏内《けんない》に自分以外のマギノフレームが無い事を教えてくれるし、光学系で水平線をぐるりと見渡しても、

「何処に――」

ハンターのマギノフレームは、何処にいるのか。

ハンターは、雲浮かぶ空の中にいた。

「ハワイ諸島沖《しょとうおき》。……ヘッジホッグは装甲《そうこう》持ちの狙撃系《そげきけい》だけど、鈍重《どんじゅう》じゃないんだよ」

眼下《がんか》に見えるのは、既《すで》に夕日となった陽光《ようこう》を浴びる幾《いく》つもの島の影だ。

日本からの距離《きより》、約六千キロ強。

だが、ここまで来るのに、十二分程。秒速八キロ弱となると、マッハ二十を優に超える。これは、並のマギノフレームが放つ砲撃《ほうげき》よりも高速な移動だ。

このような速度を出すのは、無論《むろん》、ヘッジホッグの加速《かそく》力でも不可能。

しかし、〝足場《あしば》〟の術式《じゅつしき》は、それを可能とする。

天上《てんじょう》。月はあるが、それと地球の間には幾つかの人工物が存在しているのだ。

「人工衛星《えいせい》」

月を監視《かんし》し、地球を護《まも》るためのものは、米国製《アメリカ》だけでも千の数で回っている。地球を一時間半で一周するような人工物を、米国の協力で〝足場〟とするとどうなるか。

その結果が、超加速の移動だ。

強引《ごういん》なスイングバイを経由《けいゆ》すれば、世界の何処《どこ》にでも短時間で移動可能。これは敵から察知《さっち》されない狙撃場所に、短時間で移動出来ると言う事だ。

今、ヘッジホッグの表面では干渉《かんしょう》し切れなかった大気摩擦《たいきまさつ》の熱が陽炎《かげろう》となっている。

「全く」

ヘッジホッグの装甲は、防御《ぼうぎょ》よりも、この加速に堪《た》えうる事が主眼《しゅがん》とされている。

実際、下位ランカーに対しては、初期スイングバイ加速で激突《げきとつ》するだけで良かった。余裕《よゆう》があれば、弾体《だんたい》にスイングバイを与えて超加速砲弾《ほうだん》とし、その余波だけで吹っ飛ばせたのだ。

だが、上位クラスになってくると、そうもいかない。空間転移《てんい》などやられると、こっちの加速が馬鹿《ばか》らしくなりもする。

……魔法《まほう》ってのは、これだからなー……。

自分も魔女《まじょ》だが、出自《しゅつじ》故《ゆえ》、どちらかというと理系というか工科《こうか》系だ。魔法だって技術の一つだと、そう考えている。だから正直、四法印学院《しほういんがくいん》で、どう見てもそれはおかしいだろうという魔法パワーを相手にするのはちょっと疲れる。

ともあれここは良いところだ。ハワイ諸島は、米国のバックアップが最大限で受けられる位置としては太平洋《たいへいよう》の西端に位置する。グアムやオキナワは十年前に削《けず》られた。日本本土は言うまでも無い。だから、

「日本を削るのは、ちと、やりたくないね。だけど——」

『ハンター代表。こちら北米航空宇《こうくうう》宙《ちゅう》防衛司《ぼうえいし》令部《れいぶ》、U.A.H.F.！　太平洋上に展開している第七艦隊《かんたい》との同期が取れました！』

『出力八十七パーセント。実体弾《だん》成形可能です』

そう、とハンターは頷《うなず》いた。後は簡単だ。周囲の術式陣《じゅっしきじん》は皆の計算。後は現場の指揮官《しきかん》として、戦うものとして、

『最大砲撃《ほうげき》展開、システムオールグリーン。フルバレルオープン』

『敵位置の諸元《しょげん》入力完了。座《ざ》標《ひょう》確定。――砲弾《ほうだん》飛行時の変形誘導処理《ゆうどうしょり》確定。スイングバイ軌《き》道《どう》の経路《けいろ》確定。第一砲撃は十七秒以内です！』

『――撃《う》てます、ハンター代表！』

「了解《りょうかい》。マギノフレーム・ヘッジホッグ、――主砲《しゅほう》」

ハンターは、右の拳《こぶし》を正面へと突き込んだ。

「発射《はっしゃ》……！」

●

最初に気付いたのは、光太郎《こうたろう》だった。

魔女《まじょ》同士の戦闘《せんとう》の際、対黒の魔女の組織《そしき》として最有力かつ四法印学院《しほういんがくいん》にも通じている国際組織U.A.H.は沈黙《ちんもく》する。公平を護《まも》るためだが、その一方で、出場魔女に荷担《かたん》する勢力はフルで稼働《かどう》するのだ。

今は、米軍《べいぐん》と堀之内家《ほりのうちけ》。総力としては大人《おとな》と子供程に差があるが、堀之内家は神道《しんとう》の代表と

してヘクセンナハトの候補《こうほ》に出ている。

それゆえ堀之内家には、日本の産土《うぶすな》全て、領土《りょうど》と領海《りょうかい》、領空《りょうくう》における神道ネットワークの協力がある。

今、日本の全神社《じんじゃ》、連動する寺院《じいん》が、守護《しゅご》の結界《けっかい》の察知《さっち》範囲を全開し、各地の有力神社が地《ち》脈制御《みゃくせいぎょ》システムに干渉《かんしょう》を行って、敵の察知を行った。そして解《わか》ったのは、異国《いこく》の存在が今は日本を離れていると言う事と、

「御嬢様《おじょうさま》！　南東より高速飛翔体《ひしょうたい》です！　マッハ二十五を超えます！」

「上位ランカーの砲撃ですわね!?」

堀之内の朱竜胆《あけりんどう》が、初速とテンションでそれに比肩《ひけん》する。だが既《すで》にそれは房総沖《ぼうそうおき》を突入《とつにゅう》して、高速で各務《かがみ》へと向かっている。

「各務さん、回避《かいひ》を!!」

●

あ、さん付けだね、と各務は思った。だが、それとは別で、

「何？　ハワイ沖からだと？」

……上手《うま》いな。

ハンターの砲撃だ。

堀之内《ほりのうち》家が神道《しんとう》ならば、その察知《さっち》は日本の国土に等しい。ならば、富士山《ふじさん》を狙《ねら》う際、南からでは沖《おき》ノ鳥島《とりしま》などの領域《りょういき》に引っかかって早期発見が為《な》される。

狙うなら、島の無い東から。ハワイ方面というのは、如何《いか》にも米国《アメリカ》らしい。だが、

「――マズいな」

背後には、富士がある。

回避《かいひ》は出来るだろう。しかし、

「面倒《めんどう》な話だね」

何故《なぜ》なら、

「私は、一度書いたものを修正するのが好きではなくてね」

言った瞬間《しゅんかん》。展開していた術式陣《じゅつしきじん》に反応があった。

索敵《さくてき》の範囲は八十キロ。秒速八キロを超える飛翔体《ひしょうたい》ならば、

「即座《そくざ》だよハンター君!」

叫んだ直後。ディカイオシュネに、力そのものが激突《げきとつ》した。

●

破砕《はさい》した。ディカイオシュネの最厚装甲《そうこう》たる剣身《けんしん》部は撓《たわ》むより先に衝撃《しょうげき》で縮み、溶解するように剝《は》がれて上下二つに砕《くだ》け舞った。

衝撃はそのまま本体を穿《うが》ち、各所を無造作《むぞうさ》に打撃《だげき》。全長五百メートルの直剣《ちょっけん》は、全身を回転させて富士の東側、樹海《じゅかい》へとぶち込まれ、結果として地上から数キロの高さにまで、樹海の地殻《ちかく》と土砂《どしゃ》を破裂《はれつ》させた。

その音は壊《こわ》れた鐘《かね》の音《ね》に近く、衝撃波が樹海を抉《えぐ》っては波濤《はとう》のように地殻を吹き飛ばす。

そうやって散った土砂は破砕に押し上げられた気流と富士山から降りる風に巻かれ、十数キロの先にまで落下《らっか》した。

ハンターの砲撃《ほうげき》が、各務《かがみ》のマギノデバイスを打撃《だげき》したのだ。

●

「やった……！」

放った砲弾《ほうだん》に対し、最後のスイングバイを与えた衛星《えいせい》から、ハンターは現場の状況を見ていた。

見下ろしの視界《しかい》。夕刻《ゆうこく》になる空の下では、富士山東側の斜面と樹海は黒の影に見える。だが、そこに本部のオペレーターが光学制御《せいぎょ》術式をエンチャント。

一気に画像《がぞう》が明るく、鮮明《せんめい》になった。

そして見えるのは、破砕の大地《だいち》だった。

「あ」

一瞬《いっしゅん》、息を詰めるのは、莫大《ばくだい》な被害《ひがい》を覚悟《かくご》したからだ。

弾体《だんたい》には、命中《めいちゅう》物から半径《はんけい》二キロの外に緩衝《かんしょう》を行い、被害を敵本体とその周辺にだけ適用するようにはしている。これは魔女《まじょ》同士の戦いであって、殺し合いでは無いのだ。

だが、消し切れぬ破片《はへん》や、マギノデバイスの衝突《しょうとつ》余波は大きい。樹海《じゅかい》であって良かったと、端的《たんてき》に納得《なっとく》してはいけないが、人里《ひとざと》よりはいいだろう。

だが、ハンターは見た。散っていく土煙と莫大な流体光《りゅうたいこう》の奥に、

「……あれは」

刃《やいば》だ。大きく欠けてはいるが、確かに見えた。

夕焼けに照らされた地上。穿《うが》たれた引きずるような着弾跡《ちゃくだんあと》から浮上《ふじょう》するものがある。

剣。

否《いな》、それはもう、剣とは言えない。何故《なぜ》なら刃は折れ、鍔《つば》も砕《くだ》かれ、流体光の煙を巻き上げているのだ。

だが、ハンターは知っている。如何《いか》に破損《はそん》と負傷《ふしょう》があろうとも、

「フロギストンハートを破壊《はかい》されない限り、魔法《まほう》少女は敗北とならない」

解《わか》る。各務《かがみ》という個性が、そこで抗《あらが》っているのだ。これだけの破壊を受けて尚《なお》、まだ戦えると、そういう意思《いし》で空を望んだのだ。だから、

『敵、マギノデバ……、フレーム！　健在です！』

「そんな――」

馬鹿《ばか》な、と思うと同時に、こうでなければ、ともハンターは思う。だって、

……ボクだって、そうするよ。

背負うものが、自分にはある。じゃあ、

……君はどうなんだ、各務・鏡《かがみ》。

手元、着弾時の解析《かいせき》が来る。敵マギノフレームの3D模造《もぞう》に対し、こちらの弾体がぶつかる瞬間《しゅんかん》だ。各務の直剣《ちょっけん》が、命中の瞬間、その刃を捻《ひね》るように傾けていた。これは、

『マギノデバイスを傾斜し、更《さら》に動かす事で、ダメージを軽減分散したものと……！』

「直撃を逸《そ》らしたのか。……くそっ」

言っていて、憤《いきどお》るが、悔《くや》しいが、しかし、嬉《うれ》しい。

こいつは、やる。

眼前にある、上空からの映像《えいぞう》。それを掲《かか》げるようにハンターは両腕《うで》を上げた。

「いいさ、既《すで》にダメージは与えてる。どうやって、ここから凌《しの》ぐんだい？」

どうするか解らない。だが、こいつはやるのだ。最初から、ここまで、幾度《いくど》となくやってきたように、また、やるのだ。ならばこちらも、

「第二射、装塡準備《そうてん》！　――このまま押し切って――」

と言った視界《しかい》が、正面に一つの視線を見た。

衛星軌道上《えいせいきどう》。そこから見下ろす監視《かんし》衛星の映像《えいぞう》の中、各務《かがみ》の直剣《ちょっけん》が見えている。

その中央。立つ影が一つあった。

各務・鏡《かがみ》。

時代後れの聖騎士《せいきし》型のフォームを選んだ姿《すがた》は、その鎧《よろい》を幾箇所《いくかしょ》か破壊《はかい》されていた。修復のためか、各部から流体光《りゅうたいこう》の棚引《たなび》きが見えている。が、問題はそこではない。

……おいおい……。

各務が、こちらを見上げていた。

真《ま》っ直《す》ぐに、視線を寄越《よこ》して、眉《まゆ》を立てた顔を見せている。

これは、よくある光景《こうけい》だ。敵であるこちらに不屈《ふくつ》の視線を返しているだけ。

ただ、こちらは、

『え？　ちょ、ちょっと、これ……』

オペレーターが戸惑《とまど》うのも、無理《むり》はない。

「衛星軌道からの監視に対して、視線を返すのか各務・鏡……！」

何処《どこ》までデタラメなのか。知ってみたい気もするが、それは何処まで、自分の目的と重なっているだろうか。しかし、その手段は既《すで》にあるのだ。

『ハンター代表！　二射目のスイングバイ経路《けいろ》確定！』

『十五秒以内に発射《はっしゃ》を御願いいたします！』

Thanksと己《おのれ》は言った。本心から言った。そして、

「第二射、砲撃《ほうげき》――」

と、言葉を作る瞬間《しゅんかん》だった。

『――そこまで!!』

不意《ふい》の声が、通信に飛び込んで来た。

こちらと米国《アメリカ》の遣《や》り取《と》りに介入《かいにゅう》してくる権限。

『四《し》法印学院《ほういんがくいん》学長、四法印・スリズィエが命じます。それは、双方《そうほう》共にそこまで。そして――』

そして、

『この勝負、ひとまず私が預かります。――良いですね?』

第十一章

『しかして休めば』

「ハーイ、では現場の
堀之内さんどうぞぉ」

各務《かがみ》とハンターの勝負を預かる。

そのように、学長の通信から聞こえた言葉に、堀之内《ほりのうち》は術式陣《じゅつしきじん》を開いていた。

見れば、通信用にセットされた画面には、学長室を背景にした学長が微笑する。

上空で派手《はで》な戦闘《せんとう》をしていたというのに、画面の中に見える学長室の窓には防護壁《ぼうごへき》も何も降りていない。

ランカー同士の戦闘下であっても、有事《ゆうじ》に対して実力で対処《たいしょ》する。

そのくらいの事が出来るのが彼女だ。何しろ前へクセンナハトの出場権を最後まで争った最後の一人。ランカー制度から見れば、当時の上位三人の内、一人なのだ。それも、

……母と最後まで争ったのが、学長だと聞いてますわ。

そんな力の持ち主が、画面のこちらに向かって告げた。

『いいですか』

自分は今回の戦闘に関わっていない。だからどう言う事も出来ない。ただ、上空、富士樹海《ふじじゅかい》上と、ハワイ諸島《しょとう》上にいる二人に対しては、意味のある仲裁《ちゅうさい》だろう。

学長が言う。

『――各務さんはまだうちの学生として正式に入学した訳《わけ》ではありません。それに、堀之内さ

んのランク問題も解決していません』

　しかし、

『ハンターさんは、下位ランクの二人を突き放しておこうというのですね』

『ああそうさ』

　ハンターの声が聞こえた。

『上位三人がそろそろ争うべき時期に来てる。それなのに、普通科代表の四位や、それ以下が上にちょっかい出してきたら、厄介《やっかい》だからね』

『成程《なるほど》。一理《いちり》ありますね』

「が、学長先生！」

　自分は思わず、問うていた。

「ランカー制度を否定しますの⁉　お互いのランク戦闘範囲に入っていれば、誰《だれ》とでも切磋琢《せっさたく》磨《ま》出来る。そういう意味でのランカー制度ですわよね⁉」

『ええ、ですけど確かに、ハンターさんの言う事も解《わか》ります。――部外者のツッコミが、この最終的な位置を決める時点では、少々邪魔《じゃま》になるのは確かですね』

　ゆえに、と学長が言った。明らかにこちらを見て言った。

『こうしましょう。――各務さんは正式にうちの生徒とします』

　ほう、と術式陣の中で、砕《くだ》けたマギノフォーム姿《すがた》の各務が顎《あご》に手を当てた。

『試験無しと言う事は、一芸《いちげい》入学かね』

『既《すで》に多芸なところは見せて頂《いただ》いていますよ』

学長が笑《え》みで言う。そして、

『前回の各務《かがみ》さんと堀之《ほりの》内《うち》さんの勝負は決着《けっちゃく》不明。つまり暫定《ざんてい》四位同士なのですから、堀之内さんと各務さんはユニット扱いとします』

「わ、私は――」

『その上で――、お二人はハンターさんと勝負をなさい』

学長の厳命《げんめい》だ。

ならばこれは仕方ない。

……浅ましいですわね。

そう思うのは、ここで学長の言葉を断れば、恐らく各務は四位で、自分が五位に落とされるだろうと、そう解《わか》っている事だ。

本当に嫌《いや》だったら、そうすればいい。そうしないのは、

「――」

理由としては、いろいろな思いがある。だが、一つにまとめるならば、

……意地《いじ》ですわね。

ここで逃げては、意地を果たせず、自分に負けた事になる。ならば、

「学長」

自分は、問うた。現状の全てを呑《の》むつもりで、

「もし負けたら、どうなりますの？」

●

ハンターは、低く息を吐いた。

……やる気か――。

嘆息《たんそく》。

残念、という感想が強く来るのは、

……何で喧嘩《けんか》売ったか、通じてないなー……。

困った。本土の仲間達にも、負担《ふたん》を掛けさせているというのに。しかし、

『負けた場合、ですか？』

学長が笑みで告げた。

『その場合、各務さんと堀之内さんのランクはそのままで、しかし、上位ランカーとの交戦権を失う、というのはどうでしょう』

『それは――』

という堀之内の声に、自分は反射《はんしや》的に応じていた。

「いいよ！　それがいい！」

了承《りょうしょう》だ。

「それなら、上位のボクから仕掛けた意味もあるからね……！」

●

ハンターは、学長の言葉に頷《うなず》いた。

……そうさ！

堀之内《ほりのうち》と、各務《かがみ》という二人に、ここで〝止まって〟貰《もら》う。

上位である自分達、三人へ、もう手出しが出来ないようにする。

それが己《おのれ》の望みだ。

「頼むよ」

今回、わざわざ下位に戦闘《せんとう》を仕掛けたのは、力量差を知って貰うためだ。

米国《アメリカ》が全力をもってバックアップする自分のヘッジホッグと。

日本の神道《しんとう》と、一財閥《ざいばつ》がバックアップする堀之内の朱竜胆《あけりんどう》と。

そして、よく解《わか》らない乱入《らんにゅう》実力者の各務とやらが持ち出すディカイナンタラと。

どれが〝戦力〟として一番強力かは、すぐに解る事だ。

火力と装甲《そうこう》。移動力。

これら全てにおいて、自分のヘッジホッグは他二フレームを凌駕《りょうが》している。彼女達が創意《そうい》工夫《くふう》をしてこちらに刃向《はむ》かうとしても、

……創意工夫せずに戦って勝てる方が、実際には強いんだよ？

朱竜胆は遠距離《きょり》攻撃《こうげき》力に優れるが、装甲が無いに等しい。

ディカナンタラは、恐らく近接系《けい》なのだろうが、その装甲が砕《くだ》けるのは既《すで》に示している。

こちらは今回、無傷だ。

相手の手の内は見えた。

こちらのスイングバイ式の移動術式《じゅつしき》に、追いつけるものではない。ならばこっちは一方的な攻撃を仕掛け、勝負を付けられる。

今も、実際、その流れだったのだ。

……だけどまあ……。

堀之内が、やる気だ。

正直。自分達の実力を見て、退《ひ》くかと思っていた。

自惚《うぬぼ》れが強過ぎたか。

それとも堀之内にも退けぬ理由があるのか。

前者だといいなあ、と思うのは、理由ある相手というものは、勝利への執着《しゅうちゃく》が強いという事を知っているからだ。

今まで、そんな敵を幾《いく》つも潰《つぶ》してきた。文字通り、砕《くだ》いて潰してきたのだ。

誰《だれ》もがこちらに再戦を誓い、しかし届いていない。

……ボクのランクアップ速度が速く、追いついてこられないからね。

ランクは、単純に勝ち抜きで決まる事もあれば、勝率で決まる事もある。

勝ち抜いていても、勝率が低ければ、本番での勝機《しょうき》が低いと見なされるからだ。

だから勝率が低い者は、自分の直上か、近いランクの相手としか戦えなくなっていく。そして負け知らずの者など少ないから、全体のランク推移《すいい》速度は落ちていく事になる。

自分達は、そういったものに巻き込まれなかった魔女《まじょ》だ。

基本は無敗。

戦闘《せんとう》回数と勝率だけを算出しても、充分に上位三位を占める事が可能で、初期から中期の暫《ざん》定《てい》上位を押しのける形で、この地位に納まっている。

これは堀之内《ほりのうち》も同様だ。下、五、六位くらいまではこの傾向なのではないだろうか。

負け知らず。

そういう意味で、先日の堀之内の〝相打ち〟は衝撃《しょうげき》的だった。

自分がそうなるという危険性を考えた事はないが、ここで破損《はそん》や負傷《ふしょう》はヤバい。何しろそろそろヘクセンナハト。出場者の選出時期なのだ。

不意《ふい》のランカー戦で、勝利しても砕かれていた場合、最悪、「勝ったが現場に出られない」

が生じる事もある。

そういう不備も思案《しあん》に有り、また、自分にも戦う理由はある。

退《ひ》けぬ理由はあるのだ。だから、

「いいよ」

遠く日本から離れた空の上。こちらはもう、夜空の色だ。

上空の月が放つ光を浴びながら、己《おのれ》は言った。

「別にユニット相手でも構わないよ。ボクと組んでいるのは、米国《アメリカ》の全戦力、黒の魔女に対抗《たいこう》するための技術全てだから」

ユニットどころではない。

かつて世界の警察と呼ばれた大国家の、残存戦力。それら全てと共にいる。そして、

……それ以上の皆とも、共にいるさ。

だから、と己は告げた。

「だから、――負ける訳《わけ》がない」

●

ハンターの通信が切れたのを、堀之内は悟《さと》った。

一息《ひといき》を吐くと、術式陣《じゅっしきじん》の中で学長が吐息《といき》した。

『ハンターさんは、大変ですね』

「え？」

ええ、と学長が言った。

『ハワイ沖《おき》でフレーム解除したら、なかなかこっちに戻ってこられませんよ』

「……米軍《べいぐん》が手伝うんじゃありませんの？」

『とはいえ軍艦《ぐんかん》がこっちに近づいたら、リスベスが戦力管理に齟齬《そご》が出ると言ってキレますよねえ……』

はあそうですの……、としか言えない自分だが、不意《ふい》に声が掛かった。

「しまった！　御嬢様《おじょうさま》、うちも急ぎでヘリを出してきます！」

光太郎《こうたろう》だ。彼は桟橋《さんばし》の向こう、駐車場《ちゅうしゃじょう》に走りながら、

「各務様《かがみ》を迎えに行かねばなりません！」

言われてみるとそうだった。

いかん。あのキャラなので、被弾《ひだん》した時は気に掛けていたが、その後サッパリ忘れていた。

だが、フレームの破損《はそん》は術者《じゅつしゃ》のフロギストンハートにフィードバックする。あれだけの破損が、一瞬《いっしゅん》で加えられたとなると、

「各務……！」

『ああ、すまん。今、君の執事《しつじ》がこっちに来るとか、そんな話が聞こえた』

通信用の術式陣《じゅつしきじん》には、画像《がぞう》が届いていない。声のみだ。そして、

『――君の住処《すみか》にて、さぞ派手《はで》な夕食が、と思っていたのだがね』

「各務、貴女《あなた》――」

そんな日常話をしているのは、何かを誤魔化《ごまか》すためか。

……まさか負傷《ふしょう》を？

思う先で、声が来た。

『実は、こっち来てから何も食べてなくてなあ』

「あ、朝に何も出ませんでしたの⁉」

見れば学長の通信からも映像《えいぞう》は消えていて〝わすれてましたね〟と一言《ひとこと》だけある。

……あ、あの女……！

『いいかね、満子《まんこ》君』

「に、二重三重に憤《いきどお》る展開ですけど、とりあえずその呼び方をやめなさいな……！」

『つまり呼びつけで呼んで欲しいのかね』

そういう意味じゃありませんのよ――？

何か妙《みょう》な笑《え》みが口の端《は》に浮いたが、心は自制出来た。

「今、そっちに光太郎が向かいましたわ」

「――御嬢様！　まだ！　まだです！　車が引っ繰り返っていて！」

聞こえてきた言葉に、何やら逆にいろいろスッキリした。

仕方ないので、U.A.H.J.を呼んで光太郎《こうたろう》から回収して貰《もら》う事にする。

●

結局、ハンターの帰還《きかん》は、夜の十二時を回るものとなった。

途中《とちゅう》までスイングバイ式の移動を行い、そこから衛星軌道《えいせいきどう》上の伝《つて》が足りなくなったので、ノーマルフレームに切り替え、サポートに回っていた第七艦隊《かんたい》に合流。

艦上《かんじょう》では、今回の成果に対して賞賛《しょうさん》の出迎えがあり、しかし男性隊員《たいいん》達からはマスコット扱い。艦隊付の魔女《まじょ》達は誰《だれ》も彼も年配で、母親のように自分を心配してくれる。

食事はどうする、と言われたが、丁重《ていちょう》に断った。

「明日《あした》も授業があるんだよ」

と言うと、事情と心情を理解しているのだろう。彼女達は米国製《アメリカ》の菓子《かし》や、レトルトなどを詰め込んだ保冷バッグを用意してくれて、

「一段落《いちだんらく》したら、海岸でバーベキューでも楽しみな」

'Thanks'、と告げた時に、航空機《こうくうき》の用意が出来た。

日本の中でも、まだ幾《いく》つかの米軍基地《べいぐんきち》は生きている。横須賀《よこすか》は関東《かんとう》の復興《ふっこう》が横浜《よこはま》中心に進行したため、やや縮小。横田《よこた》は十年前の余波で通信設備とヘリポートが残るだけとなっており、

「厚木《あつぎ》行きに途中まで乗っていくよ」

「上でいいのかい？」

「途中で降りて学校に戻るから」

「勉強熱心だねえ」

という遣《や》り取《と》りの後、今回の戦闘《せんとう》記録などをデータとして運ぶ機体に乗って、帰投《きとう》したのだ。

空が好きだ。

かつて、ずっと見上げていた。

今も見上げているが、月が邪魔《じゃま》だ。それに、自分は、青の空が好きだ。

米国西海岸。

空と波の音。

沿岸の椰子《やし》の木に、白いハウスの並び。

しかし丘陵《きゅうりょう》が多いために単車《たんしゃ》が必須《ひっす》。

海か、高い丘か。そのどちらからも見えるのは、青い空だ。白いハウスの並びからちょっと出れば、そのどちらからも見えたのだ。

十年前と、青の空の何が変わったようにも思えない。

だが、自分は、違いを解《わか》っている。

〝空〟には、明らかな違いがあるのだ。

今は夜空で、寒さを感じる。

そりゃそうだろう、夜は月の空、黒の魔女《まじょ》の空だ。だが、

「青の空まで汚したのは、許さないよ……」

横浜《よこはま》の光が見えてきたのは、十二時前。そこから風防を軽く叩《たた》いてダイブ。乗っていた機体が、夜目《よめ》にも見えるアフターバーナーを点火し、別れを飾ってくれる。そして空中で入国の管理云々《うんぬん》を術式陣《じゅつしきじん》でチェック。

チェックプログラムに堀之内《ほりのうち》家の紋章《もんしょう》が見えるのは、日本という土地への侵入《しんにゅう》者を神道《しんとう》が管理しているからだろうか。だとすれば、

……各務《かがみ》ってのは、そこらチェック無視して来たらしいね。

どういう相手だったのだろうか。再戦で、また顔を合わせる事になるのだろうか。

解《わか》らない。

そして学校に戻ってみれば、

「……相変わらず、寝やしない」

四法印学院《しほういんがくいん》。その特機科《とっきか》は、ほとんどの窓に明かりを点《つ》けたままで、屋上《おくじょう》にも光がある。どう見ても篝火《かがりび》が揺れているが、アフリカ系《けい》の魔女が何かやっているらしい。

屋上からこちらに気付いたらしい仲間達が、口笛《くちぶえ》を吹いて歓迎《かんげい》の加護《かご》としてくれた。

こっちも壁を蹴《け》って屋上に上がりながら、

「——何、酒盛《さかも》り？　こっち、食い物持ってきてるけど」

「あー、もう味解らないくらいぐでんぐでんだから、流石《さすが》に無理《むり》かなソレ」

なあ、と同い年や、後輩《こうはい》達が、床座りで火を囲みながら手を上げる。

「派手《はで》な戦果だったじゃないか」

「まだ片方、ってところだよ。それに——」

先程《さきほど》からこちらの顔横に、一つの術式陣が来ている。それは、

「……暫定《ざんてい》四位、堀之内からの正式ランカー戦の申し出が来てるよ」

勝負は明日《あした》、否《いな》、もう今日《きょう》の早朝だろうか。

あと、五時間も無い。こちらの疲労《ひろう》を抜かせないつもりだろうけど、

「食いな」

と、伊太利亜《イタリア》出身の魔女が、鶏肉《とりにく》を皿に渡してくる。

「疲労抜き、運の加護付きのハーブ術式を重ねた炙《あぶ》り山鳥さ」

「おい、ハンターが寝られるスペース、今日、あったか？」

「——第七工房《こうぼう》が術式用の時計の組み立てだから、ブラインド掛ければ寝やすいとは思うわ」

じゃあそこだ、と皆が決めてしまうのが何か凄《すご》い。

誰《だれ》も彼も、自分達のペースを崩《くず》さないが、こっちのいられる場を見つけてくれる。

「全く」

自分の今の居場所。そこに帰ってきた感を得ながら、ハンターは座り込んで山鳥を噛《か》んだ。

「――うっわ。ナツメグ……！」

第十二章

『また会うのだ』

どうしよう……

デカ夫と名付けられてから一日が経過した。

竜属《りゅうぞく》の子は、術式陣《じゅっしきじん》を立ち上げ、そこをドアとして外に出る。

……びょうしつ。

知ってる。知識《ちしき》にあるものと大体が同じだ。魔女《まじょ》のサポート役として、万《まん》が一《いち》の場合を考え、知っておかねばならない場所の一つ。だが、まだ未明《みめい》の時間、ここにいるのは自分と、……えらいひと。

各務《かがみ》という文字は、記憶《きおく》の中にインプットされている。だが、使役体《しえきたい》は主人と自分を関係で理解する。時たま、その関係を誤ると、使役体が主人を食ったり殺したり、というのもあるらしいが、少なくともここ百年くらいは予備知識程度で済む事のようだ。

自分が彼女に感じている関係は、えらいひと、と、自分、だ。

えらいひとは、今、寝ている。

治療《ちりょう》は為《な》されていない。

自分が護《まも》った。よくやった。

だけどフロギストンハートの破損《はそん》は、精神に疲労《ひろう》を与える。

そして彼女の強点であり、弱点でもあるのが、そこだ。

彼女は魔女だが、正しい意味での魔女ではない。

自分が補佐としてついているが、彼女は自分の中に精神力をプール出来ない。莫大《ばくだい》な流体《りゅうたい》を扱う事が出来る代わりに、そのプールや初期加速材《かそく》となる自己内精神力のプールがほとんど無いのだ。

魔法を使えない世界の住人。だが代替《だいたい》として、魔法を作れるのが彼女だ。

だが、これはつまり、フロギストンハートが、常態化しておらず、現場での気力次第という事になる。

フロギストンハートは、魔女の〝意気《いき》〟だが、基本、精神力のプール量がそのベースとなっている。

〝意気〟が強ければ、敵の攻撃《こうげき》でもフロギストンハートは破損しない。破損しても、精神力のプール量が多ければ、ハートは長く保《も》つ。

プール量を持たない彼女のハートは、〝意気〟次第だ。

とはいえ、自分の持つ知識の中でも、あれだけの砲撃《ほうげき》を食らってフロギストンハートを保てていた魔女は希《まれ》だ。しかもプール量無しで、だ。

どういう〝意気〟の持ち主なのか。

だから自分は思った。これは〝えらいひと〟だと。

だけど、えらいひとのフロギストンハートは破損した。朱雀《すざく》の主人との戦闘《せんとう》のように、ある程度自覚の上でそうなったのではない。不意《ふい》打ちの横殴《なぐ》りだ。

あれから随分《ずいぶん》とフロギストンハートを保《も》たせていたが、樹海《じゅかい》に着地《ちゃくち》したと同時に切れた。

えらいひとは、樹海の木々の下で、

「デカ夫君、私はちょっと眠る。君も気分的な余裕《よゆう》が出来たらそうしたまえ」

と言って、早々に寝てしまったが、こちらはまず救難《きゅうなん》を呼んだ。

何か、呼んだ先で、光太郎《こうたろう》とか言うのが他の侍女《じじょ》から無能呼ばわりされて反論していたが、

……みぐるしい……。

しみじみ思って、救難術式《じゅつしき》の呼び出しボタンを連打したら、やがてやってきた。

後はそのままだ。フロギストンハートの破損《はそん》に対する最良の手は休息《きゅうそく》。使役体《しえきたい》である自分も、破損はしていたのだろうが、

「……流石竜属《さすがりゅうぞく》。樹海の地脈《ちみゃく》で、大半は自己修復してるようですわね」

との事で、簡易治療《ちりょう》のみで済まされた。その相手、自分を逃がす一端《いったん》を担《にな》った朱雀《すざく》の主人は、今、どうしているかと言えば、

「――――」

足音が、病室の外から聞こえた。

彼女だ。

デカ夫は、朱雀の主人が病室の前から立ち去っていく音を聞いていた。

解《わか》る。

足音もだが、使役体の存在がこちらに伝わってくる。

朱雀。

鳥型の使役体としてはレアな存在。堀之《ほりの》内家《うち》に代々仕えるもので、自分の簡易治療をする際、表《おもて》に出てきたのが見えた。

それは主人の上で、完調である事を示すためにヒンズースクワットを始めたが、

……ほんとにとりなの……。

長年を生きた使役体は個性を強くすると言うが、それなのだろう、多分。

だが、朱雀の主人は、去って行った。

……うん。

気付いてみれば、部屋の中、普通の病室には無いものがあった。

花瓶《かびん》と花だ。多分、自分が目覚める前に彼女が置いていったもの。

足音が、ただ遠ざかっていく。

朝日が眩《まぶ》しいのは寝不足では無いと信じたい。

ハンターとしては、充分休んだつもりなのだ。何しろ、朝、第七工房《こうぼう》と呼ばれるパーティション式の工作室で目覚めた時、まだ屋上《おくじょう》で皆が酒盛《さかも》りをしていた。

タフだなあ、と思うが、

「お、行って来るのか」

「頑張《がんば》れよ」

「終わったらそっちの本土の話を少しはタフにしろよ」

と送り出されれば、自分も少しはタフになった気もする。

とりあえず正式な勝負。制服姿《せいふくすがた》で桟橋《さんばし》前に出てみれば、朝日が昇るところだ。

こっちの使役体《しえきたい》。ハリネズミ型のヘッジホッグは既《すで》に目覚めていて、毛繕《けづくろ》いに余念が無い。

術式陣《じゅつしきじん》の中で転がったりしているのを見ると和《なご》むが、

……ああ、帰ってきたら、貰《もら》った食材どうするかなあ。

皆、ぐでんぐでんだ。

あと、菓子《かし》類のウケはいいが、肉となるとちょっと好みがうるさい。特機科《とっきか》は自分達の作業の汚れは気にしないくせに、他からの汚れは〝穢《けが》れ〟とする魔女《まじょ》が多く、意外《いがい》に「調味料や脂《あぶら》の質」が問題となるのだ。そして大体、米国式《アメリカ》のスパイスに浸《つ》けてある肉はウケがよくない。

パイナップル入っていても大丈夫派《だいじょうぶは》への理解は厳《きび》しいが、そんなもんだ。だが、

「お」

風が変わったと、そう思った時、足音が響《ひび》いた。

後ろ。校舎《こうしゃ》の方から一つの影が来る。

「堀之内《ほりのうち》」

一人だ。だけど、

「独《ひと》りなの？」

問うた先、各務《かがみ》と言った彼女が、横にいない。

大体そうだろうと思っていたが、実際、目にすると残念を感じもする。

だが、不意《ふい》に堀之内が表情を変えた。彼女は、眉尻《まゆじり》を下げ、視線を逸《そ》らし、

「――独りでも充分。そのつもりでやってきていますわ」

●

そうですわよね、と堀之内は思った。

思い出すのは、母の事と、昨日《きのう》の事だ。

己《おのれ》は孤独《こどく》だ。

周囲、光太郎《こうたろう》や侍女《じじょ》達が付いていてくれる贅沢《ぜいたく》はあるが、失ったものがある。

あのような事を、他人に味わわせるつもりはない。それが自分の正義として胸を張って言える事だと、そう思うのだ。

そしてまた、昨日《きのう》、別の意味での独《ひと》りを己《おのれ》は自覚した。

各務《かがみ》とハンターの戦闘《せんとう》中、自分は一つ、試された。

ハンターが自分達の関係に対して、こう言ったのだ。こちらが、彼女達の戦闘に介入《かいにゅう》しない事について、

……私が、フレームを召喚《しょうかん》する訳《わけ》がない、と。

何故《なぜ》なら、ハンターが各務を倒せば、こちらはまた四位確定になるんだから、と。ハンターはそう言った。

違う。

自分はそれを否定しようとした。

何故なら、あの時、朱雀《すざく》は本調子では無かった。

そして、自分とて、初めは己が五位になっても仕方ないと、そう思っていたのだ。

そういった事を知らずに、こちらの不参加を卑怯《ひきょう》として扱わないで欲しかった。

理由はあったのだ。

しかし、各務がこう応じた。

「――それが現実なのだな？　この世界の」

その通りだ。

……だけど……。

だけど、何なのだろう。

私は違うと、そう言いたかったのか。

違うのは事実だ。だけど、言ってどうすると、そう感じたのだ。

私は違うというならば、そこで自分は参戦しなければならない。

だが、朱雀は本調子ではなく、五位でもいいと思っていた。

だから、違うと、そう言えなくなった。

しかし、各務はそれをどう受け取っただろうか。

自分が何も言えなかったのを見て、彼女は、こちらもこの世界の現実に準じていると、そう思った筈《はず》だ。各務に何かあっても、自分のランクを優先として見捨てる。それを結局、自分は是《ぜ》としたと、そう思われても仕方ない。

対する各務の方は、戦いを続行した。

気にするなと、そんな風《ふう》に言われている気がした。この世界の理《ことわり》ならば、当然なのだから気にするなと。

それは、彼女に甘えるという事だ。

違うと、そう言いたかった。

……しかし――。

堂々めぐりだ。

万全で戦いたいというのは、臆病だろうか。

結局、どうすればいいか解《わか》らず、任せてしまった。何しろ、各務《かがみ》の強さは知っている。だから後れを取る事は無いだろう、と。そういうつもりだったが、

……これも、今になって、記憶《きおく》の中に言い訳《わけ》を仕込んでいるのかもしれませんわね。

結果として、各務はマギノフレームを破壊《はかい》され、休息中《きゅうそく》だ。

学長が自分と彼女をユニット扱いとしたので、己《おのれ》はここにいる。

ある意味、ハンターの言う通りだ。

自分と各務はユニットだが、四位確定で、己がハンターと相対《あいたい》する。

こうなるのなら、昨日《きのう》、加勢《かせい》していた方が楽だった。だが、その思いもまた、

「全く」

下らない意地《いじ》だ。

自分は卑怯《ひきょう》になりたくない。それだけの事に、しがみついている。

だが、昨日、動くべきところで動かなかった。

各務に大きな負傷《ふしょう》が無かったからよかったものの、思った事はただ一つだ。

……下らない意地を振りかざした責任は、取らねばなりませんわ。

これもまた、下らない意地なのだろう。

卑怯で良かったではないか。それさえ認めれば、各務の事を思う事なく、自分の事として戦《せん》闘《とう》に臨めただろう。しかし、

……私が傷つけたようなものですものね。

彼女が勝っていたら、それはきっと、彼女と自分へのリターンになったと思う。そのくらい、鷹揚《おうよう》なのが各務のキャラだ。だったら自分も、

「勝ちますわ、貴女《あなた》に」

そして、勝利を各務に返そう。昨日の対応を謝った上で、そうしよう。

学長はユニットと言っているが、自分の中での割り切りが悪い。結果として卑怯であった事の清算《せいさん》としても、五位でいい。

そんな事を、昨夜《ゆうべ》考えていたのだ。だが、

「堀之内《ほりのうち》」

ハンターが、眉尻《まゆじり》を下げた顔で、こう言った。

「出来ればアンタには、ボク達三位までが争うのを、見守る役をして欲しい」

彼女は、仕方なさそうに微笑し、

「下の連中《れんちゅう》の壁役として。君達には動いて欲しいんだ」

「……何でですの？」

ああ、とハンターが朝日を横に浴びながら言葉を続ける。

「――ボクみたいなのは最後でいい。そういう事だよ」

●

ああ、と堀之内《ほりのうち》は思った。

自分に正義があるように、きっと、この人にもそれがあるのだ。

この人も、独《ひと》りなのだろう。ならば、

「……了承《りようしよう》出来ませんわね」

私と同じような思いは、誰《だれ》にもさせない。ハンターも同じだと、そう言うならば、不幸合戦《がつせん》にならないよう、気を付けた上で、

「――では」

微笑を交わし、手元などに戦術《せんじゆつ》指示《しじ》や各種加護《かご》展開の省略《しようりやく》プログラムを書いた術式陣《じゆつしきじん》を展開。

そして、

「ノーマルフレーム、召喚《しようかん》……！」

光太郎《こうたろう》は、堀之内の出場を見送った後、己《おのれ》の仕事についていた。

学長室だ。

主人たる堀之内からの荷物を、ここに届けに来た。

自分達の主人たる彼女の事が、気にならない訳《わけ》ではない。寧《むし》ろ、酷《ひど》く気になる。今朝《けさ》だって
侍女《じじょ》達までもが、

「御嬢様《おじょうさま》がもし敗北したら執事長《しつじちょう》のせいですからね……！」

「その時は、恨《うら》みます。恨み、晴らさせて下さい……！」

「御嬢様が勝てたら、御嬢様に感謝しましょうね執事長」

などと言い出すので、とりあえず訊《き》いてみた。

「……参考意見として聞きますが、御嬢様が勝ったら誰《だれ》の御陰《おかげ》ですか」

「それは御嬢様の実力です」

その回答には、中間管理職の不条理《ふじょうり》を感じたものだ。

……ですが、御嬢様が勝った時、〝それは私達のサポートのおかげです〟などと言い出さなくて良かったです。

そんな失礼《しつれい》を述べる侍女達がいたら、自分は実力を見せねばならなくなる。ええ、実力で、

そうではないと諭《さと》して説得《せっとく》を。攻撃力《こうげき》では勝てませんしね。

ともあれ堀之内《ほりのうち》家としては、主人を絶対的にサポートする。

その一方で、自分の主人は、為《な》すべきを為さない事を嫌《きら》うタイプだ。どのくらい嫌うかというと本気で嫌う。超嫌う。今回だって、各務《かがみ》とハンターとの遣《や》り取《と》りに引っ張られて憤《いきどお》っているのがよく解《わか》る。

きっと御《お》嬢様《じょうさま》は、昨日《きのう》、戦闘《せんとう》に参加したかったのだ。その過剰《かじょう》な責任感から。ええ。血の気が多い訳《わけ》ではなく。

だから執事《しつじ》の自分がいる。

主人の代理《だいり》。それが出来るのが己《おのれ》だ。

今日《きょう》、本来だったら主人が為していた事の内、こちらで出来る事は、こちらでする。

今、自分が運んで来た荷物は、応接テーブルの上にある。防湿《ぼうしつ》、防温の為されたハードケースだ。その表面には、術式陣《じゅつしきじん》で〝HSKK－四法印《しほういん》0329〟とあり、

「閣下《かっか》、御嬢様の研究所で作りました花の種《たね》、夏用の新作です。前の物は――」

「そちら、レポートが出来てますよ。うちの娘《こ》が頑張《がんば》ってくれて」

言われて見れば、手書き書類の詰まった箱が、やはりテーブルの上にある。いつの間に、と思ったが、ここは魔女《まじょ》の空間なのだ。いきなり物が現れたとしても、転移や隠蔽《いんぺい》、認識《にんしき》差異や、または超高速移動でそっと置いて戻るなど、いろいろな方法はある。

こちらとしては、箱を受け取るだけで良しとするべきだろう。

だが、段ボール箱を持ち上げ、中から夏の花の香りを得た瞬間《しゅんかん》だった。

「——あら」

学長が見上げた南の窓の外。空から低い轟音《ごうおん》が、二つ響《ひび》いて来た。

「……御嬢様達が、始めましたか」

「行かなくていいのですか？」

「今回は地上に被害《ひがい》を与えないよう、洋上、もしくは高空が戦場《せんじょう》となりますので。自分の足程度では追いつけません」

「あら、車の保険は下りたのですか？」

「代車《だいしゃ》です。——三回目なので次からは別に行ってくれと言われました」

「整備のしっかりした車も貴重《きちょう》ですからねえ」

笑って言った学長が、しかし窓の外から視線を外した。彼女は笑《え》みのまま、また響く遠雷《えんらい》のような音を背景にこちらに振り向き、

「音の聞き分けは出来ますか？」

「ええ。防御役《ぼうぎょ》ならば当然」

では、と学長が肩から力を抜く。

「堀之内さんは速射型《そくしゃ》だけど、ハンターさんは一撃必殺型《いちげきひっさつ》。但《ただ》しハンターさんの防御力が優れ

るとなると、少々、堀之内《ほりのうち》さんは難しい事になりますね」

「出来れば、中間に入るアタッカーがいてくれれば、と思うのですが」

そうですね、と学長が苦笑《くしょう》する。

「充代《みつよ》が、示唆《しさ》を与えたと思うのですけどねえ……」

「奥様は――」

と、応じようとした時だ。不意《ふい》に学長の姿《すがた》が揺らいだ。

咳《せ》き込まれる。

「閣下《かっか》……！」

駆《か》けつけようとして、抱えた箱をテーブルに置き直そうとする。だが、

「大丈夫《だいじょうぶ》ですよ」

こちらに突き出された制止の平手が、一瞬《いっしゅん》、透《す》けているように見えた。

だが、それは錯覚《さっかく》か。彼女は眉《まゆ》を立てた笑《え》みで、は、と一息《ひといき》を入れ、

「――大丈夫です。約束を果たすまで、それを見届けるまでは去りませんもの」

第十三章

『戦いは魔女の空』

熱烈歓迎神道砲撃

戦闘《せんとう》には、幾《いく》つかの機微《きび》があると堀之内《ほりのうち》は思っている。

場所は海上。浦賀《うらが》水道《すいどう》を南へ出て、十五キロ程。高度約三千メートルの空だ。日は出ており、早朝の軽い気温の上昇に合わせて雲が生まれつつあった。

海上の雲は、その底が平たい。

雲海《うんかい》の下、自分はハンターを追い、攻撃《こうげき》を撃《う》ち込んでいく。

……ここまでは上々……！

ハンターの主戦術《せんじゅつ》は近接系《けい》だ。彼女は姿勢制御《せいぎょ》術式《じゅつしき》を使用するため、空中であってもその攻撃が緩《ゆる》む訳《わけ》ではない。

が、空には、対比物や、地表という絶対的な床が無い。距離《きょり》感はもとより、走る際、床面が実在するのと、術式で設定するのでは挙動《きょどう》に大きな差が生じるだろう。

その一方で、今のハンターにとっては床＝術式なので、地上よりも踏み込みが完全安定した状態になっているのは確かだ。

動きは荒いが、一歩一歩にミスは無い。

それを理解の上で、こちらは追う。

朱竜胆《あけりんどう》の射撃《しゃげき》を、十数メートルの位置から連射《れんしゃ》して、

「く……！」

相手を封じる。そして、

……ノーマルフレームで決着《けっちゃく》を付けますわ……！

これが、自分の考える最適な戦術だ。

ハンターのマギノフレームは、強力な砲撃《ほうげき》と装甲《そうこう》。そして移動力を持つ。だが、ノーマルフレーム時は、装甲として強力だが、砲撃は近接用の杭打ち射出《パイルバンク》が危険なだけで、その出力を転用した副砲撃はあまり強くは無い。

また、空を駆《か》ける移動は可能だが、直線的にダッシュをするのでなければ、飛翔《ひしょう》系としては遅い。

対しこちらは、ノーマルフレーム時から連射や砲撃が可能で、移動力もある。装甲以外では、後れをとっているとは思えない。ならば、

……マギノフレームにさせなければ勝機はありますわ。

だが、それが解《わか》ったところで、どうするか。

少々、焦《あせ》る要因がある。

先程《さきほど》から、ハンターが東方向へと下がりながら、こちらの接近に合わせて攻撃を放ってくる。

対する自分は、幾度《いくど》か、カウンターで被弾《ひだん》をさせた。

直後にこちらは速度を落とし、距離を取る。相手に下手《へた》な突撃《とつげき》を許さぬよう、射撃で固め、

そしてまた前に出て行く。

この繰り返しで、ハンターを削《けず》ってはいる。

しかし手応《てごた》えが有り、相手に被弾《ひだん》させるたびに、朱雀《すざく》が奇声をあげるのがちょっと難。正《まさ》に怪鳥《けちょう》のような叫びで『ケチョオオオオオオ！』というが、コレ本当に朱雀というものですの一体。とりあえずミュートして射撃《しゃげき》に集中するが、気になるのは相手への被弾が、効いていないように見えると言う事だ。

……危険ですわね。

解《わか》るのだ。相手が、被弾によってフロギストンハートを加熱《かねつ》しているのが。

これはつまり、

「被弾ダメージと、加護《かご》による自然回復量を計算し、マギノフレーム展開に必要なだけの過熱《かねつ》を得ようとしている……？」

だとするとマズい。

フロギストンハートは〝意気《いき》〟だが、加熱量はテンションの質に左右される。

大事《だいじ》なのはギャップだ。

テンションが高くても、それが単なる自惚《うぬぼ》れや、平常心からの喜び、怒りであるならば、加熱量は少ない。

相手に抗《あらが》う時や、破損《はそん》状態で尚戦闘《なおせんとう》を望む時、フロギストンハートの加熱量は上がる。

逆境《ぎやつきよう》こそがハートを熱くする。

その意味では、ハンターの被弾が仕込みであるとしても、やはり彼女のフロギストンハートは多大な過熱を得ている筈《はず》だ。しかし、

……その場合でも、固めて封じるしかありませんものね……！

昨日《きのう》の各務《かがみ》との戦闘で、ハンターはマギノフレームへの高速過熱を行った。登場時からマギノフレームであったのも、彼女なりのフロギストンハート過熱技術があるという事だろう。

それがどのようなものかは解らないから、正式な相対《あいたい》によるランカー戦を望んだ。

正式な相対の場合、ランク変動なども完全確定して言い逃《のが》れ出来なくなるが、お互いのフロギストンハート過熱量などは規定《きてい》範囲から始められる。

その状態から、ハンターが即座《そくざ》にマギノフレームを展開しなかった辺り、彼女の高速展開などは仕込みがあると、そういう事だ。

それは封じた。

開始直後にマギノフレームで逃げられ、ケリを付けられるという事は無い。

だが、このまま過熱量を稼《かせ》がれてしまえば、結局は同じだ。

急がねば、と思う先で、

「気が散ってるよ、堀之内《ほりのうち》！」

構わない。連射して、離れぬようにして、回り込んでは撃《う》ち、

「――――」


相手が被弾《ひだん》する。このところのパターンがまた生じた。

だが、その射撃《しゃげき》を、ハンターが受けた。

防御《ぼうぎょ》ならば、今まで幾度《いくど》も見ていた。姿勢制御術式《せいぎょじゅつしき》を利用して、ヘッジホッグの装甲《そうこう》で受け、こちらの攻撃《こうげき》を完全に弾《はじ》き切るのだ。

違った。

ハンターが、こちらから見て左斜め下に吹っ飛んだのだ。

堪《こら》えが無い。あれは、

……姿勢制御術式を切った!?

●

……奇襲《きしゅう》はチャンスが一回切りってね……！

まずは被弾でフロギストンハートを加熱《かねつ》しつつ、堀之内《ほりのうち》の朱竜胆《あけりんどう》が放つ砲撃《ほうげき》を憶《おぼ》える。

無論《むろん》、防御はする。だが、身体《からだ》で覚えると当然のように早い。

だから想定《そうてい》量よりも被弾した。

その際のダメージは、フロギストンハートの過熱《かねつ》量を抑えてもいいから、姿勢制御術式でヘッジホッグから外に逃がす。が、……効くなあ……！

覚悟《かくご》をもって被弾するより、外に逃がすつもりで被弾した方が痛く感じるのは不思議《ふしぎ》だ。だが、それを繰り返す事で、ダメージの質が解《わか》った。

堀之内の攻撃は、貫通《かんつう》と衝撃《しょうげき》の合一《ごういつ》だ。

矢の形をしている弾体《だんたい》は、被弾の瞬間《しゅんかん》、徹甲弾《てっこうだん》のように装甲を貫通する。だが、貫通から相手の装甲内部に食い込んだ瞬間。運動力と強化術式による打撃《だげき》を相手の内部に浸透《しんとう》させる。

貫通では相手を突き抜けてしまうかもしれない。

衝撃では相手の装甲に阻《はば》まれるかもしれない。

その両方を叶《かな》えるため、放つ力は長くなる。

先端《せんたん》の貫通力と、後ろの衝撃力と。

それがための、矢の形だ。

弾丸《だんがん》や砲弾《ほうだん》ではない。巫女《みこ》型であるがためでもない。彼女が勝つために必要な形を求めたら、そうなったのだ。

「それで防御力より攻撃力全振りってんだから、シャレにならないね……！」

ヘッジホッグのマギノフレーム砲撃展開。あの状態から発されるスイングバイ式砲撃に、唯《ゆい》一《いつ》単純な力として比肩《ひけん》出来るのが、彼女の全力砲撃だろう。

欠点としては、やはり発射《はっしゃ》物であるため、初速を保つのが難しい事。スイングバイ式と違い、途中《とちゅう》の加速《かそく》や保持が無いため、ロングレンジではこちらが有利だ。

だが、それであっても、

……援護《えんご》無しの単体砲撃《ほうげき》で、これは——。

解《わか》る。

対、黒の魔女《まじょ》用だ。

地球へと降りてこようとするであろう黒の魔女を、地上側からの狙撃《そげき》で倒す。

ああ、本当、よく解る。

ロングレンジ。その利点は、自分が安全な状況から相手を撃《う》てるという、それだけではない。

護《まも》る物を背後に置いた時、ロングレンジの射手《しゃしゅ》は、自分の後ろに置いた全てを護る事が出来るのだ。

多くの魔女はその事に気付いている。

だが、ヘクセンナハトの出場は、ランカー戦の結果次第だ。

だから皆、魔女同士の戦いで勝利を収めるため、装甲《そうこう》や、移動力を身に付ける。射撃系《しゃげきけい》であっても、近接の攻撃《こうげき》手段を修めていく。

本来、黒の魔女を狙撃するだけだったら、それらは必要ないのに、だ。

しかし、今、自分の目の前にいるのは何だ。

飛翔《ひしょう》能力はあるとしても、装甲は軽微《けいび》で、近接攻撃としては補助武器《ぶき》としての流体刀《りゅうたいとう》くらい。

完全な、黒の魔女対抗《たいこう》作品として、この第四位は存在する。

一発一発が痛い。

でも、それだからこそ、ここで突き放す。

彼女のやり方では足りないと知らせ、負かす。完全に叩《たた》き潰《つぶ》して、もう、上を見ないようにして貰《もら》う。何故《なぜ》なら、

「こっちだって、護るものは後ろにいるんだよ……！」

●

ハンターは画策《かくさく》した。

今まで防御時《ぼうぎょじ》や被弾時《ひだん》に用いていた姿勢制御術式《せいぎょじゅつしき》を、その一発だけ切る。

食らった。

ヘッジホッグで受けるが、ダメージは逃がさない。左腕連結の装甲を、空に傾斜させて受ければ、

……右下……！

弾《はじ》かれるように宙《ちゅう》を飛んだ。

いきなりの挙動《きょどう》だ。これまで、こちらの防御を見て、手応《てごた》えを得ていた堀之内《ほりのうち》は、ついて来れないだろう。見失った筈《はず》。そう思いながら、頭上《ずじょう》に見る影に、

……行くよ……！

高速で、身を左右に振りながらこちらは空を駆《か》け上った。

ヘッジホッグは杭打ち状態《バンカー》で展開。マギノフレーム時の砲撃《ほうげき》と比較する事も出来ないが、近接攻撃《こうげき》としては相手の防護結界《ぼうごけっかい》も貫《つらぬ》き、そこからの逆浸透《しんとう》でフレームを破壊《はかい》出来る貫通打撃武《かんつうだげきぶ》器《き》だ。理屈《りくつ》としては堀之内《ほりのうち》の矢に似ているが、

「――――」

上昇する己《おのれ》の視界《しかい》の中に、あるものが見えた。

堀之内だ。

だが、頭上《ずじょう》方向にいる彼女が、こちらを見ていない。

彼女は、天上《てんじょう》を見上げていた。

早朝の、青とは言えない、まだ薄く黄色みがかった空。

中央には月が浮いている。

堀之内は月を見上げ、朱竜胆《あけりんどう》を、真上に向けていた。

月を射《い》る。姿勢としてはそのように見えて。彼女のパワーアームが、朱竜胆の弦《つる》に指を掛けて、更《さら》には、

「朱竜胆・射撃《しゃげき》用結界展開」

爪弾《つまび》きにも似た、弦の連弾《れんだん》が空に鳴った。

同時に、月を仰《あお》いだ巫女《みこ》の足下《あしもと》から、広大な天球《てんきゅう》が展開した。

それは弓《ゆみ》を下に向け、幾《いく》つも回した形。傘《かさ》の骨組みにも見える全ては、巫女の足下百八十度方位《ほうい》をカバーし、しかしある一つの事実を受け止めた。

爪弾きの音に対し、一発たりとて朱竜胆の加速路《かそくろ》から矢が飛んでいないのだ。

そして巫女は、更《さら》に一発だけ、強い響《ひび》きを鳴らした。

「——結界昇華《しょうか》」

言った瞬間《しゅんかん》。全ての行為が結実した。

彼女の展開した半球の結界から、百八十度方位全てに矢が放たれたのだ。

相手を見つけるまでも無い。

力任せの莫大《ばくだい》量射撃だった。


堀之内は、奇襲《きしゅう》が苦手《にがて》だ。

性格上、というのもあるが、自分がそれを不得手《ふえて》としていても、敵が使ってくるのは止められない。だから対処《たいしょ》をしたいが、防御《ぼうぎょ》力については割り切っている部分がある。

三矢《みつや》の盾《たて》とバリエーションもあるが、一番効果的なのは、やはり攻撃《こうげき》だ。

近寄れないと思い知らせるには、壁では駄目《だめ》だ。

壁は、取り付く事が出来る。

ならば、攻撃だ。

弾幕《だんまく》しか無い。

一斉《いっせい》の射撃《しゃげき》。それは幾《いく》つかの展開バリエーションが有り、連射《れんしゃ》からの多重化もその内に入る。

先日、各務《かがみ》相手に使用したのは、そういったタイプで、これは戦場《せんじょう》が流動的であり、敵がロングレンジでよく動く場合に用いられる。

今回は違う。相手の奇襲《きしゅう》は、その位置を明確とさせないもの。

だが、方向の大体は解《わか》るならば、

……その方位にぶち込むだけですわ。

時間があれば三百六十度方位も可能だが、敵の接近時間が読みにくいのと、相手が下に跳んだのは見えたので、警戒《けいかい》範囲にハンターが入るまでが結界構築《けっかいこうちく》の時間となった。

結果、百八十度方位。それだけの弾幕を放ち、

「どうですの……!?」

光の矢が、一斉に眼下《がんか》の空と海へと飛ぶ。

それらの光撃《こうげき》の向こう。確かに相手がいた。

回避《かいひ》か、防御か。その動きを見た上で、こちらはとどめの一撃《いちげき》を入れる。

朱竜胆《あけりんどう》を下に向け、弦《つる》を引き絞《しぼ》る。肩の朱雀《すざく》も絶好調でつまりミュート。

しかし視線を送る先。ハンターの動きが見えた。

相手は、防御も回避もしなかった。

宙《ちゅう》に立っていた。それも、こちらと向き合うような、水平立ちだ。

……あれは……。

何をするのかは見えていた。左腕《うで》のヘッジホッグは杭打ち射出展開《パイルバンク》になっている。彼女はそれを振りかぶり、

「お……！」

来た。宙をダッシュでこちらに駆《か》け上がってくる。

そして左腕のヘッジホッグをこちらに突き出し、

「……っ！」

何が生じるか予測した堀之内《ほりのうち》は、結果を待たずに射撃する。

●

ハンターは、堀之内の判断《はんだん》に感嘆《かんたん》した。

……追加砲撃《ほうげき》とは、無茶苦茶《むちゃくちゃ》攻撃的《こうげき》だね……！

こちらは今、弾幕《だんまく》を相手にしているのだ。

急がなければならない。まだ、弾幕が広がり切らず、矢がその力を絞《しぼ》り込んでいない間。

射出《しゃしゅつ》の結界《けっかい》が散って、まだ流体光《りゅうたいこう》の残っている時間帯。そこに、

「ヘッジホッグ……！」

杭《くい》打ちをぶち込んだ。

射出された杭は流体の槍《やり》だ。加速路《かそくろ》から突き出されるのは五メートルの超至近距離《しきんきょり》。だがこれは、その先端《せんたん》で何もかもを貫《つらぬ》き、衝撃《しょうげき》をぶち込む。

流体製であるがゆえに、

……流体の結界や、矢には浸透《しんとう》する！

結界の散り切っていない間。矢が完全に拡散していない間。そこにこれを叩《たた》き込めば、一体どうなるか。

「誘爆《ゆうばく》だ……！」

本来ならば、ここで槍を引き戻すが、それをしない。

槍をパージ。

直後、流体の槍の先に、ハンターは一つの技術を施した。

姿勢制御術式《せいぎょじゅつしき》だ。それは、結界部分に他の空間の〝面〟を同調させるもので、本来ならば

地表や、スイングバイ宛《あ》てとなる人工衛星《えいせい》などを設定する。だがここでは、

……この空域《くういき》そのものだ……！

眼前の虚空《こくう》を、結界で捉《とら》える事により、〝面〟とする。

それを貫き、槍が弾幕を穿《うが》った。

瞬間《しゅんかん》。左腕に伝わる手応《てごた》えが、明らかに肉質感のある〝面〟を貫通《かんつう》した。

矢と、それを結ぶ結界であった流体光を、槍が一つのものとして捉えたのだ。

結果として、こちらの打撃《だげき》は堀之内《ほりのうち》の矢全てに浸透。

刹那《せつな》のタイミングの後に、何もかもが爆発《ばくはつ》した。

拡散する直前だったのだ。力は光となりながらも百八十度の全域に散り、

「おお……」

ヘッジホッグ内部に新しい流体杭を成形しながら、ハンターは直上に跳んだ。

爆発と激音と散りゆく風鳴り。それら全てを下へと置き捨てながら、まずする事がある。

敵を目掛ける事は一義《いちぎ》。しかし、堀之内が、

……既《すで》にこちらを撃《う》ってる……！

そして弾幕の領域《りょういき》を抜けたと思った時。こちらの眼前にそれがあった。

堀之内の矢。限界まで引き絞った一撃《いちげき》が、命中軌道《めいちゅうきどう》で叩き込まれていたのだ。

堀之内《ほりのうち》は次の矢を番《つが》えていた。

反射的《はんしゃ》な行為だが、しかし、それが己《おのれ》の身を救った。

視界《しかい》の先。眼下《がんか》にいるハンターに、自分のベストショットと言える一撃《いちげき》をぶち込んだ。

至近《しきん》で命中軌道《めいちゅうきどう》。ノーマルフレーム状態としては、これ以上無い一発だった。

しかし、堀之内は知っている。

……私と同クラスなら、それを何とかしますわ……！

その通りだった。

完全に胸の中央に飛び込んで行った矢に対し、ハンターが反応したのだ。

直撃《ちょくげき》だった。

快音が響《ひび》き、ハンターのノーマルフォームが破砕《はさい》する。

カラテカ型。そのジャケットもスーツも、布のように見えて、しかし実体は流体《りゅうたい》だ。ゆえに全ては硝子《ガラス》が割れるように砕《くだ》けた瞬間《しゅんかん》、光の欠片《かけら》となって散る。

それだけではない。

デバイスのヘッジホッグも、その分割ラインから流体光を弾《はじ》き、破裂《はれつ》した。

砕いたのだ。

だが、自分は知っている。

今まで、この相手はこちらの攻撃《こうげき》を故意《こい》に受け、フロギストンハートを過熱《かねつ》していた事を。

そしてこの相手は、防御術《ぼうぎょじゅつ》として、被弾《ひだん》のダメージを恐らく術式《じゅつしき》で外に逃がせるのだと。

……だとしたら——。

こちらの矢は、相手の装甲《そうこう》を貫《つらぬ》き、ダメージを浸透《しんとう》させる。

だけど、その際、相手が自ら装甲を砕いたらどうなるか。

結果が見えた。

光の破砕の中で、ハンターが左手で宙《ちゅう》に摑《つか》む物がある。

ヘッジホッグ内部に装塡《そうてん》される光の杭《くい》だ。

あれがあるという事は、ハンターのノーマルフレームは完全破壊《はかい》されていない。今のこの状態は、

「修復……!?」

一瞬《いっしゅん》が連続した。初めは彼女の左腕《うで》。続いてヘッジホッグとの接続用パワーアームと、左肩。ジャケット、インナースーツ、逆腕とヘッジホッグの基部は同じタイミングだった。

そして最後、頭部のセンサーヘッドが確定し、光の飛沫《しぶき》と共に再確定。

「……蓄積《ちくせき》していた過熱を使用して、修復しましたのね!?」

「ああ、そうだよ。マギノフレームの展開は少し遅れるけど、充分な価値《かち》がある！」

何故《なぜ》なら、この距離《きより》でのノーマルフレームの再構成《こうせい》は、

「アンタに手が届く位置だよ！」

●

ハンターの攻撃《こうげき》は、ヘッジホッグによるシールドアタックだった。

内部の杭《くい》がまだ成形され切っていない。だが、一撃《いちげき》は確かに届き、

……入った……！

打撃《だげき》した。

ようやくの、ガードに対してだが、芯《しん》の入った命中《めいちゅう》だ。金属《きんぞく》が多重にぶつかる音がして、

「く」

と声をあげ、堀之内《ほりのうち》が下がる。

速い。後退なのにずるいなあ、と思うが仕方ない。彼女に速度があるのは、やはり朱雀《すざく》の使《し》役体《えきたい》を利用しているからだろう。だがこちらも、今回は追う立場だ。

宙《ちゅう》を駆《か》け、敵を追う。

射撃《しゃげき》が来た。だが、それは完全な〝当て気〟のあるものではない。こちらを牽制《けんせい》し、自分の態勢を立て直すためのものだ。つまり相手は本来の攻撃姿勢を取れていない。

こちらは違う。

ゆえに自分はこう言った。さっき言ったのと同じ台詞《せりふ》で、

「気が散ってるよ、堀之内……！」

●

落ち着きなさい、と堀之内は自分に言い聞かせた。

今、流れは向こうにある。こちらは苦手《にがて》な防御《ぼうぎょ》を強制されている状態だ。ここで焦《あせ》っても良い事は無い。耐えるだけでも駄目《だめ》だが、

……落ち着いて敵を阻《はば》み、対処《たいしょ》を……！

内心《ないしん》でそう呟《つぶや》いて、ふと、自分は思った。己《おのれ》には苦手がある、と。

それは近接戦と、防御。そして突撃力《とつげきりょく》。

これらの力を、もし今、ここで得られたら、勝てるだろう。

無論《むろん》それは、無理《むり》な話だ。何故なら、自分は万能では無いのだ。だが、

……代わりとなるアタッカーが、いてくれれば。

それが誰《だれ》の事か、解《わか》っている。しかし、

「……っ！」

無い物ねだりですわね、と堀之内は回避《かいひ》と後退の挙動《きょどう》にリズムを持とうとする。自分なりの流れを作る事は相手のペースを飲む事に繋《つな》がるし、戦場《せんじょう》の推移《すいい》を己に引き寄せる事にもなる。

勝たねばならない。何故《なぜ》なら、

「既《すで》に手助けは、得ていますのよ」

顔横にある術式陣《じゅつしきじん》。そこにあるのは、一つのレポートだった。

光太郎《こうたろう》から送られて来たそれは、各務《かがみ》の由来《ゆらい》によるものだ。

先夜、各務を回収《かいしゅう》してきた光太郎が、待っていた自分に差し出したもの。一見は光太郎や侍《じ》女《じょ》達がまとめてくれる対戦相手のレポートと同様だが、内容が違った。

書かれているのは、単に相手の戦力を知らせるものでは無い。相手との戦闘《せんとう》における実際。つまりは動作や反応の速度や流体消費量《りゅうたいしょうひ》、そして動きの癖《くせ》などを示したものだ。

「これは……」

先夜、内容の詳細《しょうさい》に驚く自分に対し、光太郎は頭を下げて言葉を作った。

「お恥《は》ずかしながら、自分達で製作出来た内容ではありません」

「だとすれば、これは、一体……？」

ええ、と彼は頭を下げたまま、胸に手を当てる。

「――戦闘の前、各務様から記録しておくように、と」

「何故？」

「ハンター様と御《お》嬢様《じょうさま》が戦闘する際、役に立つだろうから、撮《と》っておけと」

光太郎の即答《そくとう》は、各務の即答であったろう。

ここまでの戦闘。そして今の防戦においても、彼女を由来とする示唆《しさ》は活《い》きている。
そして息が整った。右足と左足、空中で振って挙動《きょどう》を安定させる。ハンターの攻撃《こうげき》は来ているが、
……今が機会《きかい》ですわ……！

●

堀之内《ほりのうち》は思った。ハンターは、フロギストンハートの過熱《かねつ》を、ノーマルフレームの作り直しに消費した筈《はず》だ、と。

元々彼女が、マギノフレーム構築《こうちく》に必要な過熱量を蓄《たくわ》えようとしていた事を考えると、今ここでノーマルフレームをリテークして生じた消費量はあまり大した影響《えいきょう》を持たない。

だが、と己《おのれ》は思う。今のハンターはまだマギノフレームを展開出来ませんのよ、と。

つまり現状、自分が攻撃側に回ったとしても、

……不用意な流体消費をしていない私の方が、先にマギノフレームを展開出来ますわ……！

立場が逆転した。

ハンターは、今、こちらを攻めるしかないのだ。

だが、こちらも、攻め気の彼女を防戦出来る程の防御力《ぼうぎょ》は無い。

ならば後は自分の立ち回り次第だ。ハンターの攻撃を凌《しの》ぎ、マギノフレームの展開に繋《つな》げる

かどうか。

下手《へた》をすれば、ハンター側がまた過熱量を蓄積《ちくせき》してマギノフレームを先に展開する。

「勝負ですわね……！」

意思《いし》を決めたタイミングで、ハンターが前に来た。見れば、既《すで》に彼女のヘッジホッグには光が蓄積されている。

流体《りゅうたい》の杭《くい》。

彼女も今、勝負に来たのだ。

第十四章

『そこに正義あり』

打撃されたならば
今こそなのだ

ハンターは、矢の一撃《いちげき》を見た。

正面からの一発だ。威力《いりょく》は全力では無いが、命中《めいちゅう》すればカウンターでこちらの装甲《そうこう》を破壊《はかい》し、突進を止めるだけの威力がある。

だが、この矢を避ければ、堀之内《ほりのうち》には近づけない。だからハンターは、ヘッジホッグを変形させた。杭《くい》打ち状態から、シールド状態に展開を戻し、

「根性――！」

装甲を傾斜で構え、自ら矢に激突《げきとつ》させた。

打撃《だげき》でカウンターを当てるような感覚だ。今までの戦闘《せんとう》で幾度《いくど》か行っている事で、訓練《くんれん》でも受け流しの技として憶《おぼ》えているが、

……この速度で前に出た事も、こんな攻撃馬鹿《こうげきばか》の一撃相手にやった事もないよ……！

感覚からすると、鍋蓋《なべぶた》で戦車砲撃《せんしゃほうげき》を受け流すものに近い。無論《むろん》、ヘッジホッグの装甲は厚いから、安心感はあるのだが、

「……わ！」

当たった。

衝撃《しょうげき》が、来る。こちらはほぼ水平に、上を跳ねさせたつもりだが、衝突音《しょうとつ》が響《ひび》き、

……押すねえ……！

打撃の余波が、思った以上にこちらを沈めに来た。

着弾時《ちやくだんじ》に削《けず》れた矢が、その衝突力をこちらに浸透《しんとう》させたのだ。腕が震え、身体《からだ》が前に倒れそうになる。

一瞬《いっしゅん》思ったのは、このまま下に回ろうかという事だった。だが、

……次の射撃結界《しゃげきけっかい》が出てる……!?

普通、結界は防御《ぼうぎょ》用か補助用だろうに、結界の外に攻撃するという斉射《せいしゃ》の術式《じゅつしき》が、彼女の足下《あしもと》から既《すで》に展開していた。

先程《さきほど》と同じように潜《もぐ》り込めばカウンターだ。だからハンターは、
沈み掛けた身体の下、胸の真下《ました》に姿勢制御《せいぎょ》術式を展開。それは足で踏むものではなく、

「行くよ……」

……打撃……！

右の拳《こぶし》で〝床〟を殴《なぐ》り、沈み掛けた上体を強引《ごういん》に跳ね上げた。

そのまま、攻撃を受けた左腕《うで》を置いていくように前に出れば、ヘッジホッグは自動的に振りかぶられる。

すると別の矢が来た。下の結界を作りながらの一発だ。これだけの威力をどういう速射《そくしゃ》だよ、と思うが、そういう相手だ。しかも顔面狙《ねら》いとか何考えてんの。

対するこちらは、顔横に姿勢制御術式《せいぎょじゅつしき》を展開。横への頭突《ずつ》きを入れて姿勢を軽くスキッド。

矢を頬横《ほおよこ》に通過させ、髪《かみ》が散るのを風に任せながら、

「ヘッジホッグ！」

放つのはシールドアタックだが、ヘッジホッグ後部の加速器《かそくき》がある。飛翔《ひしょう》補助などに使われ、マギノフレーム時のメインスラスターに転化するものだが、打撃《だげき》の加速としては、

「充分だよ……！」

●

ハンターは、堀之内《ほりのうち》が後退するのを見た。

そしてこちらに手を翳《かざ》し、

「三矢《みつや》……！」

三つの矢を重ねた防護障壁《ぼうごしょうへき》。それぞれ一本ずつの破壊《はかい》を要求されるものだが、

……防御転向《ぼうぎょ》かい！

「構わないさ！」

シールドアタックをぶち込んだ。

直後に、ヘッジホッグと腕を接続するマウント基部を操作《そうさ》。ヘッジホッグの反動を緩和《かんわ》するためのスライドレールを解除する。すると自分の身体《からだ》は、反動で前に出るため、

「二発目……」

右腕《うで》のパワーハンドをナックルとして、反動と踏み込みで叩《たた》き込んだ。

当たった。

空に光の飛沫《しぶき》が飛び、二本目の矢が砕《くだ》かれる。

後は簡単だ。左腕基部《きぶ》からヘッジホッグのスライドレールを固定すれば、ヘッジホッグはその全容を後ろ側へと振っている事になる。

あとはレールの固定を解除し、加速器でヘッジホッグを前に跳ばしながら、

「三発目の杭打ち射出《パイルバンク》……！」

●

三本目の矢が砕かれた瞬間《しゅんかん》。堀之内は動いた。

朱竜胆《あけりんどう》の弦《つる》。そのグリップ基部側から、流体弦《りゅうたいげん》の発射器《はっしゃき》をパージしたのだ。

……朱竜胆の、心臓《しんぞう》部ですのよね、これ……。

朱竜胆成形時、駆動系《くどうけい》の座《ざ》標芯《ひょうしん》として作り上げるのが、ここだ。

グリップの中心というだけではなく、そもそも、弦が無ければ弓《ゆみ》は射《う》てない。逆に言えば、流体弦がある限り、弓はぎりぎりの形で成形出来ていればいい。

ハンターの流体杭と同じだ。

今、流体弦《りゅうたいげん》が朱竜胆《あけりんどう》から消える。もはや朱竜胆は弓《ゆみ》として使えない。だが駆動系《くどうけい》が生きているので、なけなしの装甲《そうこう》を強化。破損《はそん》したその姿《すがた》を盾《たて》とする。

代わりに、流体弦発射器《はっしゃき》から放たれるのは流体刀《とう》だ。

弦の出力を短く、しかし強固にして作り上げた一刀《いっとう》だ。

非常時用の近接武器《ぶき》。一応の戦闘訓練《せんとうくんれん》はこなしている。

眼前では、先に放った三矢《みつや》が砕《くだ》かれ、流体の杭《くい》が宙《ちゅう》を穿《うが》っていた。このまま、ハンターが飛び込んでくるかどうか。そしてカウンターとしての準備が、意味をなすのか、

……この先は――。

堀之内《ほりのうち》が思った瞬間《しゅんかん》だった。

いきなり、流体刀と朱竜胆が、破砕《はさい》した。

「……は⁉」

おかしい。

ハンターの一撃《いちげき》は、まだこちらに届いていないのだ。それなのに、

「……甘いよ！」

ハンターの声に、見れば三矢の流体光が散っている。

それは周囲の空間に届いており、

……打撃《だげき》力を流体片に浸透《しんとう》させましたの⁉

先程《さきほど》、こちらの結界《けっかい》を破壊《はかい》したのと同じ理屈《りくつ》だ。相手の流体杭《ぐい》は、貫通《かんつう》と浸透打撃を目的として成形されている。それは自分の矢も同様だが、ハンターは姿勢制御術式《せいぎょじゅっしき》の〝面〟を同時に展開し、浸透範囲を広げる事で、

……広範囲の空間に、打撃を通せるんですのね……!?

その通りの事が生じた。

ハンターの流体杭が、三矢の散った光の霧《きり》を、更《さら》に深く貫《つらぬ》いた。

「ヘッジホッグ……!」

ハンターのデバイスが、その後部からスラスターの加速光《かそくこう》を破裂《はれつ》させた。

距離《きょり》七メートル。魔女《まじょ》にとっては至近《しきん》と言える位置関係で、広範囲展開した杭打ちの打撃が、こちらが盾《たて》としたデバイスを叩《たた》き割った。

朱竜胆が、その表面から破裂し、

「あ……!」

弓の形状が、中央から押し曲げられ、真《ま》っ二《ぷた》つに砕け散った。

●

ハンターは好機を逃《のが》さなかった。

前に出て、未《いま》だ砕き切れていない堀之内の朱竜胆を、

「右……！」

ヘッジホッグを振りかぶり直す動きに合わせ、逆の右パワーハンドで打撃《だげき》。

既《すで》に先程《さきほど》の一撃《いちげき》で、堀之内《ほりのうち》の身体《からだ》が浮いていた。

打撃音と流体光《りゅうたいこう》が散り、朱竜胆《あけりんどう》がなけなしの表面装甲《そうこう》だけでなく、中央の転輪《てんりん》部分までを崩壊《ほうかい》させる。

そして堀之内が、砕《くだ》けた刀と弓《ゆみ》を摑《つか》んだまま、吹っ飛んだ。

距離《きょり》が離れた、だが逃がさない。ここで決める。だからとどめは、

「ヘッジホッグ……！」

追い掛け、杭打ち射出《パイルバンク》を叩《たた》き込む。浸透《しんとう》打撃をもう一発入れれば、彼女のフレームは完全に破壊《はかい》出来るだろう。

「杭打ち射出の準備だよ！」

全開まで突き出していた流体杭を引き戻しながら、宙《ちゅう》を駆《か》け、叫んだ瞬間《しゅんかん》だ。

不意《ふい》に肩上《かたうえ》で術式陣《じゅつしきじん》が跳ね上がった。それは使役体《しえきたい》となっているハリネズミの慌《あわ》てた動きで、更《さら》には本部からの声が、

『ハンター代表！　下です！』

……下!?

急ぎ、身を捻《ひね》った。

何かは解《わか》らないが、こちらをモニタしている仲間の助言だ。ヘッジホッグを盾《たて》に、身を寄せるようにして、しかし前に行く速度は緩《ゆる》めない。だが、

「……え？」

自分はそれに気付いた。

下からだ。それは、先程《さきほど》堀之内が展開していた斉射《せいしゃ》の結界《けっかい》。下にあったがため、三矢《みつや》の破砕《はさい》に巻き込まれず、放置《ほうち》となっていたそれが、

……こちらを向いている……!?

半球状に展開していた結界が、今、散って崩《くず》れていく。その崩壊の流れが、しかし明らかにこちらを追うように上を向いていた。

否《いな》。だからどうしたというのだ。既《すで》に壊《こわ》れつつある結界だ。そして、あれを斉射するには、実際に弦《つる》を幾度《いくど》も連射《れんしゃ》する必要があった筈《はず》だ。ならば、

「まさか――」

思い出すべき違和《いわ》が、二つある。

まず第一に想起《そうき》するのは、先程こちらが突撃《とつげき》した際の事だ。何故《なぜ》、堀之内は三矢の盾を展開し、防御《ぼうぎょ》転向したのか。

自分が下に逃《のが》れず、攻撃《こうげき》結界が無駄《むだ》になったからか？

そして次に思い出すのは、彼女がこちらの顔面狙《ねら》いで一発を叩《たた》き込んで来た事だ。

……あれは——。

解《わか》る。

三矢《みつや》を立てたのは、下に視線を運ばせないため。

顔面狙《ねら》いで撃《う》ち込んで来たのは、こちらの視界《しかい》を奪《うば》った陰で、

……先に一発を放っていたな……!?

下の攻撃結界《こうげきけっかい》に仕込んだのだ。

崩壊《ほうかい》し、崩《くず》れた結界は、恐らく操作《そうさ》を受けている。流体弦《りゅうたいげん》の発生器を外しながら、朱竜胆《あけりんどう》を崩さず、駆動系《くどうけい》を動かしていたのがその証拠《しょうこ》だ。結界を朱竜胆に同期し、こちらに向けさせ、

「——」

見た先。破損《はそん》を受け、負傷《ふしょう》したまま吹っ飛んでいく堀之内《ほりのうち》がいる。

口元に、笑《え》みを浮かべていた。

直後。

「くそ……!」

真下《ました》から、砲撃《ほうげき》が来た。

砕《くだ》け散る攻撃結界から放たれた一発は、誘導術式《ゆうどうじゅつしき》の術式陣《じん》を通過。そのまま、

……ボク狙いじゃない!

貫通《かんつう》したのは、流体杭《ぐい》だった。引き戻し中の一撃《いちげき》に、垂直《すいちょく》方向からの貫通撃が入った。

それだけではない。

正面。堀之内が両の腕を広げた。

砕けかけた流体弦の発射器《はっしゃき》を左手に、改めて伸びる刃《やいば》を、しかし彼女は今こそ弦《つる》に戻し、

「奏上《そうじょう》……！」

●

ハンターは、大鈴《おおすず》の音《ね》を聞いた。

何が起きるかは解る。堀之内が、今の破損で、フロギストンハートを過熱《かねつ》し終えたのだ。

計算の上での被弾《ひだん》。防御力《ぼうぎょ》の無い彼女にとっては賭《か》けの行いだ。

だが、彼女はそれを完遂《かんすい》した。

今、自分の左腕《うで》の先では、ヘッジホッグの流体杭が爆発《ばくはつ》し、

「堀之内……！」

視界の中央で、あるものが組み上がっていく。

砕かれた朱竜胆を、更《さら》に上回る巨大《きょだい》な建造物。大鈴の乱打《らんだ》に似た音を重ねて作られるのは、
堀之内の両腕が結ぶ流体弦を基礎《きそ》とした駆動系と、

「マギノフレーム、朱竜胆……！」

全長五百メートルの大弓《おおゆみ》が、全体を成立させた瞬間《しゅんかん》。

こちらへの大砲撃《ほうげき》が炸裂《さくれつ》した。

●

至近距離《しきんきより》からのマギノフレーム主砲《しゅほう》の直撃《ちょくげき》。

爆発光《ばくはっこう》は流体《りゅうたい》の飛沫《しぶき》となり、破裂《はれつ》が怒濤《どとう》となった。風が生じ、朱竜胆《あけりんどう》上に立つ堀之内《ほりのうち》は、自分のマギノフォームが強く靡《なび》くのに眉《まゆ》をひそめた。

……随分《ずいぶん》と派手《はで》に行きましたわね。

流体の乱雲が、朱竜胆を包む。中では雷光現象《らいこうげんしょう》に似た流体反応の光が走っている。それらは分厚《ぶあつ》く、しかし朝の陽光《ようこう》に東から照らされ、薄黄色い光をこちらによこしてくる。

風と音、そして動きが無ければ、上質な絹《きぬ》に包まれているようだ。

だが、自分の視界《しかい》に、ある影が見えた。陽光を向こうから透《す》かす流体の乱雲の中に、

……影……!?

否《いな》。それは、影と言える程小さなものではない。

自分が今、立っている朱竜胆に匹敵《ひってき》する巨影《きょえい》は、

「ヘッジホッグ……!?」

左舷《さげん》側に、見たくも無いものが存在している。

形態は砲撃展開。今も構築《こうちく》中の全容の上には、ハンターがいる。

彼女もまた、己《おのれ》のフォームを構築中だった。息も荒く、

「堀之内……！」

急ぎ、退避《たいひ》をしようとするが、位置が悪い。

……弾《はじ》かれたのですわね……!?

直撃はした。だが、その際に、フロギストンハートの過熱《かねつ》を得たのだ。

ノーマルデバイスを盾《たて》として、しかし、どれだけの余裕《よゆう》が得られたというのだろう。

そしてマギノデバイスの展開順番を、彼女は間違えなかった。弾体《だんたい》を核《かく》として成形しながら、
恐らくは位置情報を確定するレドーム部分を成形した。

位置が解《わか》れば、米軍《べいぐん》側からのサポートが得られる。

彼女と仲間達の、無言《むごん》の連携《れんけい》が為《な》した事は一つだ。

直撃中のハンターを、一瞬《いっしゅん》のスイングバイ連動で退避させる。

早撃《はやう》ちのような判断《はんだん》だ。恐らく、退避方向も何も決めていないギャンブルの一手。

だがそれが、彼女を救った。

後はハンターの意気《いき》だ。あれだけの打撃《だげき》を目《ま》の当たりにして尚《なお》、仲間を信じ、勝利への思いを繋《つな》ぎ切った。

自分同様に、最大のギャップから獲得《かくとく》した過熱《かねつ》量は、彼女にマギノフレームを与えた。

これが上位ランカーだと、自分より上の位置にいる者だと、今更《いまさら》ながらに思い知る。

ヘッジホッグは加速《かそく》路《ろ》を優先とした展開中。既《すで》に弾体《だんたい》は後部に見えている。後はハンターが、

「ボクの……!」

朱竜胆《あけりんどう》の振り向きが、間に合わない。そして、

「ボクの勝ちだ……!」

●

砲撃《ほうげき》の瞬間《しゅんかん》。ハンターは一つの動きを見た。

突然の乱入。

自分と堀之内という、二つの魔女《まじょ》と、二つの巨影《きょえい》があったこの空に、

……これは——。

白と青の巨大《きょだい》な剣が、飛び込んで来たのだ。

砲撃は止めない。

超至近距離《しきんきょり》からの発射《はっしゃ》は、加速路などがまだ完全に出来ていない状態のもの。だが、装甲《そうこう》の

薄い朱竜胆を側面から穿《うが》つ事が可能だった筈《はず》だ。

しかし、硬質な音が響《ひび》いた。

空が鳴り、光が弾《はじ》け、弾体が宙《ちゅう》に砕《くだ》かれた。

大剣《たいけん》の装甲に、今回は阻《はば》まれたのだ。

青と白の巨影。マギノデバイスの持ち主と名は、

「各務《かがみ》・鏡《かがみ》、……ディカイナンタラ……!!」

●

堀之内は、肩上《かたうえ》の朱雀《すざく》が喜びの口笛《くちぶえ》を吹くまで、呆然《ぼうぜん》としていた。

はっとして、朱雀に視線を走らせ、

「な、何ですの今の口笛？　鳥の鳴き声じゃありませんでしたわよ？」

『クックドゥードゥルドゥ——ウウ』

鶏《にわとり》の鳴き真似《まね》を空々《そらぞら》しくする辺り、本当に朱雀なのだろうか。

だが、それどころではない。

正面。散る流体《りゅうたい》の乱雲の中、自分とハンターの間に突き立つものがあるのだ。あれは、

「ディカナンタラ……！」

「ディカイオシュネだよ、覚えの悪い子だね全く」

言う姿《すがた》が、大剣《たいけん》の柄頭《つかがしら》、弾体《だんたい》成形部の上にある。

各務《かがみ》だ。当然というようにマギノフォーム姿の聖騎士《せいきし》は、こちらに肩で振り向き、

「大丈夫《だいじょうぶ》だったかね？」

ええと、と頷《うなず》き、

「――満子《まんこ》」

「覚えが悪いのはどっちですの……!?」

第十五章

『そこに咎めあり』

二度目の出会いを
再会と言う

光太郎《こうたろう》は、学長室から退出しようとした足を止めていた。各務《かがみ》が戦場《せんじょう》に到着《とうちゃく》した事を、サポート中の侍女《じじょ》達からの報告で知ったのだ。

……全く、見事なものです。

彼女が戦場に向かった事は、既《すで》に知っていた。何故《なぜ》なら、

「閣下《かっか》、その書類は……」

学長のデスクの上に数枚の資料が並べられている。入学申請《しんせい》と、受領《じゅりょう》の手続き書類だ。そして内容は、学長が苦笑《くしょう》で言うには、

「ええ、まあ……、馬鹿《ばか》な子ですねえ。だってほら、見なさいな」

彼女が指で押す紙は、制服《せいふく》の購入《こうにゅう》明細だ。

「──救いに行くのに、〝正式に生徒になっておかねばなるまい〟って、制服の採寸《さいすん》まで済ませてから出て行くんですから」

空、先程《さきほど》とは桁《けた》の違う音が、鳴動《めいどう》として響《ひび》いてくる。窓硝子《まどガラス》が震動《しんどう》し、天井《てんじょう》が軋《きし》みを上げているような大音を聞きながら、学長が言った。

「いいですねえ。──楽しそうで」

堀之内《ほりのうち》は問う。疑問を投げる。その相手は、視線の先にいて、

「各務」

どういう答えが来るか解《わか》らない。そこに不安はあるが、

「――どうしてですの⁉」

どうして、ここに来たのか。

……昨日《きのう》、戦闘《せんとう》不参加の態度を見せた自分を、どうして貴女《あなた》は救いに来ましたの。

そんなつもりで放った疑問詞に、聖騎士《せいきし》が腕を組んだ。そして彼女は、ふむ、と言い、

「簡単だよ、堀之内君。君らの戦闘、やたら流れ弾《だま》が多かったからね」

……流れ弾？

何か話が違う、と思うが、各務は止まらない。遠く、東の方に視線を飛ばし、

「戦場に後から駆けつける手前、〝君達の苦労を私も解らねば〟と、テンション上げてノーマルフレームで被弾《ひだん》していたら、変身ゲージが溜《た》まってしまった」

……変態自慢《へんたいじまん》が始まりましたわ――‼

そういう事を聞いていたのではない。

正直言えば、ハンターも各務も自分にとっては変人の範疇《はんちゅう》なので、マギノフレームへの移行

はどうとでもするだろうと思っている。

だが、今の問いで求めた答えは、そうではない。

「……では〝どうして〟ではなく」

前置きして、改めて問う。疑問の言葉も、意味を違《たが》えぬように、

「──〝何故《なぜ》〟、ですの?」

「ああ、当然だよ堀之内《ほりのうち》君」

そういう事か、という口調《くちょう》で、各務《かがみ》が応じた。

「──君は先日の桟橋《さんばし》で、自分の話を聞いて信じて、表見《おもてみ》では不機嫌《ふきげん》なれど、自分を心配してくれた」

……あれは──。

そういう感情が、働いていたかどうか、記憶《きおく》に定かではない。だが、

……当然ではありませんの?

無茶《むちゃ》を超えて、幾度《いくど》の失敗と、破滅《はめつ》を見届けて来た異世界の住人。その使命は、実の肉親である妹を殺してでも止める事だと、彼女は言った。

彼女の言動の裏付けとして、その力を知っている以上、信じるしかない。そして彼女の身になってみれば、心配するのは当然の事だ。だが、

「私は──」

そんな事、貴女《あなた》に言わなかった。

言うよりも明確に態度として出したのは、貴女を助けなかったという事実だけ。

卑怯《ひきょう》を示したというのが、あの時の自分だというのに。そんな事よりも、

「こちらへの心配」

各務が言った。

「――それに気付かぬ自分ではない」

そして、

「聞かせて貰《もら》った君の話」

光太郎《こうたろう》が教えたのだ。自分と母に、十年前、何があったのかを。だから、

「自分は君を哀《かな》しませた責任をとらねばならない」

「別に、私は……！」

「くどい」

各務が、こちらの敵へと身を向けた。

遮蔽《しゃへい》として立つ大剣《たいけん》の上で、彼女はこう言った。

「――自分にとって、どうであるか、なのだ」

さて、と各務《かがみ》はハンターを見た。

マギノフレームとしての完全体を見るのは初めてだ。何だか戦闘機《せんとうき》っぽくて格好《かっこ》いいではないかね。なかなか出来るな米国《アメリカ》。

「――フフ、どうするかねハンター君」

「怪我《けが》人が一人増えたからって、どうなるってもんでもないと思うよ？　――やる気？」

「やるとも」

ディカイオシュネの姿勢を水平に。

ハンターのマギノデバイス。後部側に光が見えるのは、スラスターの準備か。

……ここからは、高速の戦闘だな。

自分の方も、メインスラスターを展開しながら、各務は言った。

「堀之内《ほりのうち》君」

いい人だ。自分の過去の話。与太《よた》に聞こえる本当の話を、彼女は信じてくれた。ならば、

「――堀之内君。自分の言った事を信じられるなら」

頼む、までもないか。

「――今の自分も、信じて欲しい」

光太郎《こうたろう》は、代車《だいしゃ》を駆《か》って東京湾《とうきょうわん》を北へと回っていた。

目的地は千葉《ちば》、砕《くだ》かれた房総《ぼうそう》半島だ。

廃墟《はいきょ》と化した地域《ちいき》が多いが、ここが日本本土の〝南東〟として有意な場所である事に変わりはない。

……先日は、東側の手空《てす》きを狙《ねら》われ、砲弾《ほうだん》の通過を許しました。

今、車の中には通信機材《きざい》や術式《じゅつしき》強化用のデバイス類が積んである。つまり自分が出向く事で、本土における検知《けんち》や知覚の穴は大体埋まる。そして本部からは、

『執事長《しつじちょう》！　現在、御嬢様《おじょうさま》は米国西百二十キロの地点にて時速二百七十キロで東行！　しかし敵ランク3と、パートナーの反応が、それを超える速度で御嬢様から離脱《りだつ》、米国上空に入ります！』

マズいですね、というのが自分の感想だ。

……おそらくハンター氏は、スイングバイ式移動を行うための起点《きてん》に向かっています。

正直、手の付けられない速度の移動術だ。欠点としては、それを行うには、足がかりとなる人工衛星《えいせい》を捕捉《ほそく》しなければならないという事で、

……移動時の安全と確度を高めるため、座標《ざひょう》はなるべく等しくしないといけない。

結構《けっこう》、アバウトさは排除《はいじょ》されているのだろう。

だから、連続して乗り継《つ》げる時もあれば、全く捕《つか》まらない時もある。今が後者だ。

各務《かがみ》もそれが解《わか》っているから追随《ついずい》して、起点《きてん》へ到達《とうたつ》する軌道《きどう》をズラそうとする。

本部からの情報で、三人の移動経路《けいろ》が術式陣《じゅつしきじん》に映されている。既《すで》に米国《アメリカ》西海岸に到達した三人の内、ハンターと各務が前に強く出始めた。しかしハンターの軌道が、時折《ときおり》に揺れている。

「各務様が、あの重装甲《じゅうそうこう》と勝負をしているのですか」

型後れの聖騎士《せいきし》型。シングル。それを駆《か》って、最新鋭の米軍《べいぐん》つきとやり合うとは、

……一体、今まで、どれだけの戦場《せんじょう》をくぐり抜けてきた方ですか。

そして今、崩壊《ほうかい》した道をアドリブで越えていく自分の口元には笑《え》みがある。

学長の言った通りだ。

楽しいですね。何故《なぜ》なら、

「──本部、了解《りょうかい》」

現状の流れの把握《はあく》と理解として、己《おのれ》は本部地下の支援《しえん》基地で働く侍女《じじょ》達に声を送った。

「御嬢様《おじょうさま》のパートナーの名を〝各務様〟に変更《へんこう》。これから長い付き合いになる筈《はず》なので」

了解、という声と共に、術式陣内の表記が変更された。

それを確認《かくにん》の上で、自分は追加の指示《しじ》を出す。向こうが米軍の支援《しえん》を受けているなら、

「──お互いの位置を、グループの企業衛星《きぎょうえいせい》か、各国の観測所から測距《そっきょ》。米国がその戦力で

相手をフォローするというならば……」

自分達が為《な》す事は、戦力にはならないが、

「こちらは、堀之内《ほりのうち》グループで、地球全土からのフォローをします」

●

『各務！　うちの方から、バックアップが来ましたので、そちらに送りますわ！』

術式陣からの通信に、各務は頷《うなず》いた。

見れば米国西海岸から中央方面への概略図《がいりやくず》と、こちらの軌道。そして、

……可能な限り発見した人工衛星の軌道か……！

「見事なグループだね。堀之内君」

『戦力ではありませんけど、うちのグループはIZUMO系列と組み、神道《しんとう》主体で世界各地に商業網《もう》などを広げていますの。だから術式以外の観測、軌道予測など、地表上空であるならば米国側よりも有利に進められる場合もありますわ！』

これは有り難い、と呟《つぶや》きながら、各務は砲撃《ほうげき》を重ねた。

副砲《ふくほう》だ。

現在、ハンターのマギノデバイスと自分のディカイオシュネは、音速を超えた状態での高速戦闘《せんとう》を開始している。

お互いに主砲《しゅほう》を展開している暇《ひま》はない。こちらが副砲《ふくほう》から放つのは追尾性《ついび》の高い光線撃《げき》だ。

青白い光のラインは、宙《ちゅう》を大きく回って、殴《なぐ》りつけるような軌道《きどう》でハンターを追う。

対するハンターは、その副砲から多量の砲弾《ほうだん》をばらまいてくる。

これがまた、速度としては遅いが、それゆえに障害物《しょうがいぶつ》として厄介《やっかい》だ。

だからこちらは術式陣《じゅつしきじん》を広げ、一斉《いっせい》に弾幕《だんまく》を認識《にんしき》。それら全てを、追尾の光条《こうじょう》で薙《な》ぎ払い、
相手への一撃《いちげき》を狙《ねら》う。

するとハンターが、防御《ぼうぎょ》として、または攻撃《こうげき》として、時間差を含んだ多量の弾幕と、狙撃《そげき》の
ような連射《れんしゃ》をこちらに送ってくる。

穿《うが》ち、突き刺し、牽制《けんせい》しては距離《きょり》を取り合う。

自分の武器《ぶき》は正確で強力だが、数が少ない。

ハンターの武器は数が多いが、威力《いりょく》に優れない。

両者はいい位置を取ろうとして、回り込み、時には激突《げきとつ》して、また距離を離す。

各務《かがみ》から見て、賞賛《しょうさん》すべきはハンターのアドリブだ。

あれだけの重装甲《じゅうそうこう》を動かしながら、明確な被弾《ひだん》がない。攻撃、特に突撃《とつげき》に慣れているので
防御が不得手《ふえて》かと思えば、存外《ぞんがい》に最低限の回避《かいひ》で逃《のが》れていくのだ。

「出来るねハンター君……！」

ああ、と衝突《しょうとつ》から火花《ひばな》を散らし、加速《かそく》で離れていくハンターが叫んだ。

「米国《アメリカ》のフォローは砲撃《ほうげき》用だけじゃないよ！　回避機動《きどう》なんかにも用いられるんだから！」

　では、と追いすがり、弾幕を乗り越えるようにディカイオシュネを機動させながら、こちらは問いかけを叫んだ。

「それだけの力、何故《なぜ》、皆に貸そうとしない!?　米国は、世界の警察ではなかったのか!?」

　だったら、とハンターが叫んだ。正面にあった朝の雲を抜け、こちらの砲撃を砕《くだ》いた砲弾の光を浴びながら、彼女は右の腕を眼下《がんか》に振った。

「だったら、これを見てみなよ……！」

●

　砲撃の応酬《おうしゅう》と、回避機動の跳ね上げを行いながら、一瞬《いっしゅん》の風の中で各務は見た。

　地上。そこには米国西海岸からの大都市と、グランドキャニオンと呼ばれる自然の偉容《いよう》が連なっている筈《はず》だった。

　違った。

　……これは――。

　弾幕を強引《ごういん》に下に抜け、しかし即座《そくざ》に上昇して、各務は上からの視点を得る。

　破壊《はかい》だった。

　都市には直径《ちょっけい》数キロの穴が開き、グランドキャニオンと呼ばれた地形の多くは崩《くず》され、子供が崩《くず》した砂場の城《しろ》のようになっている。

特に酷《ひど》いのが、直径《ちょっけい》一キロ程のクレーターが、東西を結ぶように幾《いく》つも点在している事だ。

それは遠く、南北にも同様であるらしく、

「解《わか》るかい？」

ハンターが横に来た。問うように、全長五百メートルのデバイスを激突《げきとつ》させてきて、

「――十年前のヘクセンナハトの被害《ひがい》さ！　黒の魔女《まじょ》の力は、封印《ふういん》外にも漏《も》れてね」

つまり、という間に、また廃墟《はいきょ》があった。

米国《アメリカ》の中央側、工業都市として知られた一帯が、穿《うが》ちの連続を示すだけのものとなっている。

「――つまり、大国《たいこく》はもはや、大国たり得ない」

●

堀之内《ほりのうち》は、空を飛翔《ひしょう》し、二人の戦闘《せんとう》から引き離されつつあった。

だが、堀之内は、ハンターの声を聞いた。

『十年前だ。――優良な魔女達は殺され、力を失い――』

だから、

『だから米国は決めたんだ。世界の警察、最大の軍事力を持つ国家だった責任として、全ての始末《しまつ》を自分達で付けてやろうって』

聞いた。

『解るかい⁉』

右舷《うげん》側、強力な光が突き抜けていった。

砲撃《ほうげき》展開していないヘッジホッグが、主砲《しゅほう》を流体砲《りゅうたい》として撃《う》ったのだろう。遠く東の空に、幾《いく》つもの光点が連鎖《れんさ》するのは、各務《かがみ》の副砲撃が今ので掻《か》き消された光に違いない。

強力にして強大な戦力だ。だが、

『解るかい……⁉』

ハンターの声が、迫るように自分には聞こえた。

『ボクの父《とう》さんは、飛行機乗りでね。空を飛ぶのが好きだった。だけど――』

だけど、という言葉の先を、聞きたくないと思ったのは何故《なぜ》だろう。だが、

『だけど、――十年前に行方《ゆくえ》知れずになったよ』

同じですわ、と自分は思った。

同じ思いで、戦っている、と。

●

ああ、そうだ、とハンターは思った。

きっと皆、同じだ。同じ思いだ。

「だからボクは、魔女《まじょ》になった。そして、空を飛んだよ」

そうしなければならなかった。何故《なぜ》なら、

「そうすれば、父《とう》さんと同じものが見えるかな、って。だけど、そこで見たのは——」

ああ、今も見える。この砲撃《ほうげき》と速度の下。眼下《がんか》に広がっているのは、

「この破壊《はかい》された大地《だいち》だ‼」

そして、

「空にはずっと月があるんだ！」

激突《げきとつ》する。火花《ひばな》が散り、震動《しんどう》が来る。だが、背後からこちらを見据《みす》える視線に、自分は一《いっ》
瞬《しゅん》息を詰めながら、こう叫んだ。

「だからボクも、決めたんだ……！」

「何を、だね？」

ああ、と激突と押しつけと、擦過《さっか》の中で自分は応じる。

「——こんな思いは、もう、ボクだけで全部止めてやる、ってね」

言った。

そして己《おのれ》は見た。

言葉を投げかけた先、各務《かがみ》が一度肩から力を抜き、

「…………」

俯《うつむ》き気味《ぎみ》に、彼女はこう言ったのだ。

「……馬鹿者《ばかもの》」

●

各務の告げた一言《ひとこと》に、堀之内《ほりのうち》は視線を上げた。

……違う。

何もかも、同じ思いかと思えば、そうではない人がそこにいる。

そうですわね、と感じる理由は、ただ一つだ。

彼女は、この世界の住人ではない。

だからきっと、彼女は間違っていて、正しいのだ。

傍《はた》から見れば、自分達のこの争いや、意地《いじ》などは、彼女の言う通りで、だから、

『――有り難う』

ハンターが、小さく告げたのを、自分は聞いた。

……貴女《あなた》……。

いろいろ、言いたい事がある。今、己はそう思った。この相手と、話し合い、意思《いし》を交わしたい、と。そして、共に行けるならば、

「――各務」

幾《いく》つもの思いを重ねて、自分は言う。相手が如何《いか》に強大であろうとも、

「勝ちますわよ……！」

●

簡単に言うものだね、と各務《かがみ》は堀之内《ほりのうち》の言葉に苦笑《くしよう》する。

だが、同意だ。この相手には、勝たねばならない。しかし、

「……何⁉」

いきなり、衝撃《しようげき》が来た。これまで激突《げきとつ》からの押しのけを望んでいたハンターが、いきなり自分から距離《きより》を取ったのだ。そして前に出て、強引《ごういん》に、

「主砲《しゆほう》か……⁉」

空気抵抗《ていこう》任せに、ハンターのデバイスが強引な宙《ちゆうがえ》返りで半回転。背面《はいめん》飛行になった姿《すがた》で、至近《しきん》からの正面突撃《とつげき》を狙《ねら》ってきたのだ。

強引過ぎる。このままだと、衝突《しようとつ》してもこちらを砕《くだ》くだけの速度はあるまいに、

……どういう意図《いと》かね……⁉

急ぎ、こちらはディカイオシュネを砲撃《ほうげき》展開にシフト。弾体《だんたい》成形は出来ている。ならば、

「砲撃……！」

轟音《ごうおん》が生じ、光が炸裂《さくれつ》した。

当たれば良い。当たらなくても、装甲《そうこう》を削《けず》り、

……進路は外れたか⁉

ハンターのデバイスが、機動《きどう》をこちらの下に振る。

こちらは即座《そくざ》に副砲《ふくほう》を展開。緩《ゆる》やかなすれ違いの中で、下へと向けて連射撃《れんしゃげき》を敢行《かんこう》する。

応じるように向こうも副砲を全開、超至近での、

「おお……！」

光爆《こうばく》と衝撃がお互いの間に炸裂した。

その瞬間《しゅんかん》だった。各務は、敵の真の狙《ねら》いを知った。

衝撃で揺れるディカイオシュネの上に、空からハンターが舞い降りたのだ。

●

ハンターの狙いは一つだった。

……強引にでも突き放すよ……！

各務のデバイスは強固だ。副砲や、甘い主砲撃ではどうにもならない。そして彼女は、スイングバイ移動の起点《きてん》が何処《どこ》かを理解しており、こちらを近づかせないようにしている。

このままを続ければ、お互いは疲弊《ひへい》し、やがてこちらは無傷に近い堀之内に対し、不利となるだろう。

だから、飛び込む。

命令指示《しじ》を与えて突っ走らせたマギノデバイスから飛び降り、各務《かがみ》のデバイス上を走り、

「貰《もら》うよ……！」

急ぎ、ノーマルデバイスを防御《ぼうぎょ》に構えた各務を、その大剣《たいけん》ごと打撃《だげき》する。

左腕《うで》の先。ヘッジホッグの杭打ち射出《パイルバンク》は構えられている。後は低くから入り、足を踏み込み、腰の回転をベースとして、

……打ち上げる！

打撃は、盾《たて》として構えられた各務のノーマルデバイスを、そのままクリーンヒットした。浮かせた。

手応《てごた》えが来た、と思った直後。

「く……！」

声と共に、眼前から各務の姿《すがた》が消えた。

ヘッジホッグの直撃《ちょくげき》によって高速で吹き飛ばされ、大剣の鍔《つば》へと激突《げきとつ》したのだ。

轟音《ごうおん》が響《ひび》き、着弾《ちゃくだん》位置から煙が上がり、五百メートルのデバイスが揺れる。

だが、構わない。自分はただ、撃《う》ち込んだ勢いを消さず、そのまま疾走《しっそう》し、

「――――」

眼下《がんか》を通過するヘッジホッグへと、跳躍《ちょうやく》した。

各務《かがみ》は、直撃《ちょくげき》したディカイオシュネの鍔《つば》から身を剝《は》がしながら、賞賛《しょうさん》と焦《あせ》りを感じていた。

褒《ほ》めるべきは、ハンターの戦術《せんじゅつ》だ。近接系《けい》というのは解《わか》っていたが、まさか、

……マギノフレームを飛び降りて、接近戦を挑《いど》んでくるとは。

まだまだ自分も頭が固い。今度機会《きかい》があったらやろう。だが、

「ハンター君……！」

振り返る背後、ハンターのマギノデバイスが身を捻《ひね》っていた。

こちらに向けているのは、主砲《しゅほう》だ。

砲口《ほうこう》には光が宿っている。

撃《う》たれるのは必定《ひつじょう》。だが、中途半端《ちゅうとはんぱ》な砲撃《ほうげき》では、こちらを砕《くだ》く事など出来ない。そしてまた、進行方向に向けて大砲《たいほう》を撃てば、速度は落ちるというのに、

……ならば――。

と急ぎ見た術式陣《じゅつしきじん》に、全ての答えがあった。

スイングバイ移動の起点《きてん》が、すぐそこにあるのだ。だから、

「――さよなら」

ハンターの声と共に、砲撃が来た。

「……っ！」

衝撃《しょうげき》にディカイオシュネが揺れ、軌道《きどう》をずらす。その直後、不意《ふい》に風が起きた。

ハンターのマギノデバイスが、衛星《えいせい》軌道の速度に乗ったのだ。

●

陰りのある高速移動。風も何も、ヘッジホッグの防御加護《ぼうぎょかご》で弾《はじ》かれる飛翔《ひしょう》の中で、ハンターは呟《つぶや》いた。

「やっちゃったな……」

頭の中に、各務に言われた小さな叱責《しっせき》が残っている。

……馬鹿者《ばかもの》、か。

それを言うなら堀之内《ほりのうち》だって同じだろうに、と、そんな事を思うが、

「決別したんだ、今。それに――」

周囲に展開している術式陣の中。通信用のものを引き寄せて、己《おのれ》は一息《ひといき》。前だけを見て、

「本部。――勝負は堀之内だけという指定だから、堀之内を狙《ねら》うよ。……彼女は今、ブラジル上空？」

じゃあ丁度《ちょうど》良い。今のスイングバイの方向から言って、これは面白い事になる。

「――こちらは日本沿岸にまで戻る」

ここから、こっちを見失って動けない堀之内《ほりのうち》を狙《ねら》うと、どうなるか。

「ああ、……地球半周分の狙撃《そげき》を行おうか」

●

堀之内は、ハンターの位置情報がロストしたとの報告を受け、急ぎ朱竜胆《あけりんどう》の軌道《きどう》をズラす事にした。行き先はとりあえず南の洋上とし、都市部への被害《ひがい》が無いようにしておく。

何しろ自分達の位置も、向こうには知られているのだ。このまままっすぐ移動していては、良い的《まと》でしかないだろう。だが、

「何処《どこ》に……」

『御嬢様《おじょうさま》、敵の捕捉《ほそく》が可能となりそうです』

「既《すで》にこちらは見つかっているのでしょう？」

下手《へた》をすると、既に遠方から敵の砲撃《ほうげき》が行われている可能性がある。ならば、砲撃も、迎撃《げいげき》も、

「間に合いますの？」

『ええ、そのために——』

光太郎《こうたろう》の声が鋭く響《ひび》いた。いいですか、と前置きを付け、

『——御嬢様には力を貸して頂《いただ》きたく思います』

第十六章

『ならばどうする』

――解ってるんだ

ハンターにとって、砲撃《ほうげき》は一瞬《いっしゅん》だった。

日本の南。洋上。

神道産土《しんとううぶすな》の検知《けんち》を避ける位置は、第七艦隊麾下《かんたいきか》のサイレントサービスが探し出していた。

だから自分はそこに位置し、上空を通過するスイングバイ元の衛星《えいせい》に合わせ、ただ砲撃を指示《しじ》した。

それだけだった。

爆圧《ばくあつ》が宙《ちゅう》を撃《う》ち、砲弾《ほうだん》は風をスキップするように三度程突き抜け、東へと飛んだ。

誘導《ゆうどう》に関しては、仲間達に任せてある。堀之内《ほりのうち》の位置は解《わか》っているのだ。精密《せいみつ》誘導で彼女を狙《ねら》い、一瞬《いっしゅん》で穿《うが》つだろう。

各務《かがみ》の時とは違い、堀之内のマギノフレームではダメージを逃がせない。

だから勝ちだ。

大体、砲弾を防御《ぼうぎょ》しようにも異国《いこく》の洋上だ。こちらの位置が解っていない。頼みの堀之内グループは広い展開をしているが、洋上にまではまだ手が広がっていない筈《はず》だ。陸上ならばともかく、洋上は彼女にとって鬼門《きもん》だろうに。

砲弾の速度は速く、見えた瞬間《しゅんかん》には終わっている。

砲撃が飛来《ひらい》する方角が解らなければ、もう終わりなのだ。

「だとすると、着弾《ちゃくだん》待ちか」

一息《ひといき》を吐いていいものかどうか。だが、朝日は既《すで》に未明《みめい》では無く、早朝を示す高さに上がっている。

そして日の光を追うように日本を望遠術式《ぼうえんじゅつしき》で見てみれば、

「あーあ……」

ここからでも見える富士山《ふじさん》の麓《ふもと》が、大きく黒く抉《えぐ》れている。自分の砲撃を各務が食らった時に生じた結果だ。

メゲる。

黒の魔女《まじょ》と同じ事をやってしまったな、という事に、ハンターは反省。その一方で、先程《さきほど》、各務に叱《しか》られた事を思い出し、苦笑《くしょう》する。

……そうだなあ。

自分のしている事に、己《おのれ》の正義はあると思う。だが、それを認められ、推《お》されるのではなく、そうしている自分自身を叱られ、止めようとされたのは、何時振《なんどき》りだったろうか。

懐《なつ》かしさのような感覚を思い出し、ふと、ハンターは歌を口ずさんだ。

And where is that band who so vauntingly swore,
――さて、あの高らかな宣誓《せんせい》の一団の元へ行こう
That the havoc of war and the battle's confusion.
――戦闘《せんとう》は疲弊《ひへい》を呼び、動乱と化しているというのに
A home and a country shall leave us no more?
――故郷《こきょう》と故国《ここく》、その護《まも》りから逃げる者があろうか
Their blood has washed out their foul footstep's pollution.
――敵の血と汚れた業《ごう》は、彼らの血こそが贖罪《しょくざい》だ
No refuge could save the hireling and slave.
――隷属《れいぞく》と従事と、何も言い訳《わけ》出来るものはなく
From the terrors of flight or the gloom of the grave.
――壊滅《かいめつ》の恐怖《きょうふ》や、死地の呼び声から逃げていけ
And the star-spangled banner in triumph doth wave.
――星条旗《せいじょうき》よ、永遠に栄光の風を受けろ
O'er the land of the free and the home of the brave!
――自由なる大地《だいち》と、英雄《えいゆう》の故郷《こきょう》へと

星条旗。三番だ。

歌声を空に放し終え、応じるように朝の風が吹いた時。

『ハンター代表！　後二十秒で着弾《ちゃくだん》します！』

衛星《えいせい》。直上からの視界《しかい》が術式陣《じゅつしきじん》に届いた。

洋上、空から見ても解《わか》る巨大《きょだい》な朱竜胆《あけりんどう》がある。それに対し、西からデジタルのラインが突っ走っていく。〝BULLET〟と示された矢印《やじるし》とラインは、そのまま一直線に行き、

「お」

映像《えいぞう》の中で、流体光《りゅうたいこう》の爆発《ばくはつ》と、巨大な水柱《みずばしら》が上がった。

直撃《ちょくげき》したと、そう思った時だ。不意《ふい》に術式陣に、色が来た。

《WARNING》

警告《けいこく》。その意味は何かと、ハンターが息を詰めた時だった。

術式陣の中で動くものがあった。あれは、

『敵、マギノフレーム、……健在です！』

「外れた⁉」

どういう事だ。こちらの砲撃《ほうげき》は、その軌道《きどう》が読めていなければ迎撃《げいげき》など出来ない程だというのに。だが、衛星からの映像情報は、敵を拡大した。

朱竜胆が、こちらに、真上《まうえ》に向きつつある。そして、

「堀之《ほりの》内《うち》……！」

彼女が、こちらを、衛星軌道《えいせいきどう》上の監視《かんし》を見据《みす》えていた。直後。

《CLOSED》

堀之内の砲撃《ほうげき》が、こちらの衛星を砕《くだ》いたのだ。だが、それは、

「……まさか、こちらの位置が見えているの？」

神道《しんとう》の検地《けんち》からも外れた位置で、追跡《ついせき》などされていない筈《はず》だ。それなのに、

「おや、先程《さきほど》から、何をしているのかね」

背後の空から、声が聞こえた。

位置は遠く、数キロの先。だがそこに、加速光《かそくこう》の陽炎《かげろう》を全身から纏《まと》ったマギノフレームが一機ある。大剣《たいけん》型のそれは、確かに疲弊《ひへい》しているが、

「こちらだ。余所見《よそみ》をするな」

「各務《かがみ》……！」

●

ハンターは、疑問した。どういう事だ、と。

……追いつける筈《はず》が無い！

ここに来るまでスイングバイ経路《けいろ》だって、複数を使用したのだ。それを追跡《ついせき》したとなると、

流体光《りゅうたいこう》の残滓《ざんし》を追ってきたとしか言えないが、その方法だって、即座《そくざ》でなければいけない。

初速として、スイングバイ式移動術《じゅつ》に匹敵《ひってき》する方法が各務にあったろうか。

「どうやってあの状況から追いついたの……？」

という視線の先、各務のマギノフレームの後部に、光が見えた。今、消えていくそれは、スラスターの加速光ではない。数にして八つ。明らかに、増設と言うよりも刺さっていたのは、

……堀之内の、矢⁉

「まさか、……撃《う》たせて、加速させた……⁉」

「御名答だ……！」

こいつは由緒《ゆいしょ》正しい変態《へんたい》だ、とハンターは思った。

初速が必要だからと言って、仲間に撃たせる馬鹿《ばか》が何処《どこ》にいる。目の前だよ。だが、防御力《ぼうぎょ》頼りのハードヒットを、コイツは〝食える〟のだ。矢は流体として、刺さってはいるが、その速度ごと同化されたに違いない。

……これだからクラフト能力の持ち主は……！

啞然《あぜん》とするこちらを指さし、各務が言った。

「ハンター君……！」

明らかに馬鹿が笑った。

「ここからが面白いぞ！」

各務《かがみ》はディカイオシュネを吶喊《とつかん》させた。

直後。ハンターが自分の周囲に術式陣《じゆつしきじん》を一斉《いっせい》展開した。

……逃げる気か⁉

あれが、スイングバイ式移動術を本土側と調整《ちようせい》するための術式だろう。ならば、これから彼女は高速で飛翔《ひしよう》する。そして、

「逃がさないとも……！」

加速《かそく》の為《ため》、ディカイオシュネの後部に残っていた堀之内《ほりのうち》の加速矢を使用。蹴《け》り飛ばされるような速度で大剣《たいけん》を突撃《とつげき》させる。

当たった。強大なマギノフレームの艦尾《かんび》中央。その継《つ》ぎ目を穿《うが》つように当たり、

「弾体《だんたい》成形部までは無理《むり》か……！」

直後。ハンターが飛翔し掛け、

「くそ……！」

スイングバイから外れた。

重厚《じゆうこう》なマギノデバイスは、今、その強烈《きようれつ》な加速方法を失った。

ならばこちらのターンだ。自分は操縦《そうじゆう》用として用いるノーマルデバイスを前に、ハンター

のマギノデバイスの艦尾へと向け、

「吶喊せよ……！」

●

ハンターは、押されていく自分を悟《さと》った。

見れば、大剣の後部にあった堀之内由来《ゆらい》の加速光が、幾《いく》つか消えている。元は八本あったのが、今は五本だ。

相手の速度の源《みなもと》は消費《しょうひ》されつつある。だがこの速度は、

……スイングバイ式に匹敵《ひってき》する⁉

月を穿《うが》つために、堀之内が集中して練り上げた威力《いりょく》なのだ。こちらの手元、仲間達が、この軌道《きどう》上にあるスイングバイ起点《きてん》を教えてくれる。が、

……間に合ってない！

次から次へと、起点がこちらに追いつけず、ロストしていく。

完全に、読まれている。恐らくは堀之内グループが、地表側から観測を続け、主に使用されている人工衛星《えいせい》を割り出したに違いない。だとすれば、

「副砲《ふくほう》展開……！」

零距離《ゼロきょり》での撃《う》ち合いだ。

全砲門《ほうもん》を展開し、後ろから突き刺さってきた大剣《たいけん》を打撃《だげき》する。

撃《う》った。

衝撃《しょうげき》が走り、光の乱打《らんだ》が始まり、後部スラスターを始めとした各所にダメージ発生の警告《けいこく》が指摘《してき》される。だが、構わなかった。震動《しんどう》が走るたびに各務《かがみ》のマギノデバイスが揺れ、振り落とされそうになるのが見えている。

だからだろうか、各務が加速《かそく》し、その刃《やいば》を更《さら》に深く、こちらに突き立てた。

……これを勝負とするか⁉

だが、足りない。

こちらは副砲《ふくほう》で各務を削《けず》るだけだ。何しろ砲門《ほうもん》の数では自分の方が圧倒《あっとう》するのだ。至近《しきん》で連打が効くなら、押すのはヘッジホッグだ。

しかし己《おのれ》は気付いた。各務が、今や完全に副砲撃《げき》を迎撃《げいげき》に回し、ただ突撃《とつげき》の加速を上げて行くのを、だ。

……何故《なぜ》⁉

この速度でも、しかしこちらの装甲《そうこう》は破れない。自分もまた加速しているし、そもそもヘッジホッグは頑丈《がんじょう》なのだ。

ならばどうして、と思った時だ。

『ハンター代表！　起点《きてん》位置を確保しますのでお待ち下さい！　あと、現状の軌道《きどう》が判明しました！　敵の加速。その行き先は――』

後ろ。朝日のある方角は東。そしてそこには、

『敵、ランク四位のもう一人が存在します！』

●

ハンターは、各務の狙《ねら》いを悟《さと》った。

「挟撃《きょうげき》か……！」

単なる挟み撃ちではない。こちらを堀之内に向かって加速し、彼女の方からも全力の射撃《しゃげき》を叩《たた》き込む。

相対《そうたい》速度を利用した、完全な物理押し。

……どんだけ攻撃《こうげき》力信仰《しんこう》なんだよ……！

何だっけこれ。日本人好きなんだよね、体感巨乳《きょにゅう》主義だっけ？　この前、皆で徹夜《てつや》明けでそんなネタをゲラゲラ笑って言ってたっけなあ。

そうじゃない……！

幾《いく》ら何でも無茶苦茶《むちゃくちゃ》な方法だが、理《り》に適《かな》ってはいる。何しろ自分のヘッジホッグだって、スイングバイ式の移動中は、それだけで機体《きたい》がヤレる程の加速なのだ。そこに砲撃《ほうげき》を食らえば、一発轟沈《ごうちん》の可能性はある。

そして向こうはユニットだ。ここで自分が各務《かがみ》を破壊《はかい》したり、彼女がこちらの破壊に巻き込まれたとしても、堀之内《ほりのうち》が無事《ぶじ》ならば勝利なのだ。

……だとすれば――。

空に幾本《いくほん》ものヴェイパートレイルを引きながら、朝の空を一直線に自分は押し切られる。

『ハンター代表！　ランク四位の射程《しゃてい》に入ります！』

その瞬間《しゅんかん》。各務が叫んだ。こちらを強力な加速《かそく》で押しながら、

「撃《う》て……！」

●

堀之内は、望遠術式《ほうえんじゅつしき》で敵を確認《かくにん》した。

西の洋上、こちらに押され、加速する巨影《きょえい》がある。

真っ正面。こちらの砲撃《ほうげき》を悟《さと》ってか、砲撃形態ではないシールド展開だ。

……あの装甲《そうこう》を、撃《う》ち抜かねばなりませんのね。

迷っている意味は無い。機会《きかい》は一度。大体、ここから見ていても、各務の後部加速器から放たれている加速光が弱くなっているのが解《わか》る。

そろそろ、失速するのだ。

そうなったら終わりだ。ハンターは、自力の加速で振り切れるようになったら軌道《きどう》を変え、

こちらを各個撃破《げきは》に来るだろう。だから、

……今こそ……！

と思った瞬間《しゅんかん》だった。西の洋上に、一つの爆発《ばくはつ》が起きた。

「……は⁉」

白の色。水蒸気《すいじょうき》の爆発は、何かが高速で大気《たいき》に激突《げきとつ》した証拠《しょうこ》だ。

……二人のデバイスが、爆発しましたの？

否《いな》。散った白の規模《きぼ》は、さ程大きくない。だが、堀之内の望遠術式には、何が起きたのかが見えていた。

「ハンターが、マギノデバイスの右舷先端《うげんせんたん》をパージしましたのね……！」

●

空気抵抗《ていこう》が、デバイス全体を軋《きし》ませた。

だが、ハンターは迷わなかった。副砲撃をもはや盲管《もうかん》砲撃で各務にぶつけながら、

……回れ……！

右舷前側の装甲をパージした。重厚な多重装甲は空に飛んで流体《りゅうたい》の欠片《かけら》となり、右舷側が軽くなる。だが、そこには剝《む》き出しのフレームと変形機構《きこう》が表出《ひょうしゅつ》し、

「エアブレーキ‼」

水蒸気爆発《すいじょうきばくはつ》が破裂音《はれつ》を立てた瞬間《しゅんかん》。押されていたヘッジホッグが右に軋《きし》んだ。

移動方向は水平のまま、右前が大気《たいき》に激突《げきとつ》。続く右舷半《うげんなか》ばの装甲《そうこう》と、本体内部に風が飛び込み、その圧力で右舷中盤《ちゅうばん》の装甲を外へと吹き飛ばした。

だが、今の破砕《はさい》で無駄《むだ》なストレスが抜けた。右舷側が大気に当たってスキッドする一方で、左は前に流れ、

「おお……！」

ハンターは、右舷後部の加速器《かそくき》を右に、最大限で加圧した。

回す。

後ろの各務《かがみ》については、もはや気にしない。

高速のまま、大剣《たいけん》を突き刺したまま、一気に前へと百八十度回した。

堀之内《ほりのうち》へと、各務のマギノフレームを突きつける。そして、

『ハンター代表！』

来た。

スイングバイ起点《きてん》。だから右手を挙げ、術式《じゅつしき》を展開。背後からは各務の声が、

「起点はもはやなかった筈《はず》だ！　まさか……！」

「まさかじゃないよ。――米軍《べいぐん》のサポートを受けていると言っただろう？」

何をしたのかは明確だ。

「空を行く衛星《えいせい》の軌道《きどう》を変え、こっちに向けたんだ」

上空。光の点が東へと流れて行く。

強引《ごういん》に軌道を変えた結果。一つの衛星が落下《らっか》に入ったのだ。だがしかし、今はあの流れ星を追うようにして、

「行くよ……！」

スイングバイ。行き先は東。堀之内の砲撃《ほうげき》に向け、

「ここからが、面白いんだろう……!?」

●

堀之内は、現状を把握《はあく》した。

今、失速し掛かっていた両者が、新たな加速をもってこちらに突っ込んでくる。それも、後部から押していた各務のディカナンタラを、前に掲《かか》げた状態で、だ。

各務は抵抗《ていこう》したのだろう。だが、副砲《ふくほう》は殆《ほとん》ど砕《くだ》かれ、後部加速器の光もない。そして、

『さあ……！』

ハンターの声が聞こえた。

『仲間を撃《う》てるのかい堀之内！』

北米航空宇宙防衛司令部《こうくううちゅうぼうえいしれいぶ》内、U.A.H.F.は盛り上がっていた。

落下《らっか》していく人工衛星《えいせい》の軌道《きどう》を、可能な限りランク四位の頭上《ずじょう》を通過出来るように操作《そうさ》。その上でハンターに最適軌道を送り、ヘッジホッグの加速器《かそくき》での軌道補正《ほせい》を促《うなが》していく。

「くっそ、マジにワンエイティ決めるとは思わなかったぜ……！」

「ああ、逃げてもいいのよ、くらいに思っていたのにな！」

誰《だれ》もが自分の確認《かくにん》作業をリターンし、そして立ち上がって術式陣《じゅつしきじん》のメインモニタを見た。

司令官《しれいかん》が、通信を行う。

「ハンター代表。接近の後、砲撃戦《ほうげきせん》となっても、ハンター、君の装甲《そうこう》を貫《つらぬ》く事は不可能だ」

『解《わか》ってる』

自分達の押す魔女《まじょ》の声が、凜《りん》と響《ひび》いた。

『――米国《アメリカ》に勝利を！』


『さあ、敗北が来たよ堀之内《ほりのうち》！』

ハンターの声に、堀之内は息を吸った。

現状に対し、迷いはある。当然だ。だが、

……ええ。

思い出すのは、ランクについての言動の事、自分の不機嫌《ふきげん》、そして各務《かがみ》が母の事で涙を見せた事と、

……御母様《おかあさま》。

記憶《きおく》の中で、十年前の事が明確となる。

あれは、母との最後のやりとりだった。

母がどうなるのか、解っていた自分は、独《ひと》りにしないで、と泣いた。

だが、その時、母は確かにこう言ったのだ。

「大丈夫《だいじょうぶ》、この世界の神様は寂しがり屋のようで、貴女《あなた》にもきっと、大事《だいじ》な人が現れるわ」

「それは――」

「私のように、貴女の笑う事で笑い、貴女の泣く事で泣いてくれる人。そういう人がいたら、信用し、共に行くのよ」

そんな人が、何処《どこ》にいるのかと、そう思ってきた。

自分のような思いをするのは、己《おのれ》だけでいい。だから孤高《ここう》のつもりだった。

しかし、

……エルシー・ハンター。

自分より上位のランカーですら、己《おのれ》と同じ思いを抱いていた。

そしてまた、そんな彼女を叱《しか》った者がいる。

この世界全てを叱るような一言《ひとこと》を、しかし主張するのではなく、ただ感想として述べたのは、

『堀之内《ほりのうち》君！』

各務《かがみ》の声が聞こえた。

『信じたまえ、満子《まんこ》――！』

「やかましい――！」

返答と同時に、砲撃《ほうげき》した。

●

各務は、堀之内の射撃《しやげき》に笑《え》みを得た。

……流石《さすが》だ！

全く躊躇《ためら》いも容赦《ようしや》もない。高速の一撃《いちげき》が、遠く東の空で水蒸気《すいじようき》爆発《ばくはつ》を五度生んで飛んだ。

来る。それは確かな事だ。だから自分は、

「吶喊《とつかん》……！」

最後となるであろう加速《かそく》を用いて、ハンターのマギノフレームに大剣《たいけん》の切《き》っ先《さき》をぶち込んだ。

正面。デバイス上にいるハンターが眉《まゆ》をひそめる。

「そんな、無駄《むだ》な事を……！」

「心配してくれるのかね、ハンター君！」

だが、と自分は右の腕を上げた。

「ディカイオシュネ、砲撃形態……！」

「無駄だよ！」

ハンターが叫ぶ。今、こちらは相手の装甲《そうこう》に食い込んでいるが、

「アンタの一撃では、良くて後部加速器を破損《はそん》させる程度だ！」

「何を言っているのかね。――砲撃は、堀之内君の役だよ」

それを証明《しょうめい》するように、自分はディカイオシュネを操作《そうさ》した。

加速路に最大限の出力を注《そそ》ぎ込み、一瞬《いっしゅん》で砲弾《ほうだん》の行く道となる剣の間を白く発光させ、

「砲弾成形部、――パージ」

●

ハンターは、何が生じたのかを悟《さと》った。

……挟撃《きょうげき》を転化した、加速砲か……！

視界《しかい》の中、各務が立っている。その足下《あしもと》、後部の砲弾成形部を失ったがために、加速路が剥《む》き出しとなった大剣がある。

そこに、堀之内《ほりのうち》の矢が来た。

正確だったのは、自分達が軌道《きどう》を合わせたせいだったろうか。

飛来《ひらい》した矢は、各務《かがみ》の大剣《たいけん》の加速路《かそくろ》に貫通《かんつう》。そのまま、大出力の加速路を突っ走り、

「砲身《ほうしん》内、弾体《だんたい》加速術式《じゅつしき》展開!!」

各務の声と共に、その大剣型マギノデバイスが崩壊《ほうかい》した。

加速路が作る出力に、デバイス自体が耐えられなくなったのだ。

だが、一瞬《いっしゅん》だった。

スイングバイの相対《そうたい》速度と、堀之内の与えた加速。そして各務がマギノデバイスと引き換えに与えた追加加速の蹴《け》り飛ばしが全て重なり、

「く……!」

重装甲《そうこう》の内部で、威力《いりょく》そのものが破裂《はれつ》した。

●

破壊《はかい》は一瞬だった。

デバイスの管理者である使役体《しえきたい》は、主人であるハンターを護《まも》る事を優先とした。ゆえに、内部で炸裂《さくれつ》した莫大《ばくだい》な運動力に対し、装甲を捨て、駆動系《くどうけい》や変形システムなども、全て捨てた。

何もかもが、威力の拡散を邪魔《じゃま》しないよう、破砕《はさい》と爆砕《ばくさい》を共にして、残るのはメインフレーム

と主人のいる基部だけとして、

『……！』

マギノフレーム・ヘッジホッグが、爆散《ばくさん》。そして沈黙《ちんもく》した。

朝の空に大音《だいおん》と流体光《りゅうたいこう》の乱雲を放ち、その巨影《きょえい》は骨組みすらも砕《くだ》けながら、ゆっくりと海へと落ちていく。

●

砕けていくマギノフレーム上、各務は、膝《ひざ》を着くハンターの前に立った。

どちらも、マギノフォームが空に散っていき、戦闘《せんとう》の続行不能な姿《すがた》ではある。それが解っているのか、ハンターが後ろへと尻餅《しりもち》をつき、使役体の術式陣《じん》を撫《な》でた後で懐《ふところ》に収めながら、

「くそ、負けたよ！　何か言う事あるの⁉」

「何か言える程の人生を得てきたつもりはない。ただ――」

各務は、一息《ひといき》をついてハンターに言った。

「力を貸してくれ給《たま》え、米国《アメリカ》。君達に必要なのは、怨恨《えんこん》に己《おのれ》を焼く事ではなく、世界の警察として、足りない者達に力を貸す事だ。そして――」

差し延べるのは、パワーアームを失った手だ。だが、構わない。

「――その始まりとして、手を貸す事を許してくれないかね、エルシー・ハンター君」

ハンターは、緩《ゆる》やかに落下《らっか》していく視点から、空を見上げた。

今、空に月は見えなくなっている。あるのはただ朝日だ。

それは勿論《もちろん》、月光が陽光《ようこう》に隠《かく》されているという、それだけなのだが、

「馬《ば》ー鹿《か》みたい」

ハンターは、各務《かがみ》の手を取った。もはやマギノフォームのない、制服姿《せいふくすがた》の素手《すで》で、

「小学生でも解《わか》る事を言うために、ここまでやるのフツー？」

お互い様だと思うが、それは言わないでおく。

第十七章

『憶えているさ』

距離は密度で
無意味に出来る

翌日になった。

ランクの変動は、学校内のニュースとして即座《そくざ》に広まっていた。

だが、堀之内《ほりのうち》が、学校施設内の居室《きよしつ》から距離《きより》の短い登校をした時、

……周囲の好奇《こうき》の視線は、ランク変動のせいじゃありませんわね。

横に、明らかに、制服《せいふく》の似合《にあ》わない女がいる。

彼女は、まだ教科書などが揃《そろ》っていないため、バッグも無しだ。不思議《ふしぎ》な事に、スーツ姿《すがた》で靴《くつ》を履《は》いて歩いていた時は足音が響《ひび》いていたのに、今、ヒールのある通学用の靴ではその音を立てもしない。

まあ、それは自分も同じだが。

……どちらにしろ目立ちますわねー。

「こっち、三年生は下から入っていいルールですの」

「金持ちは広い平屋《ひらや》に住むという、それと同じかね」

貴女《あなた》の家はどうでしたの、と聞きかけてやめた。そこまで親しいつもりはない。だが、

「遠回しに、君の家の事を聞いているのだが、悟《さと》って貰《もら》えなかったかね？」

「自慢《じまん》になりそうだったので答えを控えただけですわ」

「そうかね。……うちは三階屋根《やね》裏付きだったぞ」

フフフ、と笑われると、何だか悔《くや》しい。

普通科校舎《こうしゃ》は左右二棟《とう》を中央で結ぶ形だ。自分達の大教室は東側。そこに向かって廊下を歩いて行くと、各務《かがみ》が前を見ながらこう言った。

「教室に着く前に、何か言いたい事があるなら言い給《たま》え。おっと制服が似合っているのは当然だから却下《きやっか》とするよ、いいね？　では、何かね、満子《まんこ》」

「その呼び方をやめなさい……！」

「では、満《みつる》でいいのかね？」

「父と母にしか、その呼び方は許してませんわ」

でもまあ、と、少しの観念を覚えもする。

「変な呼び方をされるのも困りますものね。私と二人きりの時はそう呼びなさい。普段は堀之内で」

「複雑な子がいたものだね」

「貴女の作った世界の住人ですもの」

言うと、各務が微笑した。彼女の視線の先、壁には、ランク変動のニュースが貼《は》ってある。

そこには、ランク三位として、自分の名前と、各務の名前が並んでいる。

「全く」

　これから、どれだけの付き合いになるのだろうか。そしてまた、

「……ハンターからメール来てましたわよ？　今度の日曜空《あ》いてるかって」

「空いてると言ったのだろう？」

　貴女《あなた》はどうですの、と聞くまでもない。

「楽しみだ」

　各務《かがみ》が笑って、教室のドアを開けた。

「諸君《しょくん》！　初めまして！　異世界から来ました各務・鏡《かがみ》というものだ！　ほら、満子《まんこ》、入って来なさい！　君は全く引っ込み思案《じあん》な子だね……！」

　絶対張り倒してやろうと、そう思った。

最終章

『一緒に行くと』

再会は
付き合いの始まりだ

ハンターは今日《きょう》からの用意をした。

荷物をまとめる。

部屋は特機科寮《とっきかりょう》。ランカー用特権で三十畳《じょう》の広間《ひろま》だ。特機科の好き者は工作機械《きかい》を持ち込んでいろいろやるらしいが、自分にとっては無用の長物《ちょうぶつ》以外の何物でも無い。

とはいえ、ここを出ていく訳《わけ》ではない。特機科でのトップは依然《いぜん》、自分なのだ。

行き先は桟橋《さんばし》だ。

日曜に、先日のランカー戦の打ち上げというか、壮行会《そうこうかい》のようなものをやろうと、三位になった二人に声を掛けたのだ。

そこで、和解というのも変だが、敵対した仲を解く。

これはスポーツにおける表彰台《ひょうしょうだい》と同じ事。勝者、敗者関係無しに、全力を尽くした者同士が認め合うためのものだ。

本来は儀式《ぎしき》的、慣例的な部分の強いものだが、個人的にあの二人には興味《きょうみ》が生じていた。どう考えても無茶苦茶《むちゃくちゃ》な流体制御《りゅうたいせいぎょ》能力を持つ各務《かがみ》もだが、堀之内《ほりのうち》にもいろいろと話を聞きたい事がある。

父は、日本好きという訳ではなかったが、基地ではカラテを修めていて、自分の戦闘《せんとう》スタイルもそれに準じるのだ。

堀之内の戦種《スタイル》は巫女《みこ》。日本のシャーマンだ。

シャーマン系《けい》の魔女《まじょ》というと、すぐに森に沈んでみたり入れ墨《ずみ》だったり供物《くもつ》で豚や羊《ひつじ》でアイヨーアイヨー踊るのがいたり、ああ、米国《アメリカ》でもシャーマン系って言って75ミリ砲《ほう》をノーマルデバイスにしていたのがいたけど人数押しじゃないと駄目《だめ》じゃないかなアレ。

ともあれフォーム関係のデザインが、同じ文化圏《けん》をベースとしているため、自分とちょっと似ている。そして、向こうは日本を代表するホンモノ。こっちはフォームデザインに不備は無いとは言え、やはり本家から見ればアメリカンカラテカスタイルである事に違いは無い。

そこらへん、本家的に見てどうなのか。日本のカラテカ魔女《テクノヘクセン》がトップランカーにいれば、それと対決も出来たのだろうが、現実はそういう回り方をしなかった。

「どうだろうなあ」

四位落ちではあるが、自分の実力に諦《あきら》めも悲嘆《ひたん》も得ていない。

ランカー戦では後れをとった。

今回、相手の手をかなり見たので、次回やれば、また違う綾《あや》が生まれるだろう。

それだけだ。

だが、

「……どうだろうなあ」

実力に対し、思う部分は無いが、自分の心の中で、ヘクセンナハトへのモチベーションが下がっている。

負けたから、ではない。

……結構《けっこう》、持って行かれたよね。

キツい勝負だった。

魔女《まじょ》の戦闘《せんとう》とは、フロギストンハートの維持《いじ》と加熱《かねつ》のため、意地《いじ》の張り合いだ。だから勝負が激化すれば、己《おのれ》をさらけ出していく事になる。

先日のランカー戦で、自分はどうだったか。

堀之内《ほりのうち》には追い詰められたし、追い詰めもした。向こうも必死というならば、自分と同じような意地があったのだろう。

何しろ、十年前のヘクセンナハトにおいて、何も失わなかった人がどれだけいるのか。

だから、力ある自分達が、恨《うら》みを晴らし、黒の魔女を倒さなければならない。

だけど、

「馬鹿者《ばかもの》、か」

各務《かがみ》に言われた言葉の意味は、正直、理解出来ていない。

だが、彼女の一言《ひとこと》を聞いた時、自分は確かにこう思ったのだ。言われる通りかもしれないね、と。

馬鹿にするな、と応じるのが、本来あるべき姿《すがた》だったろう。何しろ、自分を支えてくれた人達の期待や、守るべき者達への責任感もあったのだから。

しかし、

……どうだろうなあ。

思っていると、荷物がまとまった。数日分の着替えと、冷蔵庫にはバーベキュー用の肉とかいろいろ。保冷剤なら、特機科《とっきか》で習った冷却術式《れいきゃくじゅつしき》がある。術式陣《じん》を保冷バッグに落として担《かつ》げば、もはやスタイルは夏に遊びに出る気満々の格好《かっこう》だ。

サングラスとかあれば良かったか。

栈橋《さんばし》までなら、単車《たんしゃ》を出す必要も無い。ヘルメットはお預け。後は靴《くつ》は、

「いつものでいいか」

踵《かかと》を潰《つぶ》したデッキシューズで、外に出る。

●

空は晴れていた。

栈橋までの距離《きょり》は、寮《りょう》からだと意外にある。敷地《しきち》中央、中庭の森を抜けていくのが早いが、そこまで急いでいない。西から南へ、中庭の外を回るように、体育館の前を行き、普通科校舎《こうしゃ》の横を通っていく。

歩きながら、術式陣《じゅつしきじん》で使役体《しえきたい》のヘッジホッグを確認《かくにん》。既《すで》に太平洋《たいへいよう》上の艦隊《かんたい》側からの補修と調整を受けているハリネズミは、のんきに寝ている状態だ。

つまり自分は休み。それが命令でありますエルシー・ハンター攻術少佐《こうじゅつしょうさ》。

……テンション無理《むり》に上げようとしてるかな？

そんな事を思いながら、歩く。

学校の敷地《しきち》を出た。

通りを渡って、湾岸の道に出る。

空は青く。湾とはいっても匂《にお》いには潮《しお》がある。

昔を思い出す。

父と一緒《いっしょ》に、食事によく出たものだ。料理が下手《へた》だったので、とにかく外で食おうとする父親だった。それも金が掛かるので、ちゃんとした店ではなく、コンロセットをもって海岸で荒っぽいバーベキューをする事が多かった。否《いな》、記憶《きおく》を美化してるか。よく、と言っても週三回くらいだったよね。充分多いか。

父はいつも言っていた。

「肉食え！　大きくなるぞエルシー！　パパは肉焼くのは上手《うま》いしな！」

馬鹿《ばか》。肉ばっか食ってたら自動的に炭水化物《たんすいかぶつ》制限ダイエットで小さいままだっつーの。その辺りこっち来て知ったよ。校医に話したら、

「ふうむ、肉のバーベキューソースで不足した栄養を賄《まかな》っていたのかもしれませんね」

とか言われたよ父《とう》さん。否、野菜はそれなりに摂《と》ってたけどね。ジュースで。

ただ、

「どうだろう」

父が今、生きていて、横に並んでいたら、今の状況をどう言うだろうか。

魔女《まじょ》になって、米国《アメリカ》代表で。でも敗れた自分にとって、父は何て言うだろうか。

「肉食え」

言うなあ。絶対言う。

だけど、どうなんだろう。父が生きているなら、十年前のヘクセンナハトは人類が勝利していたようにも思う。だとすれば、自分はこうだったろうか。もし、こうだったとして、

「ああ、そうか」

解《わか》った。

十年前のヘクセンナハトで、人類が勝っていたとしても、また、父が生きていたとしても、
もし自分が今のようであるならば、

「――そしたらボクの事、叱《しか》るよね、パパは」

だって、

「それは俺《おれ》の仕事だ。お前のする事じゃないって」

そうだ。だから、馬鹿《ばか》なのだ。

皆は自分にそれを期待し、望んでいるが、自分にとって大事《だいじ》な人は、きっとそれを望んでいない。そうさせないように、空に昇ったのだ。

十年前、何も失わなかった者などいない。

だけど、

「馬鹿者」

自分が本当に望まれていたのは、何だったのか。

そしてまた、

「――馬鹿だよ。もう少し、馬鹿でいるよ、パパ」

自分は言う。今更《いまさら》になって、大事な事に気付いた上で、親不孝《ふこう》な事を言う。何故《なぜ》なら、

「もし、今、パパがいたならば、ボクはパパを手伝うよ。パパが嫌《いや》がっても、ボクは何かの形でそうする。絶対に。そして今……」

桟橋《さんばし》が見えた。

「――ボクより馬鹿がいるんだから、手伝わないとね」

口を開く。

青空の下、歌が唇《くちびる》から漏《も》れる。

星条旗《せいじょうき》。四番。

Oh thus be it ever when freemen shall stand
——おお、いつも、いつまでも、自由を求め人は立ち上がる
Between their loved ones and wild war's desolation.
——彼らの愛するものが戦乱に飲まれる時に、だ
Blest with victry and peace, may the heav'n-rescued land.
——天に味方《みかた》されるこの大地《だいち》に、平和と勝利の祝福《しゅくふく》あれ
Praise the pow'r that hath made and preserved us a nation.
——我々を一つの国にまとめたこの力に讃美《さんび》あれ
Then conquer we must when our cause it is just.
——大義《たいぎ》ゆえ、勝利は絶対
And this be our motto: "In God is our trust!"
——信条は一つ。〝我らが信念は大いなる父と共に〟
And the star-spangled banner in triumph shall wave,
——そして星条旗は勝利に舞う
O'er the land of the free and the home of the brave!
——勇気と自由の大地、その空に舞う

ハンターは、桟橋《さんばし》に辿《たど》り着く。

桟橋の前、何やら侍女《じじょ》達が乗り込んで待機《たいき》中の二トントラックと、その後ろについた新品の車があった。

車の方、夏だというのにスーツ姿《すがた》の各務《かがみ》がいて、堀之内《ほりのうち》と、何か知らない男がいる。多分、運転手か何かだろう。

これから、確か、湘南《しょうなん》の方に行くのだったか。誘って誘われて、という感じだが、悪い気はしない。元々、好奇心《こうきしん》は強い方だ。

そして、教える事がある。

米国《アメリカ》式のフレーム展開。高速に行うそれらの方法を、この二人に教えるのには、意味があるだろう。

何しろ、自分のわだかまりなどを受け止め、自分達の強さを通したのだ。

負けた。

……ああ、そうだね。

負けた。だけど、だからこそ出来る事がある。

世界の警察。米国。最大の軍事力は、自ら振るうだけのものではない。

「さて」

肩から提《さ》げた荷物を担《かつ》ぎ直して見せ、言ってやる。

「――肉食うと痩《や》せるよ。知ってた？」

——有り難う。

あとがき

そんな訳《わけ》で、『境界線上《きょうかいせんじょう》のホライゾン』と並行《へいこう》で始まってしまいました『激突《げきとつ》のヘクセンナハト』。自分にしては珍《めずら》しくストレートな魔法《まほう》少女ものですが、書いてみるとイメージが頭の中にあったのか進む進む。

そうだなあ、昔の魔女っ子ものの花の子●ン●ン（イ、ラ、ではない）とかマジカルエ●（ロ、ではない）とかも、多分、こんな感じでマジカル砲撃《ほうげき》ぶち込んでいたのだろうなあ、と思うと、大艦巨砲《たいかんきょほう》主義とされる日本人の業《ごう》を感じます。

とはいえコレ、偶発《ぐうはつ》的に生じた企画《きかく》ではなく、実は同時並行で進んでる漫画《まんが》版《ばん》、作者の剣《つるぎ》・康之《やすゆき》さんに渡した漫画用原作がベースになってます。剣さん、それまでの長期連載《れんさい》が終了して燃え尽きていたのに結婚したりで、某《ぼう》イベントで見かけた時死体のようになっていて「ネタも何も思いつかなくて危険——」という状態だったので、じゃあこっちで原作出しますか的な流れがあったというか。

で、今思ったけど偶発的じゃないですかねコレ。

そんな感じで漫画版の方、手にとって頂《いただ》けると剣さんのお子さんの養育費になるという手筈《てはず》ですが、如何《いかが》でしょうか。その一冊《いっさつ》が、ひょっとしたらランドセルの金具辺りになるかもしれないと、そう思うとレジに持っていく時のモチベーションも違うというものです。何だろうこのヘビィな紹介《しょうかい》。

ともあれいつも通りにチャット。

「もう何でもいいから魔女っ子について語ってみ？」

『メグよりノン派でなあ』

「いきなり四十年前のアニメの話かよ。でもノン結構《けっこう》早くから陰で尽くすいい女房《にょうぼう》だったり仁義《じんぎ》を大事《だいじ》にする男前な感じになってたよな確か」

『本当の意味でライバルだから。でもこの前、再放送で見直したら、メグの居候《いそうろう》する家の連《れん》中《ちゅう》が、辻褄《つじつま》合わせで記憶操作《きおくそうさ》の魔法食らうんだが、これが後にメグが出戻りする時も含めると修正込みで三度もやってな。サイバーパンクだったら脳《のう》焼き切れてるよな』

「割と容赦《ようしゃ》ないよね昔の魔女っ子アニメ」

ちなみにこの後、ノンのよさについてお互い語りました。

とまあ、そんな感じで、こっちはこっちでガツンガツンやってますが、いつもの作業BGMは菅野《かんの》よう子で「Cyberbird」。飛翔《ひしょう》感が好きなのです。

さてしかし今回、「誰《だれ》が一番馬鹿者《ばかもの》だったのか」と。そんな訳で次、更《さら》に上位ランカー戦という感じになりますが、ホライゾンやGT挟んだりになるかと。少々お待ち下さいませ。

平成二十七年四月　雨の続く朝っぱら
川上《かわかみ》　稔《みのる》

設定資料集——一部だよ！

——というわけで、ヘクセンナハト開始前における、自分の手による資料関係とかデザインとかいろいろ開示ー。

イメージの補完になれば幸いです。（イラスト・解説：川上稔）

【各務《かがみ》・鏡《かがみ》】

『各務概要』

他も描いてますが、とりあえず今回は各務で。

デザインとしてはスーツ系。乗馬服のようなイメージがあるのは、高貴、上から目線とか、そんなことを考えていたからですね。手袋つけて、ちょっと異質感もありあり、とか。

『マギノフレーム形態』

初期のデザイン案では、こんな感じに今よりもっと聖騎士系でした。マントやスカートなど、あると作画で手脚隠れて楽かな、とも思ったんですが、逆に陰から見える部分を描き損じる可能性があるかなー、というのと、マントなどの翻りは描く人によって表現が変わりやすいので、アシスタントの人に作画を投げるのも厄介か、と、そこらへん外してます。

『ディカイオシュネを持つと……』

初めの話では「20メートルでもいいか」というのもあったんですが、とりあえず正気に戻って5メートル。でも構えてみると、足元から肩までの高さもプラスされて全高は6メートル超えるんだなあ、とか。この頃のディカイオシュネは、全体が左右に割れて砲になる、というくらいのギミックで考えてました。また、聖騎士のシルエットが結構ダボっとしてるので、剣を構えた動きが解るように、脚部を大きめに、背を伸ばすために足先を立てよう、とか、思案が入ります。

【U・A・H・J・男性隊員】

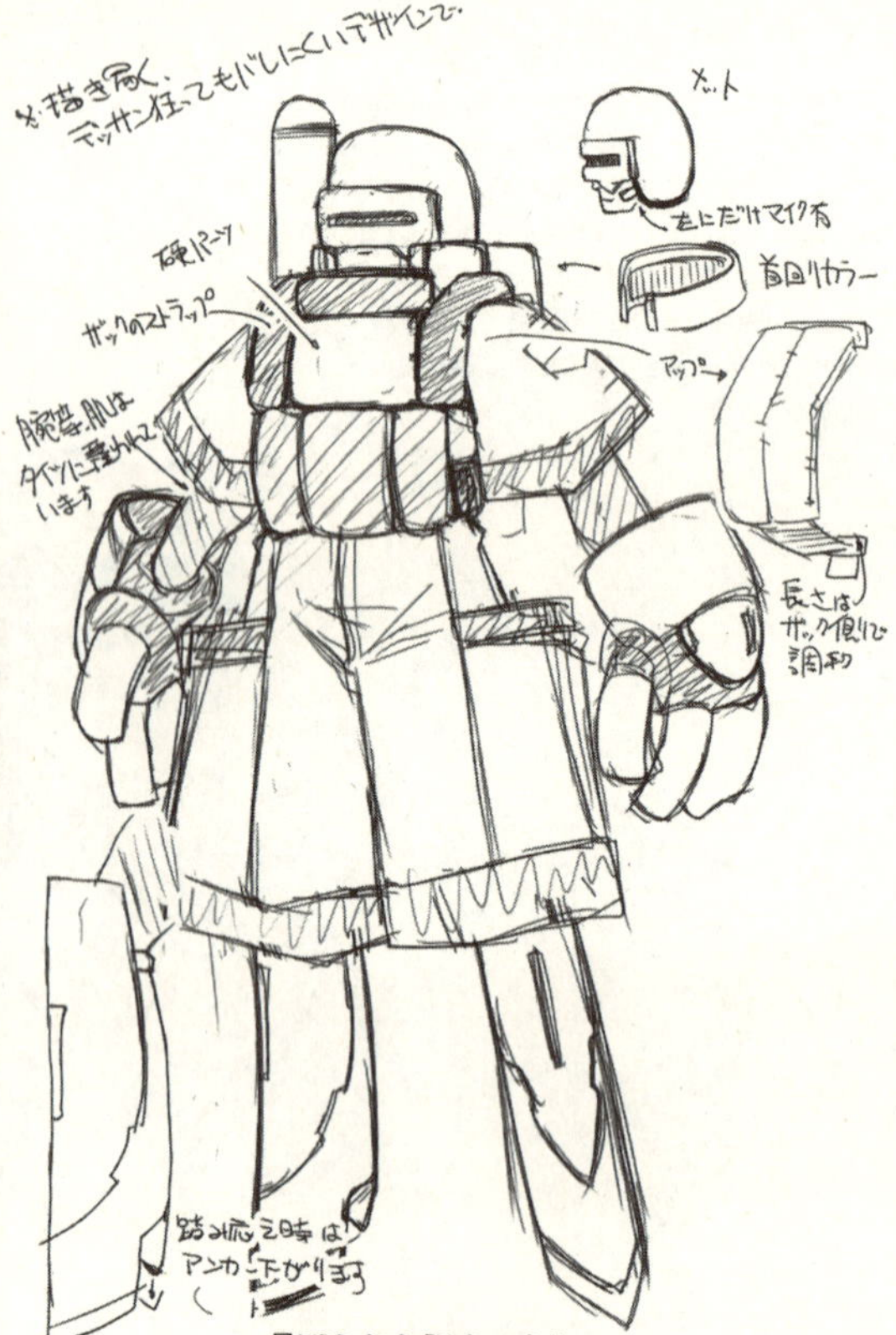

『隊員概要』

序盤で光太郎の指揮の下、各務を取り押さえようとした男性隊員達です。普段は隊服ですが、今回は制圧用装備。パワーハンドなどはパッシブ系の術式では動かしづらい部分もあるので、機械、化科学的な工夫も入っている、と考えてます。パワーハンドの大きさをベースに、各ポケットとか大きさが決まっているので、どことなくブカブカ系ですね。

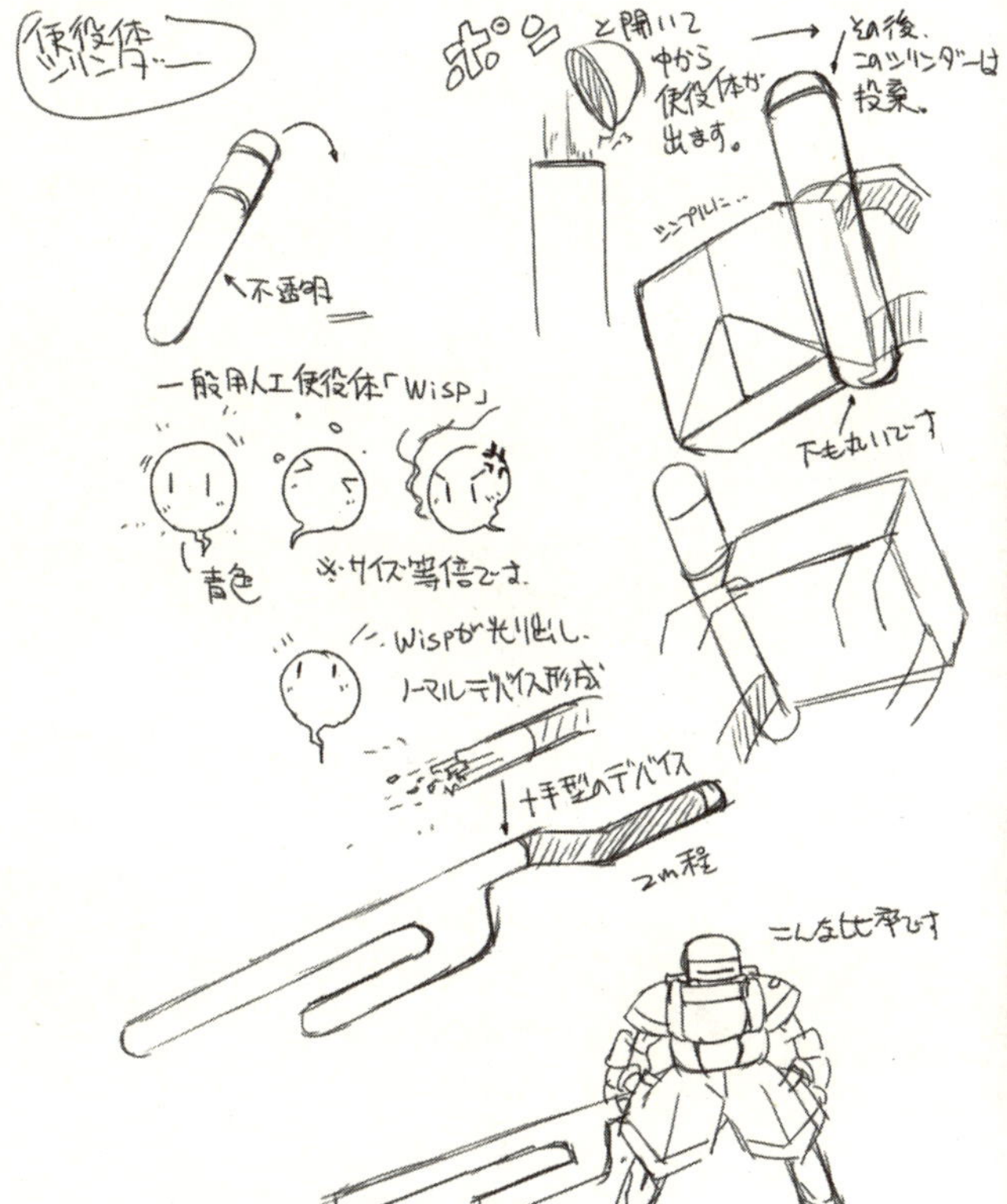

『補足説明』

とにかく人数を描く可能性があるので、作画しやすいように、というのがありますが、仕組みとしては押さえて置きたい感じで。シリンダーは人工使役体の活性保管用で、戦闘後、使役体はバックパック内に保管されます。

【デバイス：ディカイオシュネ】

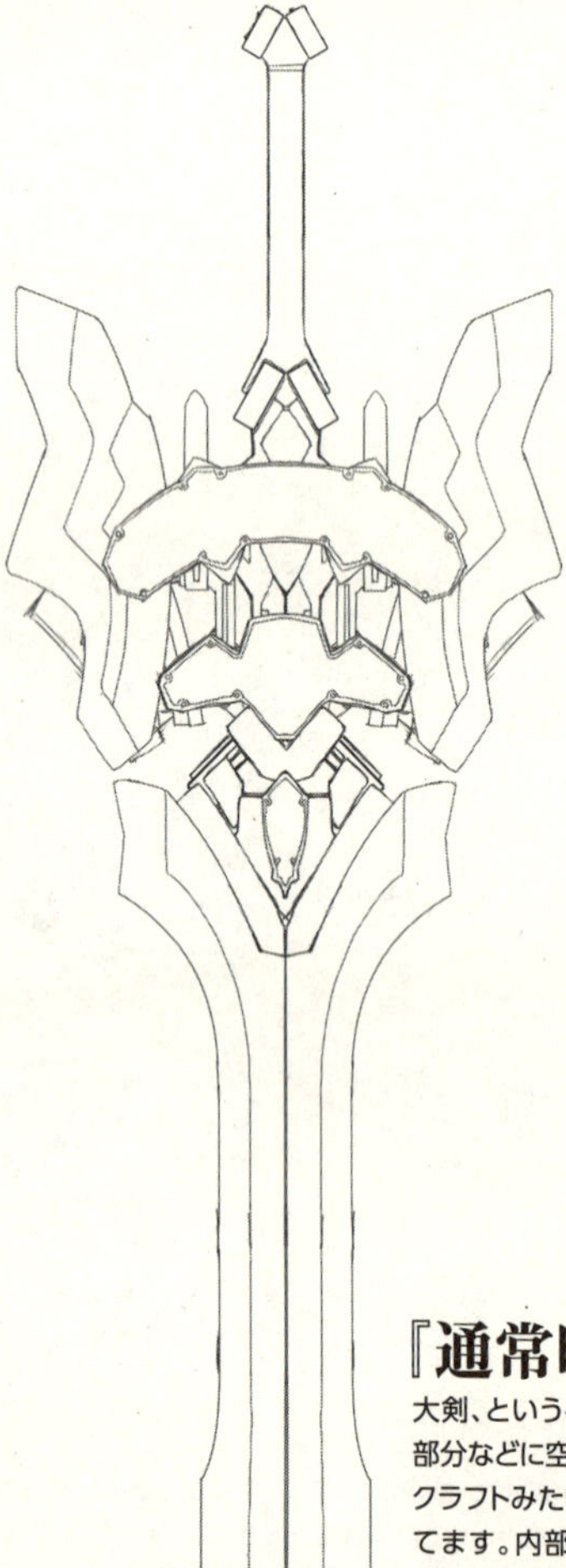

『通常時』

大剣、というイメージですが、鍔部分などに空間を置き、昔のエアクラフトみたいなレトロ感を入れてます。内部砲身の太さから厚みを計上したので、3Dモデルだと結構ゴツいですね。

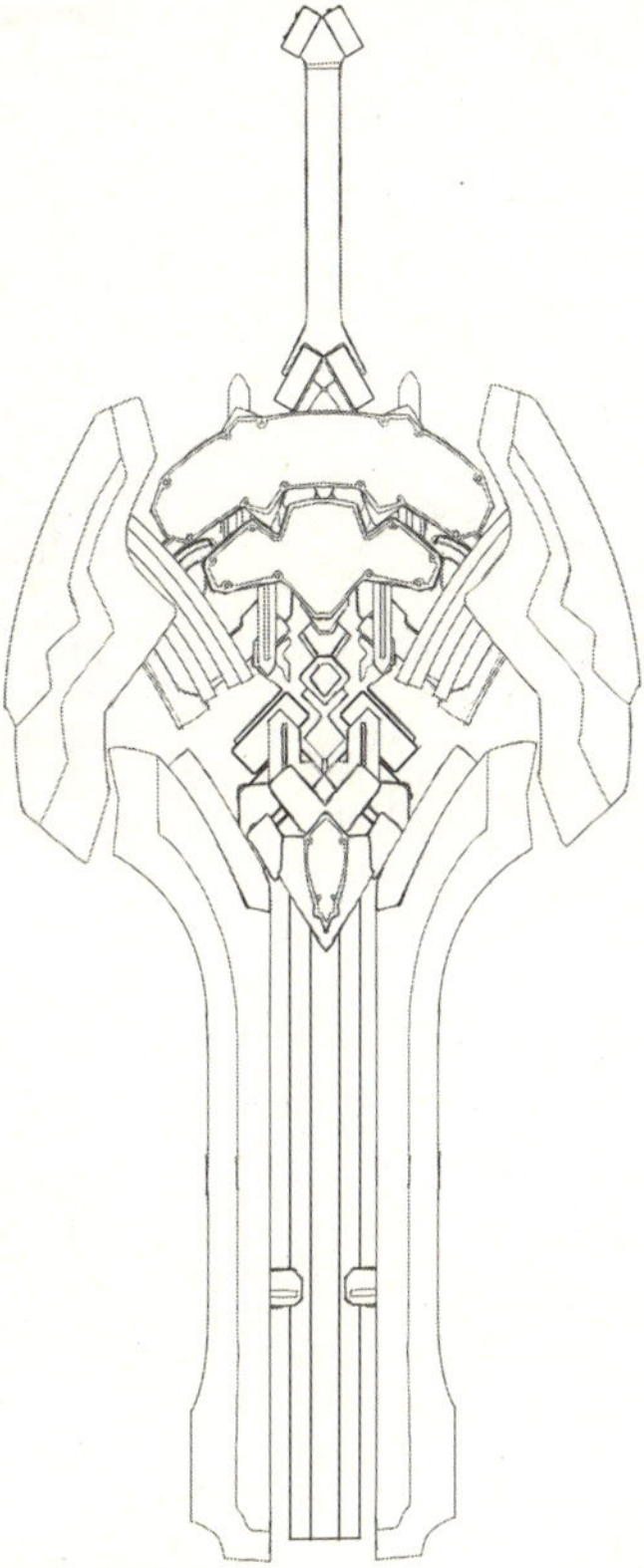

『砲撃時』

マギノ時にスラスターとなる外装で全体を囲い、出力を逃がさないように。通常時は戦闘機で、砲撃時はボスな感じかなー、と思っていたり。とにかく膨らむので、各務が持ったときにちゃんと構えられるかを測定しながらデザインしてました。

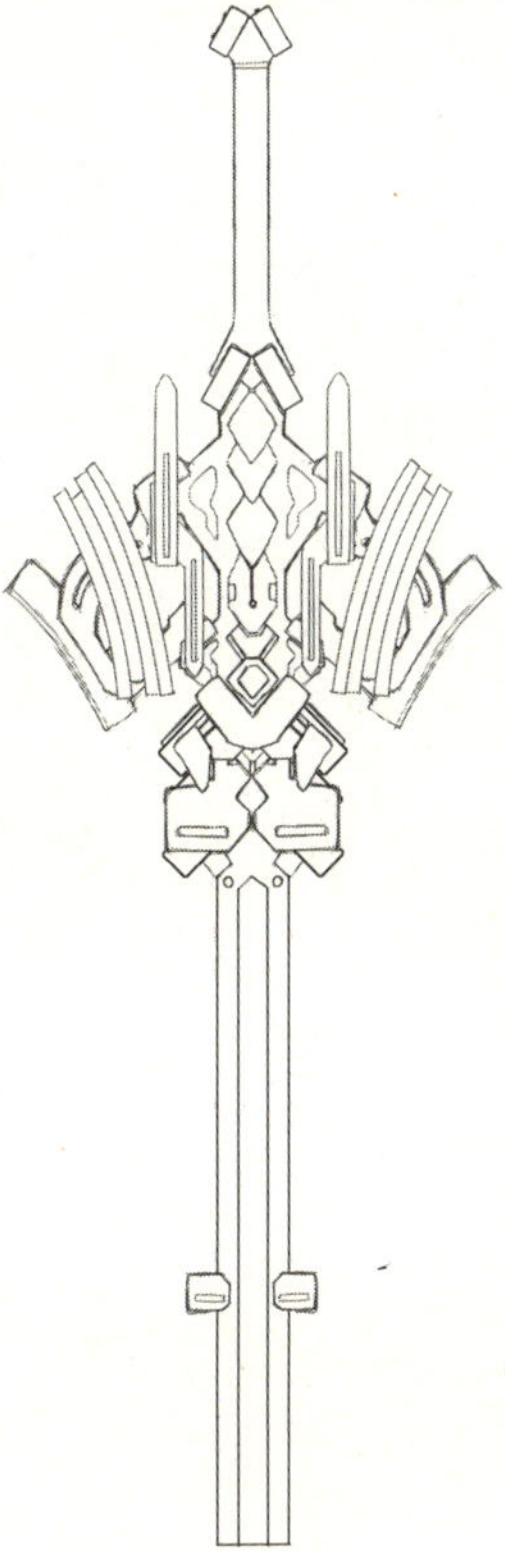

『メインフレーム』

刃と鍔部分の外装を外すと、こんな感じ。メインフレームは加速器を主軸とした変形レールの重なりで、砲撃時にはこれらのレールごと外装が展開します。

【デバイス：朱竜胆《あけりんどう》】

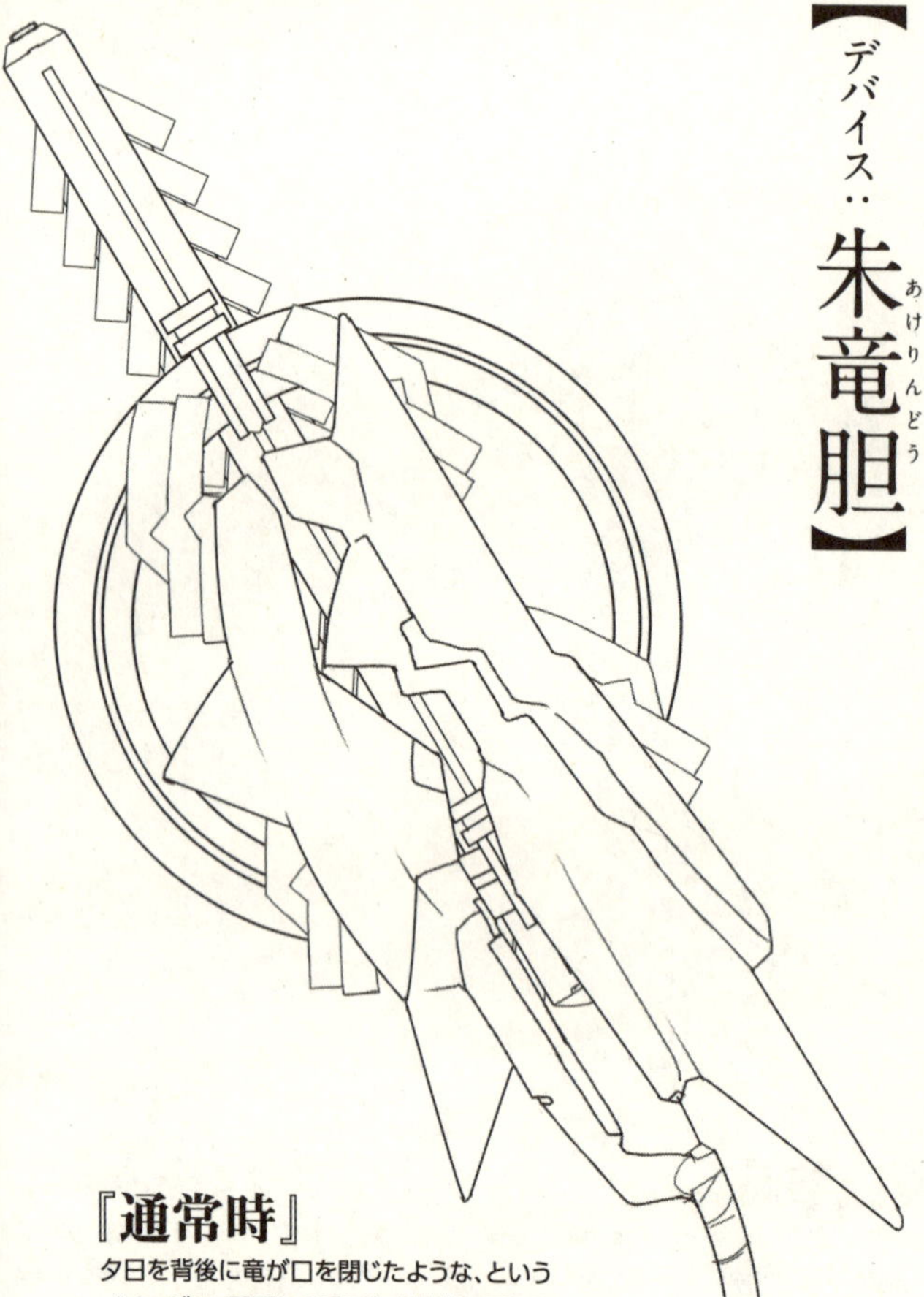

『通常時』

夕日を背後に竜が口を閉じたような、というイメージで。正面から見ると立体的に死ねるデザインですが、そこらは挿画や漫画版で御確認くださいー。使用時は、ゴツめのショットガンのような構え方を想定してます。

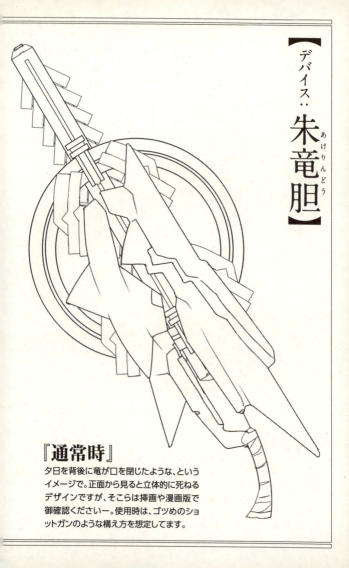

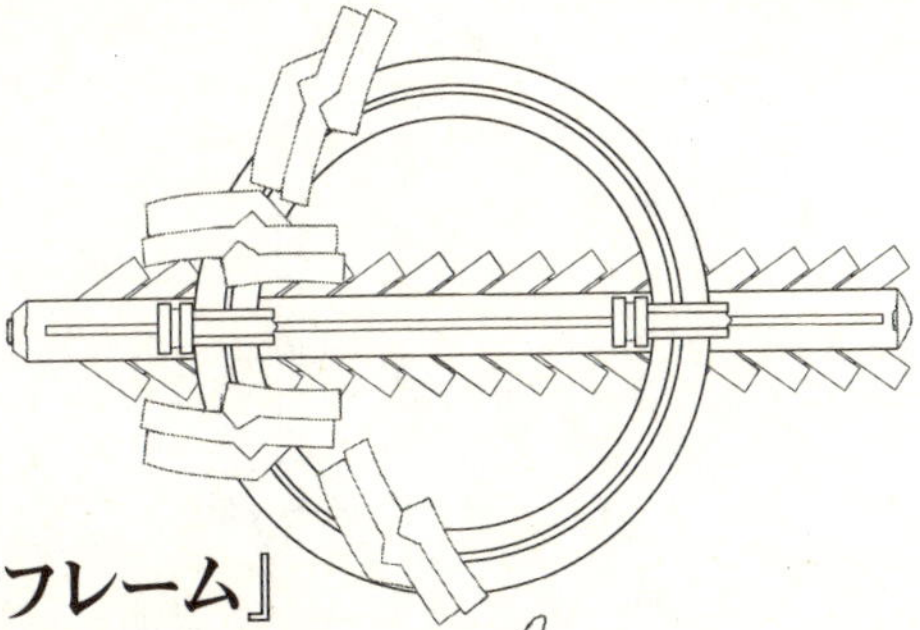

『メインフレーム』

砲撃時のメインフレームです。転輪上の支点部などが角度を変えながら移動してるのが解ります。

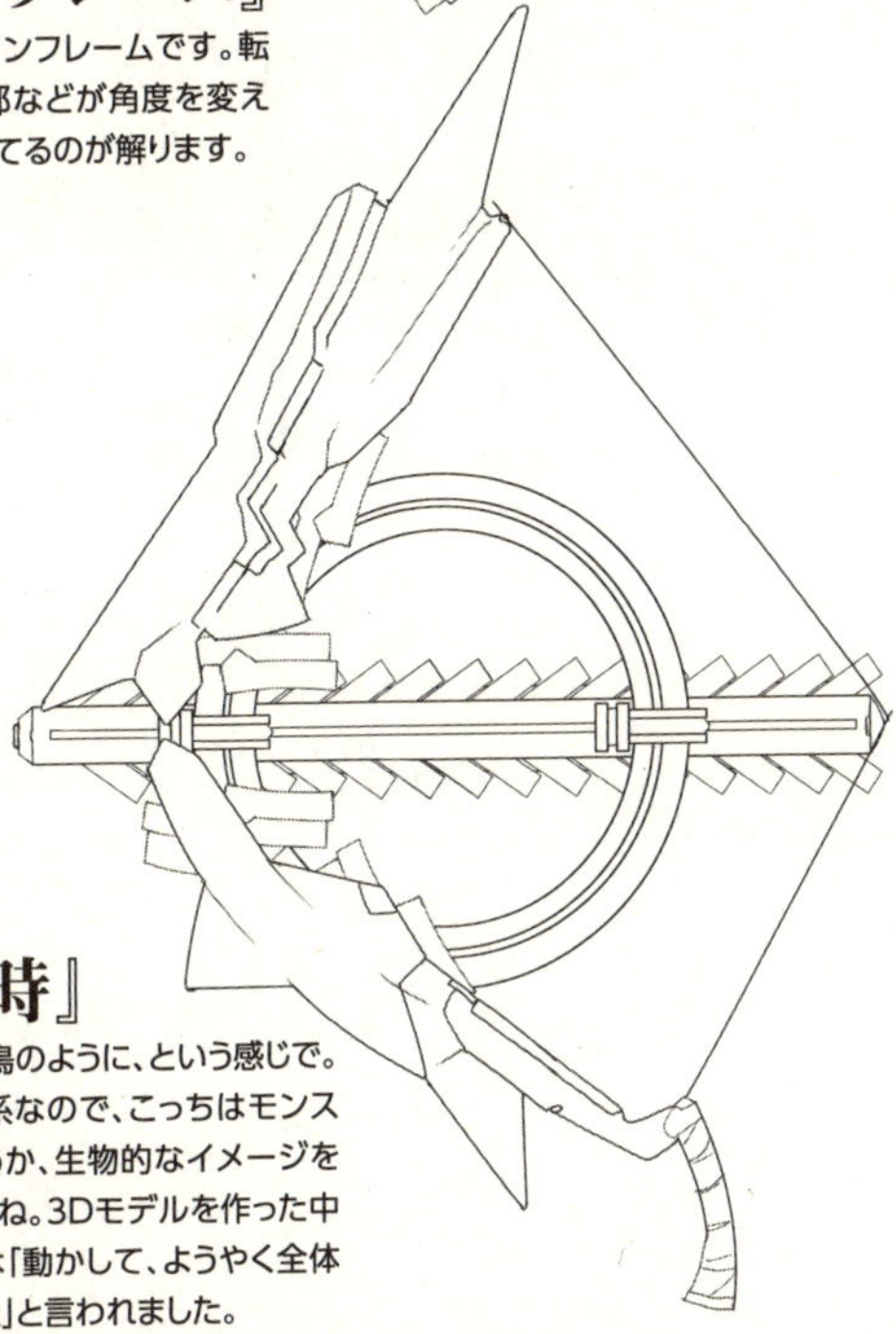

『砲撃時』

竜のように、鳥のように、という感じで。各務が武器系なので、こっちはモンスター系というか、生物的なイメージを強くしてますね。3Dモデルを作った中本さんからは「動かして、ようやく全体の形が解った」と言われました。

【デバイス：ヘッジホッグ】

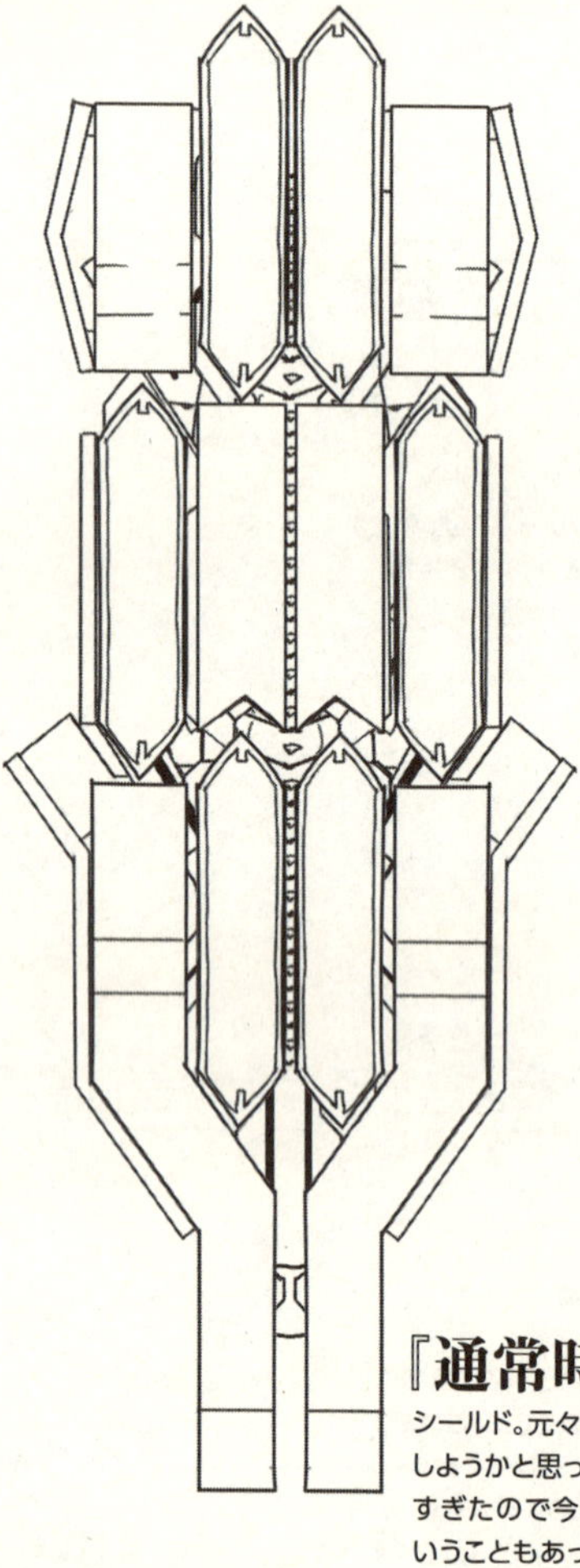

『通常時』

シールド。元々は柄を付けて槍にしようかと思ってたんですが、長すぎたので今の形に。米国製ということもあって、戦車のようなイメージも入れています。

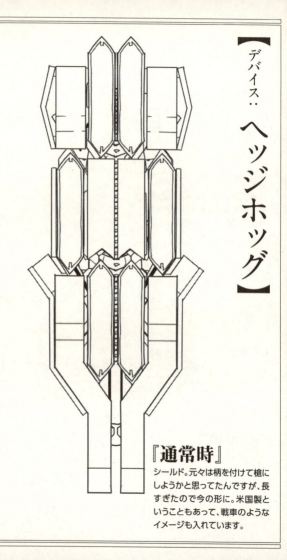

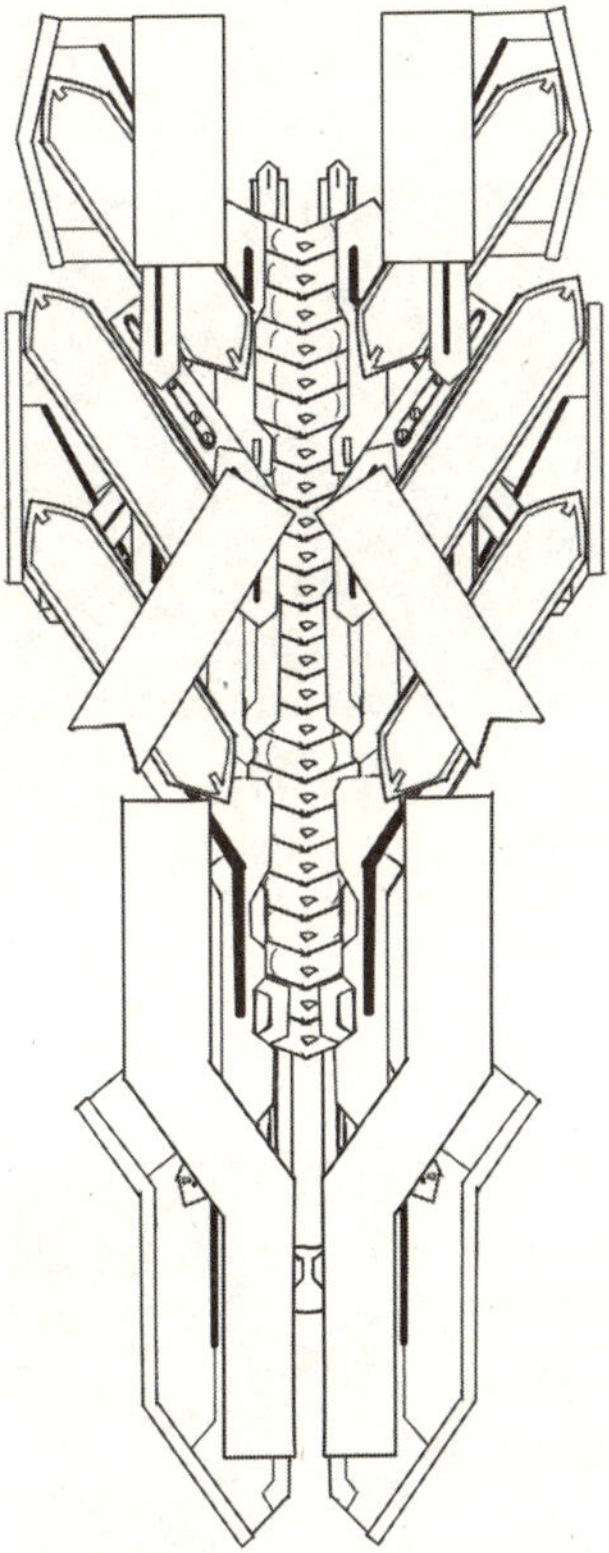

『砲撃時』

元々が槍にしようと思っていたので、穂先型となります。加速路上には光杭が作られて射出。上下交叉もあって複雑なんですが、3Dモデル担当の中本さんが各部のクリアランスをしっかりとってくれたので、作画上でも問題なく動いてます。

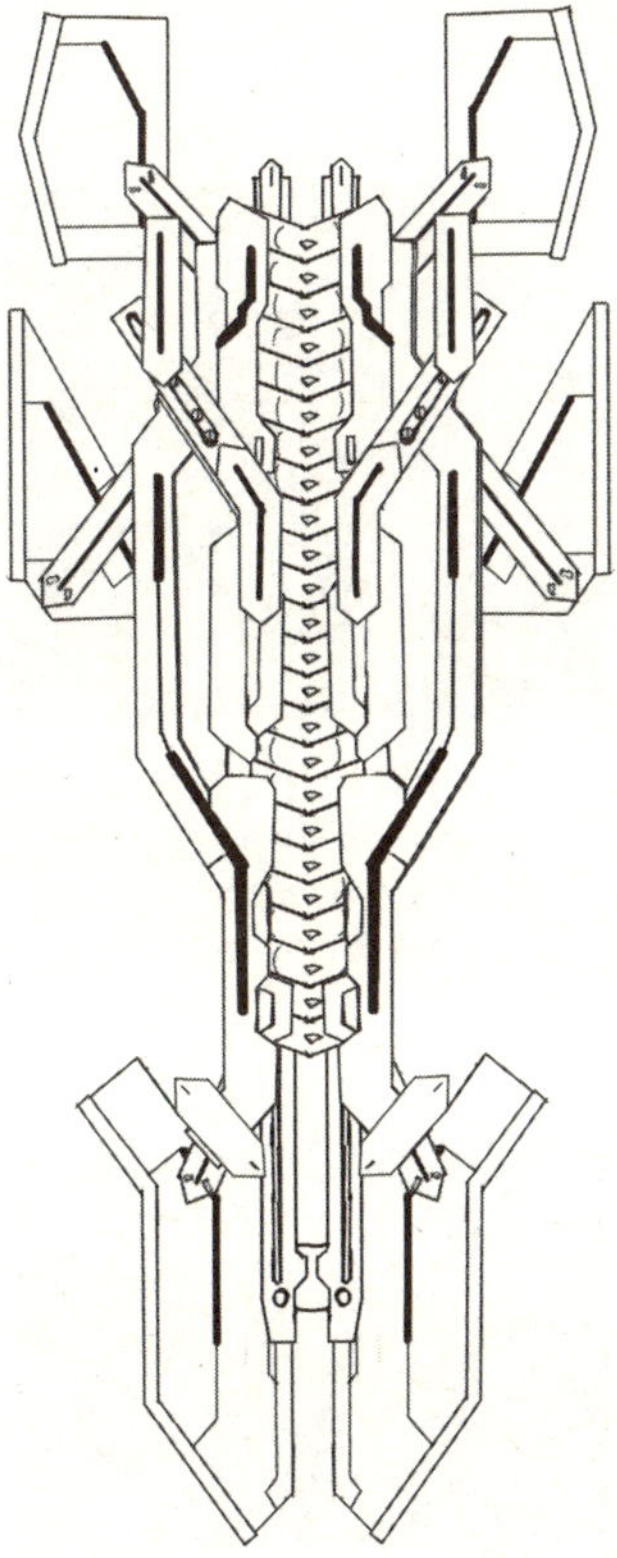

『メインフレーム』

砲撃時のメインフレームです。上部シールド、装甲類がかなり複雑に交叉するので、レールやアームがクリアランスぎりぎりで動いてます。下側の装甲は左右が立っていて、側面を担当してますね。

【術式陣】

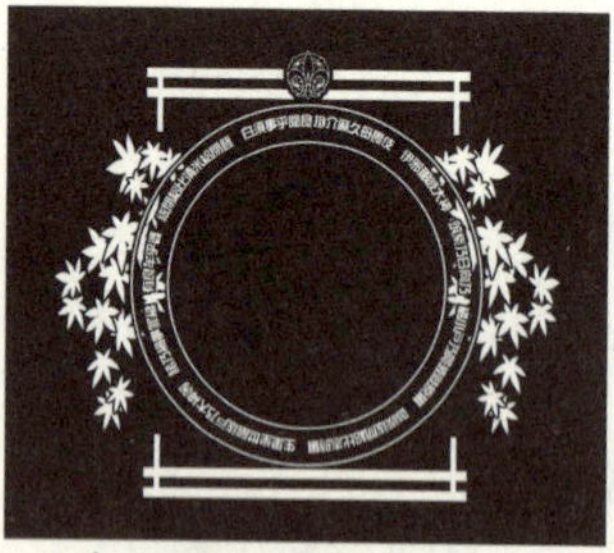

『堀之内用』

とにかく派手な祝詞と楓と鳥居模様。コンパクトじゃないので、隣に人がいたときの威圧感が凄そうです。でも中央上部には、学院の紋章入れてるあたりが真面目というか。

『各務用』

聖騎士なので十字架と剣のイメージ。四角さはお堅さの表現。文字はギリシャ語で、聖書の警句です。

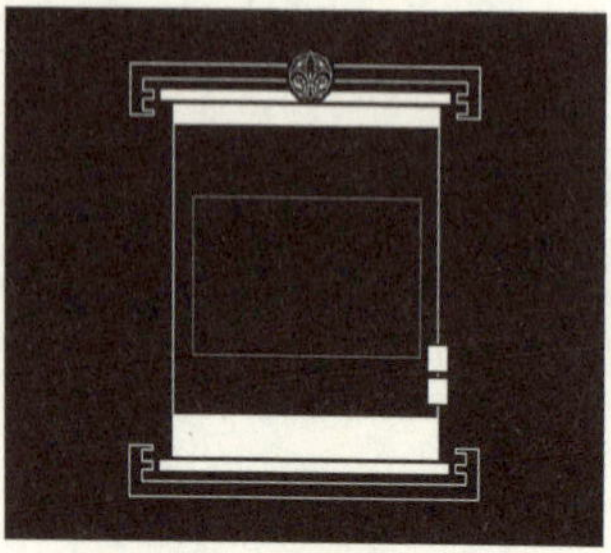

『光太郎用』

男性が使用するのは、大体がこの形です。光太郎の場合、学院に入ることもあって学院の紋章がついています。

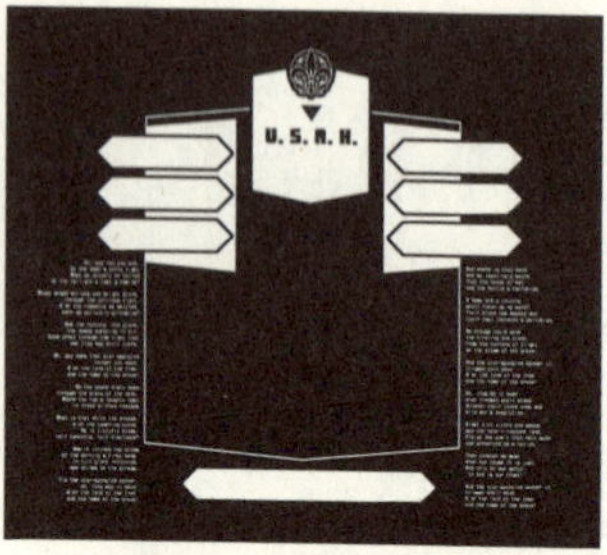

『ハンター用』

U.S.A.H.の一般兵士用で使われているものと大体共用です。左右上や下の操作パネルが、多機能性を示します。左右の英語は米国国歌。

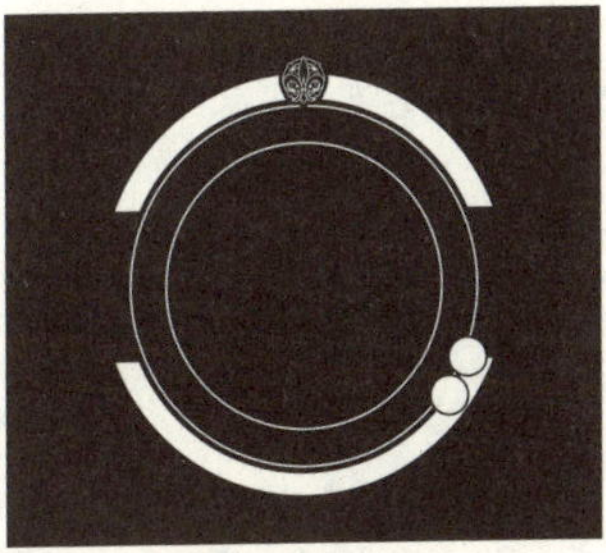

『学生用』

女子用です。シンプルな円陣パターンに、ボタン二つ。上下の太い枠は、フリックなどする補助スイッチです。

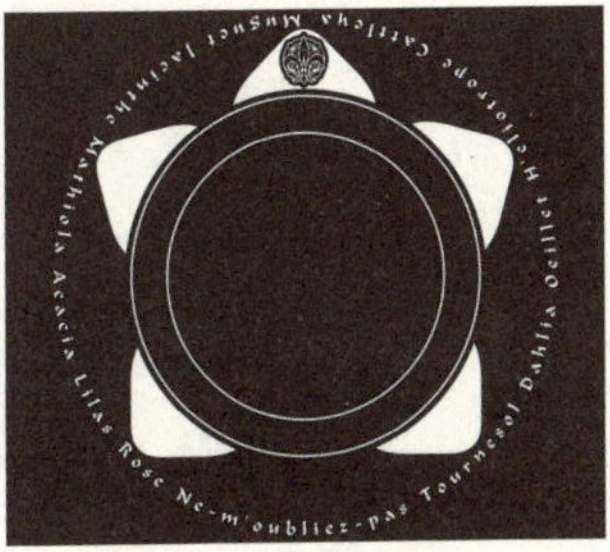

『学長用』

花形の術式陣で、花弁が操作系となっています。 円陣はフランス語ですが、これは学長がフランス出身だからですね。

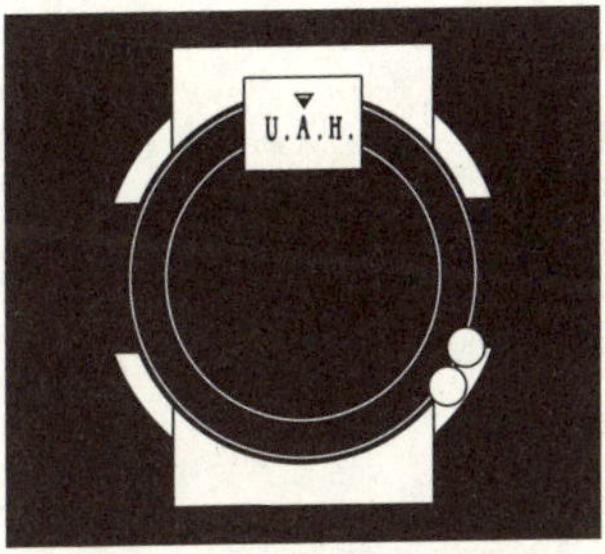

『U.A.H.用』

魔女用です。学生などが使うものより、上下の操作部にテーブルが付き、事務作業などを楽に行うことが出来ます。

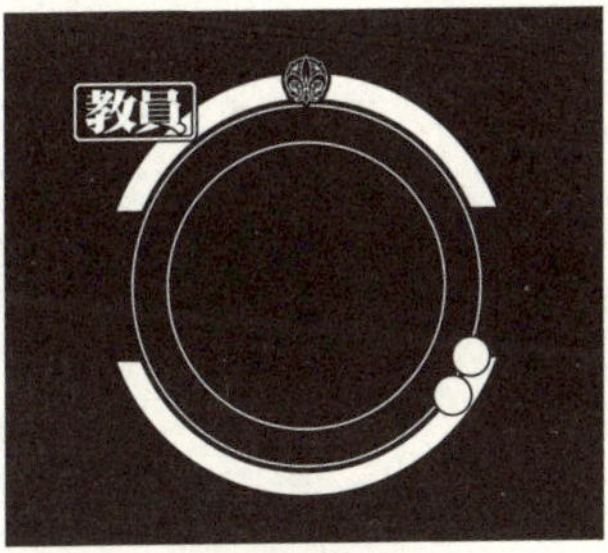

『教員用』

主張の強い教員達だ……。だけど年齢が見た目で解りにくいので、こうしておかないとちょっと危険。

コミック版
月刊コミック電撃大王(毎月27日発売)にて
好評連載中!

川上稔×剣康之が放つ
キュート&迫力の
バトルアクションコミック!
激突のヘクセンナハト
原作:川上 稔　作画:剣 康之
キャラクターデザイン協力:さとやす(TENKY)
激突のヘクセンナハト
剣康之
コミックス第1巻、
電撃コミックスNEXTより
2015年8月10日発売!

「俺のせいで奪われたオマエの
GENESISシリーズ
境界線上のホライゾン
川上 稔
ガールズトーク
狼と魂
梅組の中等部時代を描いたサイドストーリー！
電撃文庫 GENESISシリーズ 境界線上のホライゾン
ガールズトーク 狼と魂
著：川上 稔
イラスト：さとやす（TENKY）
好評発売中！

◉川上　稔著作リスト

都市シリーズ
「パンツァーポリス1935」（電撃文庫）
「エアリアルシティ」（同）
「風水街都　香港〈上〉」（同）
「風水街都　香港〈下〉」（同）

「奏楽都市　OSAKA〈上〉」(同)
「奏楽都市　OSAKA〈下〉」(同)
「閉鎖都市　巴里〈上〉」(同)
「閉鎖都市　巴里〈下〉」(同)
「機甲都市　伯林　パンツァーポリス1937」(同)
「機甲都市　伯林2　パンツァーポリス1939」(同)
「機甲都市　伯林3　パンツァーポリス1942」(同)
「機甲都市　伯林4　パンツァーポリス1943」(同)
「機甲都市　伯林5　パンツァーポリス1943　Erste・Ende」(同)
「電詞都市　DT〈上〉」(同)
「電詞都市　DT〈下〉」(同)

AHEADシリーズ

「終わりのクロニクル①〈上〉」(同)
「終わりのクロニクル①〈下〉」(同)
「終わりのクロニクル②〈上〉」(同)
「終わりのクロニクル②〈下〉」(同)
「終わりのクロニクル③〈上〉」(同)
「終わりのクロニクル③〈中〉」(同)
「終わりのクロニクル③〈下〉」(同)

「終わりのクロニクル④〈上〉」（同）
「終わりのクロニクル④〈下〉」（同）
「終わりのクロニクル⑤〈上〉」（同）
「終わりのクロニクル⑤〈下〉」（同）
「終わりのクロニクル⑥〈上〉」（同）
「終わりのクロニクル⑥〈下〉」（同）
「終わりのクロニクル⑦」（同）

GENESISシリーズ

「境界線上のホライゾンI〈上〉」（同）
「境界線上のホライゾンI〈下〉」（同）
「境界線上のホライゾンII〈上〉」（同）
「境界線上のホライゾンII〈下〉」（同）
「境界線上のホライゾンIII〈上〉」（同）
「境界線上のホライゾンIII〈中〉」（同）
「境界線上のホライゾンIII〈下〉」（同）
「境界線上のホライゾンIV〈上〉」（同）
「境界線上のホライゾンIV〈中〉」（同）
「境界線上のホライゾンIV〈下〉」（同）
「境界線上のホライゾンV〈上〉」（同）

「境界線上のホライゾンⅤ〈下〉」（同）
「境界線上のホライゾンⅥ〈上〉」（同）
「境界線上のホライゾンⅥ〈中〉」（同）
「境界線上のホライゾンⅥ〈下〉」（同）
「境界線上のホライゾンⅦ〈上〉」（同）
「境界線上のホライゾンⅦ〈中〉」（同）
「境界線上のホライゾンⅦ〈下〉」（同）
「境界線上のホライゾンⅧ〈上〉」（同）
「境界線上のホライゾンⅧ〈中〉」（同）
「境界線上のホライゾンⅧ〈下〉」（同）
「境界線上のホライゾン　ガールズトーク　狼と魂」（同）

FORTHシリーズ

「連射王〈上〉」（同）
「連射王〈下〉」（同）

OBSTACLEシリーズ

「激突のヘクセンナハトⅠ」（同）
「連射王〈上〉」（単行本アスキー・メディアワークス刊）
「連射王〈下〉」（同）

本書に対するご意見、ご感想をお寄せください。

電撃文庫公式ホームページ 読者アンケートフォーム
http://dengekibunko.dengeki.com/
※メニューの「読者アンケート」よりお進みください。

ファンレターあて先
〒102-8584　東京都千代田区富士見1-8-19
アスキー・メディアワークス電撃文庫編集部
「川上 稔先生」係
「さとやす先生」係

初出 ……………………………………………………………………

「電撃文庫MAGAZINE Vol.41」(2015年1月号)～
「電撃文庫MAGAZINE Vol.44」(2015年7月号)

文庫収録にあたり、加筆、訂正しています。

電撃文庫

OBSTACLE《オブスタクル》シリーズ
激突《げきとつ》のヘクセンナハトⅠ

川上《かわかみ》 稔《みのる》

発　行　　2015年8月8日　初版発行

発行者　塚田正晃
発行所　株式会社KADOKAWA
〒102-8177　東京都千代田区富士見2-13-3
プロデュース　アスキー・メディアワークス
〒102-8584　東京都千代田区富士見1-8-19
03-5216-8399（編集）
03-3238-1854（営業）
装丁者　荻窪裕司 (META＋MANIERA)
印刷・製本　旭印刷株式会社

ISBN978-4-04-865311-4　C0193　Printed in Japan

電撃文庫　http://dengekibunko.dengeki.com/
株式会社 KADOKAWA　http://www.kadokawa.co.jp/

電撃文庫創刊に際して

文庫は、我が国にとどまらず、世界の書籍の流れのなかで〝小さな巨人〟としての地位を築いてきた。古今東西の名著を、廉価で手に入りやすい形で提供してきたからこそ、人は文庫を自分の師として、また青春の想い出として、語りついできたのである。

その源を、文化的にはドイツのレクラム文庫に求めるにせよ、規模の上でイギリスのペンギンブックスに求めるにせよ、いま文庫は知識人の層の多様化に従って、ますますその意義を大きくしていると言ってよい。

文庫出版の意味するものは、激動の現代のみならず将来にわたって、大きくなることはあっても、小さくなることはないだろう。

「電撃文庫」は、そのように多様化した対象に応え、歴史に耐えうる作品を収録するのはもちろん、新しい世紀を迎えるにあたって、既成の枠をこえる新鮮で強烈なアイ・オープナーたりたい。

その特異さ故に、この存在は、かつて文庫がはじめて出版世界に登場したときと、同じ戸惑いを読書人に与えるかもしれない。

しかし、〈Changing Times,Changing Publishing〉時代は変わって、出版も変わる。時を重ねるなかで、精神の糧として、心の一隅を占めるものとして、次なる文化の担い手の若者たちに確かな評価を得られると信じて、ここに「電撃文庫」を出版する。

1993年6月10日
角川歴彦